Tango mit Inés

••

Bettina Isabel Rocha

Tango mit Inés

Roman

Krug & Schadenberg

Passagierschiff Esperanza, 2. September 1936

Marí saß auf ihrer Lieblingsbank auf dem zweiten Oberdeck, das Skizzenbuch auf den Knien, und starrte hinüber zu dem jungen Paar. Die Dame im maßgeschneiderten Hosenanzug lehnte an der Reling, schaute aufs Meer und rauchte. Die Art, wie sie die überlange Zigarettenspitze hielt und von Zeit zu Zeit betont langsam zum Mund führte, fand Marí verrucht. Natürlich hatte sie die Worte ihrer Mutter im Ohr, eine Dame rauche nicht, doch es sah einfach unglaublich elegant aus. Elektrisiert verfolgte sie jede Bewegung der Frau. Der junge Mann, bemüht, die Aufmerksamkeit der schönen Frau auf sich zu lenken, tänzelte mit überlautem Lachen und großspuriger Gestik um sie herum. Marí strich sich eine widerspenstige Strähne aus dem Gesicht und schob sie unter ihre Haarspange. Wann nur würde ihre Mutter ihr erlauben, die Haare wie die Fremde zu tragen? Das braune glatte Haar der Frau war kurz, im Nacken knapper als vorn und an den Seiten. Es fiel wie eine seidene Kappe und betonte die schöne Form ihres Kopfes. Marí seufzte. Vorerst musste sie sich mit langen Haaren, Schleifchen und Spangen abfinden. Doch jetzt galt es, endlich ihr Bild von der Frau fertigzubekommen. Rigoberta, ihr Kindermädchen, sollte staunen am Abend. Sie konzentrierte sich und fixierte bleistiftkauend das Paar. Sie wünschte, der Mann ginge ein wenig zur Seite, um den Blick auf die schöne Frau freizugeben, die sie nun schon seit Tagen beobachtete. Als erhöre er ihren Wunsch, ging Plusterhose, so hatte Marí ihn im Stillen getauft, ein paar Schritte nach rechts. Kaum war der Blick frei, flog ihr Bleistift über das Papier. Dann blickte sie kritisch auf ihr Werk. Die lässige,

5

unnahbare Haltung der Frau war ihr gut gelungen, aber ihr Profil hatte sie nicht wirklich getroffen. Dazu müsste sie näher an die Frau herankommen, doch das traute sie sich nicht. Was, wenn die Fremde sie entdeckte? Sie würde sich vor Scham in Luft auflösen.

Zum ersten Mal in ihrem Leben verließ sie Spanien. Das Schiff brachte sie und ihre Eltern nach Buenos Aires. Eine Stadt, größer als Sevilla, ihr Name eine einzige Verheißung.

Ihre Mutter, Magda de la Peña, wollte nicht aus Spanien fort. Doch Marís Vater, Raúl Domínguez del Río, bestand auf einem neuen Leben in Übersee. Zu lange gärte es schon zwischen linken und rechten Gruppen im Land, und schließlich war es zu Aufständen gekommen. Im Februar hatten Linksrepublikaner, Sozialisten und Kommunisten die Wahlen knapp gewonnen. Im Juli war es zu einer Militärrevolte gekommen, bei der General Franco zum Chef der nationalspanischen Regierung berufen wurde. Ihr Vater war überzeugt, dass es nicht lange dauern würde, bis Franco gemeinsame Sache mit Hitler und Mussolini machte. Das bedeute Krieg, hatte er Marís Mutter ein ums andere Mal prophezeit. Auf dem Globus in seinem Arbeitszimmer zeigte er Marí, wo Argentinien lag. Er beschrieb das Leben in dem reichen Land auf der anderen Hälfte der Erdkugel in schillernden Farben, und Marí war mächtig beeindruckt. Raúl Domínguez del Río hegte schon lange den Wunsch, sich eine neue Existenz in Übersee aufzubauen. *Hacerce la América,* es in Amerika zu etwas bringen, lautete seine Devise, das Ziel Buenos Aires. Das Geschäft in Sevilla mit feinen Stoffen aus aller Welt war aufgelöst worden, die Villa gegenüber dem Parque María-Luisa verkauft und die Überfahrt gebucht, um seinem Bruder Ezequiel, der schon fünfzehn Jahre zuvor ausgewandert war, zu folgen. Raúl war überzeugt, in Argentinien Geschäfte zu machen wie nie zuvor.

Marí, die gerade zwölf Jahre alt geworden war, verstand nichts vom Geschäft und noch weniger von Politik. Sie wollte malen, und diese Reise bot ungeahnte Möglichkeiten dazu. Kein Unterricht bei den Nonnen, scharenweise Passagiere und die gesamte Schiffsbesatzung vom Kapitän bis zum Schiffsjungen als Motiv. Sie genoss die Freiheit an Bord. Rigoberta war mit ihrem seekranken kleinen Bruder und ihrer ewig jammernden heimwehkranken Mutter vollauf beschäftigt. Marí, frei wie nie zuvor, erkundete das Schiff und die bunte Fracht, die es geladen hatte. Bist mein Engel, Marí, sagte Rigoberta immer, geh schön raus und guck dir die feinen Leute an. Da kannst du mir abends was erzählen! Marí kicherte. Sie mochte Rigoberta. Ihr konnte sie mit einer Zeichnung von der eleganten Dame bestimmt eine Freude machen. Sie wusste, dass Rigoberta manchmal heimlich rauchte. Sie war schon dabeigewesen, wenn sich das pummelige Kindermädchen weltgewandt eine Zigarette ansteckte und Rauchwölkchen in die Luft stieß. Sie würde entzückt sein von der Zigarettenspitze, da war sich Marí sicher.

»*Hoye,* das bin ja ich!«

Marí fuhr erschrocken herum und sah sich der eleganten Dame gegenüber. Der Duft ihres Parfüms erfüllte die Luft, und sie war noch schöner, als Marí gedacht hatte. Die Frau wies mit der leeren Zigarettenspitze auf die Zeichnung, ohne das Blatt zu berühren.

»Fantastisch! Hast du das gezeichnet?«

Marí nickte. Sie brachte kein Wort heraus und strich nervös die widerspenstige Haarsträhne zurück.

»Eugenio, schau nur, das bin ich – bin ich nicht gut getroffen?«

Der Mann warf einen knappen Blick auf das Skizzenbuch. »Mmh, ja, wirklich ausgezeichnet, ausgezeichnet«, beteuerte er, ungehalten über die Aufmerksamkeit, die das Objekt seiner Anbetung der kleinen Göre mit den Schleifchen im Haar schenkte. »Du solltest weiter üben, meine Kleine«, sagte er gönnerhaft und rang sich ein Lächeln ab.

»Was heißt hier üben?«, schnaubte die Frau. »Schau doch mal, wie exakt. Willst du behaupten, du könntest es besser?«

Ohne seine Antwort abzuwarten, wandte sie sich an Marí. »Das Bild ist wirklich wunderschön. Ob du für mich vielleicht auch so eine Zeichnung anfertigen könntest?« Sie musterte die junge Künstlerin. »Weißt du, sie würde mich immer an diese Reise erinnern«, fuhr sie fort. »Und an dich natürlich«, setzte sie hinzu. »Wie heißt du überhaupt?«

»Marí.« Marí schluckte. »Sie können diese haben, wenn Sie wollen.«

Mit fliegenden Händen trennte sie das Blatt heraus. Gott sei Dank riss es nicht ein – wie hätte das ausgesehen? Behutsam glättete sie den Rand.

»Oh, wirklich? Wenn das so ist, könntest du sie vielleicht noch signieren?« Sie sah Marís verdattertes Gesicht und sagte: »Schreib einfach Marí darunter.«

Marí schrieb ihren Namen winzig klein in die Mitte unter die Zeichnung und reichte sie der Frau. In diesem Augenblick vernahm sie die quengelige Stimme ihrer Mutter.

»Maríquel, was machst du da? Es ist schon spät. Rigoberta wartet auf dich!« Magda de la Peña trat näher, und die elegante Dame wandte sich mit einer vollendeten Drehung auf dem rechten Fuß an sie. »*Buenas tardes*. Schauen Sie nur – ist die Zeichnung nicht hervorragend?«

»Nun ja«, antwortete Marís Mutter zögernd. Sie wusste nicht recht, wie sie der Überschwänglichkeit der anderen begegnen sollte. »Sie zeichnet ständig und überall …« Die Worte hingen in der Luft. Magda de la Peña nestelte unsicher an den Rüschen ihrer Ärmel. »Ich bin Marís Mutter«, fügte sie hinzu.

»Das habe ich mir gedacht, und ich muss Ihnen sagen, dass ich mich sehr über die Zeichnung freue, die Marí mir geschenkt hat!«

Magda de la Peña nickte. »Wir müssen jetzt aber wirklich gehen. Komm, Marí, sag der Señora *adiós*.«

Marí errötete vor Scham. Sie war doch kein Kleinkind mehr! Was sollte die Dame von ihr denken? Wenn ihre Mutter sie von dieser aufregenden Fremden schon auf so peinliche Weise fortzerrte, dann wollte sie mit Würde gehen, also sagte sie: »Es freut mich, Sie kennengelernt zu haben. Bis auf ein andermal!«

»*Adiós*, Marí, bis auf ein andermal!« Die Fremde zwinkerte ihr verstohlen zu und verabschiedete sich mit einem höflichen Nicken. Magda de la Peña zog ihre Tochter ungeduldig mit sich fort.

Außer Hörweite fragte Marí aufgeregt: »Mutter, wer ist diese Señora?«

»Mein Gott, Kind, das ist Rosalia Catala de la Vega! Die Tochter des Wirtschaftsattachés an der spanischen Botschaft in Buenos Aires. Dein Vater und ich haben gestern mit ihr zu Abend gegessen. Was musst du auch immer deine vielen Zeichnungen machen und die Leute bedrängen!«

»Aber Mutter, sie hat ihr wirklich gefallen! Ich will Malerin werden!«

Magda de la Peña war ihr Entsetzen anzusehen. Malerin! Und Raúl unternahm nichts. Statt seiner Tochter die Flausen auszutreiben, schenkte er ihr Papier und Farben.

Buenos Aires, 21. August 1979

Elena stand in ihren dicken Mantel gehüllt zwischen ihren Eltern auf dem Friedhof La Chacarita. Der kalte Wind blies ihr die feuchte Luft des Río de la Plata ins Gesicht. Sie fröstelte und vergrub die zu Fäusten geballten Hände in den Manteltaschen. Sie trat von einem Bein aufs andere und zog die Schultern hoch.

»Elena, nimm die Hände aus den Taschen!«

Nur ihre Mutter schaffte es, sogar flüsternd einen unbarmherzigen Befehlston an den Tag zu legen, dachte Elena.

»Und halt dich gerade! Wir gehen jetzt nach vorne, um deiner Tante die letzte Ehre zu erweisen.«

Elena erstarrte. Vor der Beerdigung war ihre Mutter jedes kleine Detail mit ihr durchgegangen – von der Messe bis zur Grabrede.

»Dein Vater, du und ich treten gemeinsam vor und werfen nacheinander ein wenig Erde ins Grab. Erst dein Vater, dann ich und dann du. Hast du mich verstanden, Elena?«

Die Worte hallten in ihrem Kopf wider, während sie mit ihren Eltern vortrat. Ihr Vater legte ihr kurz die Hand auf die Schulter. Sie spürte, dass er seine Frau über ihren Kopf hinweg anblickte. Er hatte nicht gewollt, dass seine sechzehnjährige Tochter mit zur Beerdigung ging. Doch ihre Mutter hatte aus unerfindlichen Gründen darauf bestanden, und ihr Vater hatte nachgegeben – nicht zuletzt weil Elena selbst darum gebeten hatte. Sie wusste, dass ihre Mutter den Blick des Vaters ignorierte. Letztlich war er froh gewesen, dass Elenas ausdrücklicher Wunsch ihm eine Auseinandersetzung mit seiner Frau erspart hatte.

Gemeinsam traten sie an das offene Grab. Elena blickte auf den langen schwarzen Kasten in der ausgehobenen

Grube zu ihren Füßen und warf, wie geheißen, Erde in den Schlund. Sie hatte einige Augenblicke am Grab zu verharren, bevor sie sich umwenden durfte. Als die Krumen überlaut auf den Sarg fielen, wandte sie den Blick ab und versuchte, den Kopf dennoch gesenkt zu halten. Schräg vor ihr, unweit vom Grab, entdeckte sie eine hohe, aufrechte Frauengestalt. Elena hob den Kopf. Die Frau stand reglos da. Ein kurzer Schleier bedeckte die obere Hälfte ihres Gesichts. Links neben ihr ein Mann, hilflos, als traue er sich nicht, die gleiche Luft zu atmen wie sie. Sie stand dort wie unter einer Glasglocke, abgekapselt, ohne Verbindung zu den Menschen um sie herum. Elena wusste, die Tränen am Mundwinkel der Frau waren still geweint. In ihrer Kehle formte sich der Schrei, den die Frau nicht auszustoßen vermochte. Sie wagte nicht zu atmen. Unwirsch zog ihre Mutter sie am Ärmel.

»Komm jetzt, Elena!«

Sie stolperte zwischen ihren Eltern vom Grab fort. Ihre Mutter ging schnellen Schrittes neben ihr. Ihr Vater wandte sich floskelhaft grüßend nach links und rechts.

»Mutter, wer ist diese Señora?«, wagte Elena zu fragen.

»Welche Señora?«

»Die große Frau am Grab – wer war das?«, fragte Elena atemlos. Der Schritt ihrer Mutter beschleunigte sich.

»Ich weiß nicht, wovon du sprichst!«, zischte ihre Mutter. Ihr Vater drückte seinen Hut tiefer ins Gesicht.

»Aber …«

»Schweig still! Oder willst du selbst am Grab deiner Tante Widerworte geben?«

Atemlos lief Elena die Calle Güemes entlang. Da vorn musste es sein. Sie wusste, dass ihre Mutter auf sie wartete, doch auf dem Weg von der Schule hatte sie die Zeit vergessen. Endlich erreichte sie das Haus. Elena hielt ihre Schultasche vor die Brust und drückte sich an die Wand des Treppenhauses. Zwei Männer schleppten schnaufend einen dunklen Schrank die Stufen hinab. »Vorsicht, die Kleine!«, warnte der eine den anderen. Elena huschte schnell weiter. Im zweiten Stock, hatte ihre Mutter gesagt, sei die Wohnung von Tía Marí. Nie zuvor war sie hier gewesen. Sie betrachtete das schön geschwungene hölzerne Treppengeländer und die Deckenmalerei. Hier also hat ihre Tante gelebt.

Elena trat durch die offene Wohnungstür und blieb, geblendet vom hellen Licht, das durch die hohen Fenster fiel, stehen. Die Vorhänge waren bereits abgenommen, und die Diele war ausgeräumt bis auf einen Wandspiegel und den Deckenleuchter. In seinen Kristallen brach sich das Sonnenlicht tausendfach und malte fröhliche Flecken auf die Wände. Welch ein schönes Heim! Hier zu leben musste wunderbar sein. Verzaubert folgte ihr Blick dem Lichtspiel an der Wand. Dann erschrak sie. Die Wohnung einer Toten. Sie hatte es für einen Augenblick vergessen. Hier war Tía Marí gestorben. Elena zögerte. Wo hatte man die Tote gefunden? Im Schlafzimmer, überlegte sie. Menschen starben oft im Schlaf. Wenn sie alt und müde sind, schlafen sie ein, gehen fort. Elena zögerte. Ihre Tante war nicht sonderlich alt gewesen. Gewiss älter als ihr Bruder, Elenas Vater, aber nicht wirklich alt. Elena lief ein Schauder über den Rücken, und während sie noch überlegte, welches Zimmer sie betreten sollte, schrillte die unerbittliche Stimme ihrer Mutter in ihren Ohren.

»Elena, mein Gott, was stehst du denn herum und starrst? Komm hier herüber, ins Schlafzimmer, und hilf mir mit dieser elenden Kommode!«

Elena schrak zusammen. Ins Schlafzimmer? War dies das Sterbezimmer? Zögernd trat sie ein und sah erleichtert, dass auch dieser Raum fast leergeräumt war – kein Bett, kein Schrank, lediglich eine kleine Frisierkommode, an deren Schublade ihre Mutter ungeduldig zerrte. Sie gab Elena keine Gelegenheit, sich weiter umzuschauen.

»Fass hier mit an, Elena! Die Schublade klemmt. Was für ein hässliches Ding! All dieser Plunder! Ich schlage drei Kreuze, wenn ich hier fertig bin!«

Elena erwiderte nichts. In Gegenwart ihrer Mutter war es besser zu schweigen, erst recht, wenn sie erregt war. Sie tat wie geheißen und griff nach der Schublade. Während sie zog und rüttelte, tasteten ihre Augen das Möbelstück neugierig ab. Es war gar nicht so hässlich. Genau betrachtet war es sogar sehr hübsch mit seinem um den Spiegel herum eingelegten bunten Glas. Endlich öffnete sich die Lade mit einem Ächzen und gab ihren Inhalt preis. Taschentücher, Schmuck, Bürsten und Kämme, verschiedener Krimskrams und ein Bündel Briefe, die von einem feinen Band zusammengehalten wurden. Ihre Mutter schnaubte verächtlich und ergriff mit spitzen Fingern die Schleife.

»Was ist das, Mutter?«, konnte sich Elena nicht verkneifen zu fragen.

»Dreck! Dreck ist das! Es kommt sofort ins Feuer!«

Das kleine Bündel von sich haltend lief sie in die Küche, in der ein altmodischer Herd stand, und warf es hinein. Sie riss ein Streichholz an und hielt es an das Papier. Sofort leckten Flammen über die Seiten und verschlangen sie in wenigen Augenblicken. Elena starrte ins Feuer. Wie viele Buchstaben jetzt wohl verbrennen, dachte sie, und ihr war schwer ums Herz. »Ekelerregend« war das einzige Wort ihrer Mutter, das sie vernahm, während sie bedrückt ins Feuer blickte.

Später räumte sie, wie ihre Mutter angeordnet hatte, Bücher aus einem riesigen Regal in Kartons. Elena fand die Arbeit langweilig. Klassische Literatur, viele englische und französische Bücher. Während sie die Bücher einpackte, fragte sie sich, wie ihre Mutter es nur wieder fertiggebracht hatte, ihr die langweiligste aller anfallenden Arbeiten aufzuhalsen. Lieber wollte sie den Sekretär ausräumen oder die Vitrinen im Wohnzimmer, um zu sehen, was sie für Schätze bargen. Vielleicht wussten sie etwas zu erzählen von dieser Tante, die sie nur wenige Male in ihrem Leben gesehen hatte. Wer wohl die Briefe geschrieben hatte, die ihre Mutter so eilig verbrannt hatte? War es ein Absender gewesen oder verschiedene? Die Geringschätzung, die ihre Mutter den meisten Menschen, Marí und ihr Vater eingeschlossen, entgegenbrachte, war ihr von jeher vertraut, doch die nervöse Aufgeregtheit, als sie das Bündel ins Feuer geworfen hatte, hatte Elena nie zuvor erlebt. Diese liebevoll verschnürten Briefe, die sie so sorgsam in ihrer Frisierkommode aufbewahrt hatte, mussten Marí sehr wichtig gewesen sein. Elena griff die Bücher immer stapelweise und packte sie achtlos in die Kartons. Als sie erneut ins Regal langte, bekam sie nicht den üblichen Schwung zu fassen. Das Format zweier Bücher war anders. Elena ergriff sie einzeln, um sie in die Kiste zu verfrachten, da fiel ihr der raue Ledereinband auf und sie warf einen flüchtigen Blick darauf. *Marí 1938 – 1963* stand darauf. Der zweite Band trug das Jahr 1963, der Rest war verwischt. Neugierig schlug Elena den ersten Band auf und blätterte wie gebannt durch die Zeichnungen, die er enthielt. Mit jeder Seite, die sie umwandte, klopfte ihr Herz schneller. Sie hielt einen Schatz in der Hand. Ihre Tante war früher Malerin gewesen, hatte ihre Mutter einmal abschätzig erzählt. Das hier waren ihre Skizzen. Elena hatte keine Zweifel. Aufgeregt blätterte sie weiter, bis die Fotografie einer Frau aus dem Buch glitt. Elenas Puls beschleunigte sich. Versunken betrachtete sie das Bild einer wunderschönen Señora, bewunderte die Linie von den Brauen bis zur Nasenwurzel, die mandelförmigen Augen und die sorgfältig frisierten Haare. Sie musste sehr jung sein. Ein gewinnendes Lächeln umspielte die vollen Lippen. Ob das Foto wohl aus der Zeit vor dem Krieg stammte? Es wirkte wie aus einer anderen Welt, und doch schien es Elena seltsam vertraut. Sie drehte das Bild um und las auf der Rückseite die in schönster Schrift festgehaltenen Zeilen:

Mi amor,
dulce dolor de mi vida, melodía de mi alma

Meine Liebe, süßer Schmerz meines Lebens, Melodie meiner Seele. Eine Liebeserklärung. In Elenas Ohren rauschte es. Ihre Tante hatte das Foto einer Frau besessen, mit einer solchen Widmung. Wer war diese Señora?

Sie hörte die herrischen Schritte ihrer Mutter ein unbarmherziges Stakkato auf den Dielenboden trommeln. Eilig ließ sie die beiden Bücher und das Foto in ihre Schultasche gleiten. Diesen Schatz würde sie sich nicht nehmen lassen. Sie musste die Señora und die Bilder vor dem Feuer bewahren. Sie hatte nicht den geringsten Zweifel, dass ihre Mutter das alles ohne zu zögern ebenfalls den Flammen übergeben würde.

»Elena, bist du bald fertig?! Die Männer wollen los, die Sachen für das Waisenhaus ins Convento Santa Clara bringen. Jetzt mach schon, du träumst wieder nur!«

Buenos Aires, 30. Juli 2003

Ramón tippte ihr auf die Schulter. Als sie sich umwandte, schloss er sie in die Arme und sagte: »Dein letzter Tag hier, Elena. Wann immer du zurückkommst, lass dich hier blicken!«

Sie nickte stumm und drückte ihn kurz. Weil sie nicht wusste, was sie sagen sollte, küsste sie ihn auf beide Wangen, bevor sie sich aus der Umarmung löste. Ramón kannte Elena und erwartete keine Antwort.

»Wenn du mit dem Unterricht fertig bist, sag Conchita, sie soll die Gruppe heute Abend ins Michelangelo führen – ich erwarte sie dort. Vielleicht nutzt du die Gelegenheit und gehst noch mal ein paar grundsätzliche Dinge mit ihnen durch?«

»In Ordnung, Ramón, aber mach dir nicht allzu viele Hoffnungen, was die Anpassungsfähigkeit von *gringos* in fremder Umgebung angeht.«

»Sei nicht so streng mit ihnen. Außerdem hast du ja bald selber Gelegenheit, dich mit fremden Gepflogenheiten anzufreunden.« Er zwinkerte ihr zu. »Schade, dass du heute Abend nicht mehr dabei bist.«

»Mir läuft die Zeit davon.« Und mit Blick zur Tür sagte sie: »Da kommen sie schon – es geht los.« Sie legte ihm kurz die Hand auf den Arm; dann wandte sie sich um und ging.

Er blickte ihr nach und seufzte. Mit langen, geschmeidigen Schritten trat sie auf die Gruppe lärmender Amerikaner zu und benötigte nur wenige Sekunden, um deren ungeteilte Aufmerksamkeit zu gewinnen.

»*Bien venido, señoras y señores,* zu dieser Stunde. Sie sind eine so gute Gruppe, dass ich mir eine Wiederholung vom letzten Mal sparen möchte – es sei denn, Sie haben zu bestimmten Figuren konkrete Fragen?« Sie blickte in die Runde, und wie erwartet, meldete sich niemand. »Gut. Heute möchte ich mit Ihnen eine komplette *tanda* durchtanzen, denn im Michelangelo, wo mein Kollege Ramón Sie später erwartet, folgt der Abend einem festen Schema, das neben dem eigentlichen Tanzen auch eine Reihe ritualisierter Verhaltensweisen umfasst, von denen eingefleischte *tangueros* niemals abweichen. Das Michelangelo ist eine der ältesten und in jeder Hinsicht traditionellsten Tangobars von Buenos Aires – die *tanda* wird hier zelebriert, und ich bitte Sie, das zu respektieren. Natürlich gibt es in dieser Stadt Dutzende anderer Tangobars oder *milongas,* die auf die Tradition nichts geben und neue Formen der Kommunikation beim Tango entwickelt haben ... Sie sollten bei Gelegenheit die Bars in La Boca oder in Palermo Soho besuchen, um den Unterschied kennenzulernen.«

»Was sollen wir heute Abend anziehen?«, fragte eine Frau.

»Das Schönste, was Sie in Ihrem Koffer haben«, antwortete Elena mit feierlichem Ernst.

»Muss ich eine Krawatte umbinden?«, fragte ein Mann.

»Alles, was dazu beiträgt, dass Sie eine gute Figur machen und Würde und Ernst ausstrahlen, ist richtig. Entscheiden Sie selber, was Ihnen angemessen erscheint. Bedenken Sie, dass für *porteños,* also für die, deren Heimat Buenos Aires ist, und erst recht für die *tangueros* unter ihnen, die elegante Schale eine Frage der Ehre ist.«

Einzelne murmelten, ein Mann verdrehte die Augen, ein anderer warf sich in die Brust und zog den Bauch ein. Eine Frau ging mit ihrer Nachbarin die Möglichkeiten durch, die ihre Reisegarderobe bot, eine Dritte wandte sich an ihren Mann und sagte: »Ich werde mir nachher das rote Kleid kaufen – ob es dir passt oder nicht!«

Elena wartete einen Augenblick, ehe sie fortfuhr. »Nun zur *tanda*. Eine *tanda* ist eine musikalische Einheit aus drei bis fünf Tangostücken, die hintereinander gespielt werden. Man tanzt eine *tanda* mit ein und demselben Partner. Sich vor dem Ende einer *tanda* von seinem Partner oder seiner Partnerin zu verabschieden – selbst mit einem *gracias* – ist einer der größten Affronts.«

»Aber wenn die Frau, die ich aufgefordert habe, nicht tanzen kann? Wieso soll ich mich mit ihr durch fünf Stücke quälen?«

»Die Qual ist die Strafe dafür, dass Sie sich zuvor nicht diskret darüber informiert haben, ob die potenzielle Partnerin Ihrem Niveau entsprechend tanzt oder nicht. Im Übrigen passt sich ein Könner galant an die Fähigkeiten seiner Partnerin an«, antwortete Elena, ohne eine Miene zu verziehen. »Aber Sie können eine Ihnen unbekannte Tänzerin auch erst zum Ende einer *tanda* auffordern. Das bietet Ihnen die Möglichkeit, nach ein oder zwei Stücken in aller Form auseinanderzugehen.«

Der Mann nickte zufrieden.

»Noch drei Regeln möchte ich Ihnen erklären, bevor wir zwei *tandas* mit je drei Stücken tanzen. Zwischen zwei *tandas* liegt eine *cortina* – das ist nichts anderes als eine Pause ohne Musik oder wenn Musik gespielt wird, ist es keine Tangomusik. Während einer *cortina* unterhält man sich und sucht sich einen neuen Tanzpartner. Während des Tanzens hingegen wird nicht viel gesprochen. Betreten Paare gemeinsam eine *milonga*, eine Tanzhalle, bedeutet das, dass sie den ganzen Abend miteinander tanzen werden und für keine *tanda* mit anderen Partnern zur Verfügung stehen. Sind Paare auch für *tandas* mit anderen Partnern offen, betreten sie den Raum getrennt voneinander. Der letzte wichtige

Punkt ist die Kontaktaufnahme. Möchten Sie jemanden auffordern, ist es nicht unbedingt nötig, direkt zu ihm oder zu ihr zu gehen. Durch ein kurzes intensives Fixieren mit fragend hochgezogenen Augenbrauen quer durch den Saal können Sie den Blick des anderen suchen und so Ihr Interesse bekunden. Das gilt für Herren wie für Damen. Zustimmung signalisieren Sie mit einem Lächeln oder Nicken. Besteht kein Interesse, blicken sie reglos durch den Auffordernden hindurch und wenden sich nach einem Augenblick ab. Finden Sie jedoch zueinander, geht der Herr auf die Dame zu und geleitet sie zur Tanzfläche.«

Elena hielt inne und schaute ihre Schülerinnen und Schüler an. Lächelnd sagte sie: »Keine Sorge, das Zeremoniell am Hofe Ludwig XIV. war komplizierter. Sie werden schnell merken, dass jenseits dieser Regeln viel Platz für individuelle Eigenarten bleibt. Beobachten Sie zu Beginn einfach die routinierten Tänzer im Michelangelo. Sie werden bald sehen, dass ein Jeder und eine Jede den festgelegten Umgangsformen eine eigene Note verleiht. Und jetzt möchte ich Sie bitten, den Raum zu verlassen und ihn nach drei, vier Minuten mit oder ohne Partner wieder zu betreten, damit die erste *tanda* beginnen kann.«

Die Gruppe trollte sich schnatternd nach draußen, und Elena trat zum Mischpult, wo Conchita, Ramóns Partnerin, stand und schmunzelte.

»Jetzt hast du sie aber ganz schön aufgeschreckt, unsere armen *gringos*. Erst müssen sie sich Gedanken über ihr Äußeres machen, was zweifellos dringend Not tut, dann über ihre Umgangsformen, was ebenfalls höchste Zeit wird. Was du ihnen alles abverlangst, Elena – ich muss schon sagen, ich war erleichtert zu hören, dass es bei Ludwig XIV. rigider zuging!«

»Dein Liebster hat mich darum gebeten, ihnen die Etikette ein wenig zu erläutern. Komm, lass uns die Musik aussuchen.«

»Das kann ich mir denken. Es ist ihm oft immer noch peinlich, mit Touristengruppen in Tangobars zu gehen. Am schlimmsten sind in seinen Augen die US-Amerikaner und die Japaner. Die einen kennen keine Zurückhaltung, die anderen keine Ausgelassenheit.« Sie kramte in den CDs und fragte: »Was hältst du von *Voy cantando tangos por el mundo*, *Tango-Tango* und *Vuelvo al sur* für die erste *tanda* und *Maipo*, *Fiesta y Milonga* und *Amando a Buenos Aires* für die zweite?«

»Klingt gut, aber könntest du statt *Amando a Buenos Aires* nicht *El ultimo café* von Silvana Deluigi nehmen?«

»*Caramba*, Elena, du wirst doch kurz vor deiner Abreise nicht noch melancholisch werden? Kaffee gibt es auch auf den Kanaren.«

Elena zuckte die Achseln. »Ja, mir ist wehmütig zumute. Aber du könntest mir den Abschied versüßen, indem du zu Silvana mit mir tanzt.«

Dabei legte sie übertrieben aufreizend den rechten Arm auf die Hüfte und neigte den Kopf. Conchita sagte mit gespieltem Entsetzen: »Gerade hast du unseren Schülern die strengen Gepflogenheiten unserer traditionellen Tangokultur noch wie die zehn Gebote dargelegt und gleich darauf möchtest du sie dem Anblick zweier miteinander tanzender Frauen aussetzen? Wirklich, Elena, du strapazierst sie sehr!«

»Hatte ich nicht auch etwas von neuen Formen der Kommunikation im Tango gesagt? Keine Regel, die nicht gebrochen werden könnte. Komm, Conchi, verwehrst du mir die letzte Möglichkeit, auf argentinischem Boden zu tanzen, indem du mir einen Korb gibst?«

Elena legte sich dramatisch die Hand aufs Herz. Conchita kicherte. »Du bist unwiderstehlich, Elena, und natürlich bringe ich es nicht fertig, dir diese letzte Gelegenheit zu versagen.« Mit erhobenem Zeigefinger fuhr sie fort: »Aber du musst mir jetzt schon den ersten Tango nach deiner Rückkehr versprechen!«

»Nichts lieber als das. Wobei ich nicht weiß, ob Ramón mich dann wieder einstellen wird. Er hat für meinen Job schon jemand Neues.«

»Das werden wir sehen, wenn du wieder hier bist. Ganz unabhängig davon, ob du wieder bei uns unterrichtest oder nicht – dein erster Tango in Buenos Aires gehört mir!«

Die Gruppe kehrte langsam in den Raum zurück. Elena und Conchita beobachteten sie. Es schien, als zeigten Elenas Worte bereits erste Wirkung. Viele bemühten sich, noch ehe die *tanda* begann, um eine aufrechte Haltung. Einige waren frisch gekämmt und hatten ihre Kleidung in Ordnung gebracht. Conchita wartete, bis sich die letzten Paare gefunden hatten, dann erklangen die ersten Takte von *Voy cantando tangos por el mundo*. Das Bandoneon gab einen fröhlich schreitenden Rhythmus vor, den die Gitarre mit kurz angerissenen Akkorden akzentuierte. Die leicht nasale Stimme von Daniel Mactas erklang und führte die Tanzenden wie an unsichtbaren Fäden durch den Raum. Elena beobachtete konzentriert die einzelnen Paare. Sie hatten während des zehntägigen Unterrichts viel gelernt. Einige von ihnen würden an diesem Abend eine respektable Figur auf der Tanzfläche machen. Elena betrachtete eine kleine, leicht pummelige Frau, die ihr verlegenes Kichern während des Unterrichts oft hinter vorgehaltener Hand versteckt hatte. Nun folgte sie graziös ihrem immer noch linkischen, aber redlich bemühten Partner und strahlte dabei selig. Elena freute sich mit ihr und ließ den Blick über die anderen Schülerinnen und Schüler gleiten. Während sie die Fortschritte der Einzelnen registrierte, begann das letzte Stück der zweiten *tanda*.

Conchita bedeutete Elena mit einer knappen Kopfbewegung und einem spitzbübischen Lächeln auf den Lippen, ihr auf die Tanzfläche zu folgen. Elena lächelte zurück. Doch der erste Ton des Pianos malte einen entrückten Ernst auf ihre Gesichter. Elena zog Conchita an sich, ihre Köpfe waren auf gleicher Höhe, sie blickten einander über die Schulter, ohne dass sich ihre Wangen berührten.

Piano und Bandoneon bereiteten dem Sprechgesang von Silvana Deluigi den Boden. Die Instrumente rollten die Melodie vor der Sängerin aus wie einen roten Teppich. Nach wenigen Takten betrat sie ihn und steigerte ihre Stimme von wehmütigen Passagen zu energisch vorgebrachten Sätzen, um dann unvermittelt in verzweifeltes Sehnen zu verfallen.

In langen, ausgreifenden Schritten zog Elena Conchita mit sich. Sie nutzte die Größe des Raumes für endlose Bahnen, die nur hier und da von einer quälend langsamen Drehung unterbrochen wurden und einen Richtungswechsel einleiteten. Wenn Silvana Deluigi energisch und akzentuiert die Töne aus ihrer Kehle entließ, schritt Elena vorwärts, wobei es fast schien, also schöbe sie Conchita von sich fort. Kaum glitt die Sängerin in sehnsuchtsvolle Tonlagen, zog Elena ihre Partnerin enger an sich und führte ihre aneinandergeschmiegten Körper in einem großen Bogen über das Parkett. Dann hielt sie inne und verharrte wie versteinert. Conchita nahm ihre Linke von Elenas Schulter, griff deren rechte Hand und zog sie so zu sich, dass sie einander anblickten. Ihre Gesichter berührten sich beinahe, und nun übernahm Conchita die Führung. Sie verlagerte das Körpergewicht auf den linken Fuß und setzte den rechten hinten auf. Nach einer *sacada* leitete sie zu einer raumgreifenden Bewegung über. Während Conchita mit knappen Seitenchassés den Raum durchquerte, tanzte Elena eine endlose Reihe von rückwärtsgelaufenen *ochos*. Geschmeidig wie eine Katze trieb Conchita Elena in schnellen Schritten vor sich her. Elena gab sich ihr mit Selbstverständlichkeit hin, reagierte unmittelbar auf die kleinste Bewegung und genoss die Musik, die Conchita für sie interpretierte.

Als Silvanas Gesang mit den letzten, vom Piano begleiteten Takten verklungen war, lösten sie sich voneinander. Einige Paare hatten schon vor ihnen aufgehört zu tanzen und die beiden Frauen beobachtet. Sie klatschten begeistert Beifall. Elegant verbeugten sich die beiden Tänzerinnen. Lächelnd sagte Elena: »Danke, Conchita, das war ein wunderschönes Abschiedsgeschenk!«

»An Abschied mag ich gar nicht denken. Ich freue mich auf den Tag, an dem du hier wieder in der Tür stehst und dein Versprechen einlöst.«

Als Elena aus Ramóns Tanzschule trat, fröstelte sie. Es war kalt, aber klar. Ein steter Wind trieb vereinzelte kleine Wolkenfetzen vor sich her. Sie beschloss, nicht die *subte,* die U-Bahn, zu nehmen, sondern zu Fuß zu Rafaela zu laufen, um sich die Haare schneiden zu lassen. Auch wenn es ein Umweg war, bog sie in die Calle Defensa in Richtung La Boca ein. Die schon ziemlich tief stehende schwache Wintersonne ließ den Himmel bleistiftgrau bis dunkelblau erscheinen, und damit bot er in Elenas Augen die schönste Kulisse für La Bocas farbenfrohe Häuser. Elena stand an der Vuelta de la Rocha, einem kleinen dreieckigen Platz nahe des Riachuelo-Kanals, und hielt mit geschlossenen

Augen ihr Gesicht in den Wind. Sie sog die Luft ein, in der ein Hauch des Geruchs von brackigem Wasser und Diesel lag. Im Sommer war der Gestank des Riachuelo oft unerträglich, aber zu dieser Jahreszeit mit ihren kühlen Winden verlieh er der Luft eine Würze, die für Elena der Duft von Buenos Aires schlechthin war. Elena ging durch El Caminito in nördliche Richtung und einmal um den gesamten Häuserblock. Es war kein Wunder, dass dieses *barrio* zu den meistbesuchten Vierteln in Buenos Aires gehörte. Aber jetzt im Winter, am frühen Abend, waren kaum Touristen unterwegs. Blechbahnen aus dem Inneren alter Schiffe verkleideten viele Fassaden der ein- oder zweistöckigen Häuser, die alle bunt, manchmal geradezu grell angestrichen waren. Von jeher hatten die Bewohner die Farbe genommen, die sie bekommen konnten, und nicht selten waren die Blechfronten mit Bootslack gestrichen. Elena ging langsam an einem Haus vorbei, dessen unteres Stockwerk in Rot, Blau und Weiß gehalten war, während die obere Hälfte gelb und grün leuchtete. Wehmut machte sich in ihr breit. Noch nie hatte sie Buenos Aires für längere Zeit verlassen. Ein paar Wochen auf dem Land oder ein paar Tage in Montevideo, weiter war sie nie gekommen. Ein letzter Blick auf La Boca, den ihre Erinnerung hüten würde wie einen Schatz. Dann machte sie auf dem Absatz kehrt, um zu Rafaela zu gehen.

Mit Blick aus dem Fenster auf den Winterhimmel fuhr Elena sich durch die frischgeschnittenen Haare. Sie reichten nur noch bis knapp auf die Schultern. Rafaela hatte sie stärker gekürzt als sonst. Das Geld für einen Friseurbesuch im teuren Las Palmas konnte sie sich erst einmal sparen. Elena vermisste das Gewicht des Haars auf ihren Schultern. Ihr Gepäck versperrte die Tür. Nicht weil es so viel gewesen wäre, sondern weil die Wohnung eng und klein war. Zweieinhalb winzige Zimmer mit Küche, über der Werkstatt von Alfonso. Das Bad im Erdgeschoss teilten sie und Caridad sich mit ihm und seiner Familie. Nun würde Caridad die Wohnung für sich allein haben. Seit dem morgendlichen *mate,* den sie überwiegend schweigend zu sich genommen hatten, hatte Elena Caridad nicht mehr gesehen. Ab und an hatte sie den tönenden Schlag von Metall auf Stein vernommen, wenn in Alfonsos Werkstatt gerade Ruhe herrschte. Im Augenblick arbeitete Caridad rastlos an einer Skulptur, die sie »Die Opfer des Ibérico Saint Jean«, nannte. General Ibérico Saint Jean war während des Militärregimes zwischen 1976 und 1983 Gouverneur der Provinz Buenos Aires gewesen. Er hatte damals gemäß der Logik der Repression freimütig vor ausländischen Journalisten erklärt: »Zuerst werden wir alle Subversiven töten, dann ihre Komplizen, dann ihre Sympathisanten, danach die, die gleichgültig bleiben, und schließlich werden wir die Zaudernden töten.« Seitdem Caridad mit diesem Werk begonnen hatte, war sie abwesender und hohläugiger als je zuvor. Elena wusste, sie arbeitete, um ihrer Wut und ihrem Hass ein Ventil zu geben. Caridads älteste Schwester war 1980 eines Tages nicht von der Arbeit zurückgekehrt. Von ihrem Tod in einem der Gefängnisse erfuhr die Familie zehn Jahre später. Verlust und Ungewissheit waren das beherrschende Thema von Caridads Arbeiten aus Metall und Holz. Als Elena Caridad Mitte der neunziger Jahre kennengelernt hatte, war sie zutiefst beeindruckt gewesen von der Unerschrockenheit dieser Frau. Seit dem Verschwinden ihrer Schwester bis zu diesem Tag protestierte sie regelmäßig auf der Plaza de Mayor. Heute war diese Aktion ungefährlich und fand nur noch wenig Beachtung in einer Gesellschaft, die inzwischen zwanzig Jahre in einer Demokratie lebte und sich, wenn auch zögerlich, an die Aufarbeitung der Schrecken der Diktatur begab. Als Caridad und ihre Mutter in den achtziger Jahren jedoch wöchentlich mit Hunderten anderer Frauen, den Madres de la Plaza de Mayo, stumm den Platz umrundeten, weil Versammlungen im Stehen verboten waren, hatten sie riskiert, selbst ins Visier der Todesschwadronen zu geraten. Von Anfang an hatte Caridad in Elena den Wunsch wachgerufen, sie zu beschützen und das erfahrene Leid zu lindern, indem sie ihr die Bürden des Alltags abnahm und sie umsorgte. Sie dachte an den Tag, als sie verliebt und glücklich diese Wohnung und das winzige Atelier entdeckt hatte und freudestrahlend mit der Nachricht zu Caridad gelaufen war. Endlich eine bezahlbare Wohnung für sie beide. Elena hatte die Organisation des Umzugs übernommen und damit auch die Verantwortung für Caridads Leben. Mit den Jahren hatte sie beinahe resigniert, denn für Caridad blieben, trotz ihrer Liebe füreinander, Glück und Lebensfreude abstrakte Begriffe. Caridads Gleichgültigkeit dem Leben gegenüber grenzte an Apathie, die ihr auch den Blick für das Schöne und Gute verstellte. Nach fast acht Jahren stand nun die erste längere Trennung bevor. Elena fragte sich zum wiederholten Mal, ob Caridad die Miete wirklich allein würde aufbringen können. Ohne Erfolg hatte sie sich um eine Untermieterin bemüht. Erspartes besaßen sie beide nicht – der *corralito* hatte es aufgefressen. Verursacht durch die Zahlungsunfähigkeit des argentinischen Staates hatten sich die Einlagen von Millionen von Sparern über Nacht in Luft aufgelöst. Was mochte geschehen, wenn ihre Geliebte die Miete eines Tages nicht zahlen konnte? Caridad schien es nicht zu kümmern, und Elena gab den Gedanken daran auf. Wie die meisten ihrer Landsleute hatte sie gelernt, sich in erster Linie mit dem unmittelbar Anstehenden zu befassen. In diesem Fall einem Flug nach Las Palmas de Gran Canaria. Mit dem Rücken zum Fenster sah sie sich in dem Raum um, der für Jahre ihr Zuhause gewesen war, und fragte sich, ob sie hierher zurückkehren würde. Für einen Moment ergriff sie prickelnde Aufregung – in wenigen Stunden würde sie in einer vollkommen anderen Welt sein.

Nach ihrer Entlassung aus dem Grafik- und Fotoatelier hatte sie ihren Nebenjob in Ramóns Tangoschule für Touristen ausgebaut. Anfangs war sie skeptisch gewesen, ob es gut war, aus ihrer Leidenschaft für Tango einen Beruf zu machen. Sie hatte Sorge, die Unterrichtsroutine könne ihr die Freude daran verderben. Doch letztendlich war ihr nichts anderes übrig geblieben, um sich über Wasser zu halten. Mehr als vier Jahre arbeitete sie nun schon als Tangolehrerin und freute sich an der Freude ihrer Schülerinnen und Schüler, diesen Tanz für sich zu erobern. Nun hatte ihr der Leiter einer Tanzschule aus Las Palmas, der mit einer Gruppe Tangobegeisterter in Buenos Aires gewesen war, das Angebot gemacht, ein Jahr lang bei ihm zu unterrichten. Mit Besuchervisum, aber ohne Arbeitserlaubnis. Als Gegenleistung erwartete sie ein schmales Gehalt und eine Unterkunft. Das Ticket für den Hin- und Rückflug hatte er geschickt. Elena machte sich keine Illusionen – es würde kein Zuckerschlecken werden. Geld würde sie kaum zurücklegen können, doch darum ging es ihr nicht. Sie lebte schon seit Jahren in sehr bescheidenen Verhältnissen und mit ihr die Mehrheit der Menschen in Argentinien. Das Leben für den Augenblick nahm ihnen die Angst vor der Zukunft.

Ihre Gedanken gingen oft in die Vergangenheit zurück, zu oft, um in der Gegenwart Ruhe zu finden. Zurück zu dem

Tag, an dem ihre Tante Marí beerdigt worden war, zurück zu den wenigen Anlässen, bei denen Elena ihr begegnet war. Erst mit Marís Tod war Elena wirklich bewusst geworden, dass sie eine Tante gehabt hatte. Nach deren Selbstmord war eine ihr fast völlig fremde Frau bestattet worden. Doch die Atmosphäre beim Begräbnis, der unerklärliche Hass ihrer Mutter und das sture Schweigen ihres Vaters, was die Umstände von Marís frühem Tod wie auch ihr Leben anbelangte, hatten Elenas Neugier geweckt. Am Tag der Auflösung von Marís Wohnung hatte sie zum ersten Mal begriffen, dass sie mit Marí ein Familienmitglied verloren hatte, das offenbar ein ganz anderes Leben geführt hatte als ihre Eltern und ihre übrigen Verwandten. Marí war Malerin gewesen und unverheiratet. Sie lebte in einer schönen Wohnung für sich allein und verwahrte in einem ihrer Skizzenbücher das Foto einer Frau mit einer Widmung, die auf eine Liebesbeziehung hindeutete – Antrieb für Elena, mehr über Marí erfahren zu wollen. Und so trug sie seit ihrem sechzehnten Lebensjahr Mosaiksteinchen aus Marís Leben zusammen. Ihre Versuche, von ihren Eltern mehr zu erfahren, scheiterten allesamt. Ihr inzwischen verstorbener Vater hatte es verstanden, ihren drängenden Fragen auszuweichen und sie mit vagen Allgemeinplätzen und Anekdoten aus ihren gemeinsamen Kindertagen abzuspeisen. Ihre Mutter verbat sich schlichtweg jede Frage zu ihrer verstorbenen Schwägerin und machte keinen Hehl aus ihrer Abscheu gegenüber allem, was auch nur entfernt mit Marí zu tun hatte. Das hatte Elena vor allem in jungen Jahren nur noch mehr angespornt, Nachforschungen anzustellen. Heute, mit vierzig, blickte Elena auf eine jahrzehntelange Spurensuche zurück, die Teil ihres eigenen Lebens geworden war. Fast eine fixe Idee – vielleicht der Wunsch, sich selbst in Marí wiederzufinden, die offenbar Frauen geliebt und ein unkonventionelles Leben geführt hatte. Sie wünschte, sie hätte Marí wirklich gekannt. Manche Jahre hatte sie Marí fast vergessen, sich dann jedoch, getrieben von dem Wunsch, endlich mehr über sie zu erfahren, erneut auf Spurensuche gemacht. So wenig sie auch herausgefunden hatte, Marí war ihr mit der Zeit immer vertrauter geworden. An manchen Tagen hatte sie ein sehr lebendiges Bild von ihr vor Augen, dann wieder fragte sie sich, ob sie ein Phantom erschaffen hatte, um ihm nachjagen zu können, statt sich mit den nüchternen ihr bekannten Fakten über ihre Tante zu begnügen. Und immer wieder grübelte sie über den Grund für den frühen tragischen Tod ihrer Tante nach. Als Elena schließlich erfuhr, dass Marí eine Weile in Las Palmas gelebt hatte, stand ihr Entschluss schnell fest: Die Reise dorthin war ein erneuter Versuch, Licht in Marís Leben zu bringen.

Sie griff nach ihrer Jacke und beschloss, sich von Alfonso und seiner Familie zu verabschieden und bei der Gelegenheit nach Caridad zu schauen. Sie lief die Treppe hinab und über den Hinterhof zu Caridads Atelier. Das Tor stand offen, und Funken sprühten in einem kurzen Bogen auf den Boden. Elena trat vorsichtig näher und beobachtete Caridad, die mit einer Flex ein Stück Metall durchtrennte. Das hohe Kreischen von Metall auf Metall biss ihr in den Schädel. Es hatte keinen Zweck, dagegen anzuschreien.

Elena trat vorsichtig ein und ging um Caridad und das auf dem Boden verstreute Material herum, bis sie ihr gegenüberstand.

Caridad hörte auf zu schneiden und schob ihre Schutzbrille hoch. »Ja?« Es war ihr anzusehen, dass sie in Gedanken völlig bei ihrer Arbeit war und mit Elenas Auftauchen nichts anzufangen wusste.

»Geht es gut voran?«, fragte Elena. Caridad nickte unbestimmt und zog ihren löchrigen Handschuh zurecht.

»Ich habe mich gefragt, ob du bald nach oben kommst«, erklärte Elena sanft. Sie wusste, Caridad hasste es, bei der Arbeit unterbrochen zu werden. »Der Flug geht in aller Frühe, und ich brauche noch ein paar Stunden Schlaf ...«

Caridad nickte und zog die Handschuhe aus.

»Alfonso hat mir übrigens versichert, dass du, wenn es mit der Miete eng werden sollte, zumindest einen Teil in seiner Werkstatt abarbeiten kannst. Dreiviertel will er aber mindestens in bar haben.«

In Caridads Blick mischte sich eine Spur Unwillen. Sie begann die Werkstücke zusammenzuräumen. Elena spürte, wie sich jede Faser in Caridad dagegen sträubte, die Werkstatt zu verlassen. Sie hätte nicht kommen sollen. Irgendwann wäre Caridad von selbst nach oben gekommen.

»Beeil dich nicht. Ich sag noch Alfonso und Maria auf Wiedersehen und mach uns etwas zu essen.«

»Du wirst eine gute Zeit auf Gran Canaria haben Elena«, sagte Caridad unvermittelt. »Mach dir keine Sorgen um mich, ich komme schon klar, und ich brauche nicht viel ...

»Aber die Miete ...

»Ja, die Miete, das sagtest du schon.« Sie wischte diese Nebensächlichkeit mit einer fahrigen Bewegung beiseite und fuhr fort: »Du wirst sehen, die Abwechslung wird dir guttun. Du machst dir zu viele Gedanken.«

Elena schluckte. Sie machte sich zu viele Gedanken – so konnte das auch nur Caridad sehen.

»Du hast dich für diese Reise und die Suche nach Marís Bildern entschieden, Elena. Warum zögerst du jetzt?« Caridad schwieg kurz. »Es ist auch eine Gelegenheit für dich, Abstand vom Alltag hier und Klarheit zu gewinnen ...«

30

Was waren denn das für Gedanken? Sie zögerte im Grunde doch gar nicht, und wie kam Caridad darauf, Elena müsse Abstand und Klarheit gewinnen? Elena fragte nicht weiter nach, sondern nickte nur leicht und sagte: »Ich gehe dann mal rüber. Bis gleich.«

Der Kapitän kündigte den Landeanflug auf Las Palmas de Gran Canaria an. Elena spürte jeden einzelnen Knochen im Leib. Wie eine bleierne Haut lag die Müdigkeit auf ihr. Sie fuhr mit dem Zeigefinger über das dicke Fensterglas und wunderte sich, wie kalt es sich anfühlte. Unter ihr das glitzernde Meer, Schaumkronen und einsame Boote inmitten der grenzenlosen blauen Weite. Noch war die Insel nicht zu sehen. Elenas Hoffnung, der Schlüssel zu Marís Leben und vielleicht auch zu ihrem Tod läge in Las Palmas, verflüchtigte sich angesichts der gleichgültig wogenden Wassermassen unter ihr. Was wollte sie hier? Sie klammerte sich an die Worte Fernando Espinas. Seine Schilderungen von Marí als Künstlerin waren der Grund, weshalb sie sich entschlossen hatte, auf dieser Insel nach irgendeiner Hinterlassenschaft Marís, nach Bildern oder nach Menschen, die sie gekannt hatten, zu suchen. Anhand einer über vierzig Jahre alten Einladung, die Ausstellung einer Künstlergruppe zu besuchen, die sich in einem der Skizzenbücher Marís befand, hatte sie nach mühsamer Recherche ein noch lebendes Mitglied dieser Gruppe ausfindig gemacht: Fernando Espina. Sie hatten sich »Grupo del Gato« genannt, und Marí war eine von ihnen gewesen.

»Marís Bilder waren einfühlsame Porträts von Menschen, die ihr irgendwo begegnet waren: auf der Straße, im Café, in einer Bar. Menschen bei der Arbeit, beim Tanzen, beim Musizieren. Traurige Menschen, fröhliche Menschen, Menschen, die sich in Pose warfen.« Das waren Fernandos Worte gewesen. »Ihre Darstellung war unendlich präzise, sehr detailverliebt und akkurat. In der Öffentlichkeit, außerhalb eines kleinen, an Kunst interessierten Publikums, war Marí eine Unbekannte. Ich bin sicher, ihre Zeit wäre gekommen, doch dann hat sie das Malen aufgegeben.« Fernando Espina hatte traurig den kahlen Kopf geschüttelt. »Zu unseren Treffen kam sie immer seltener. Überhaupt machte sie sich in Künstlerkreisen rar und verkündete lapidar, sie hätte das Malen drangegeben. Vorstellen konnte ich mir das nicht – kann ich bis heute nicht. Sie unternahm diese Reise nach Las Palmas. In der Zeit, die sie dort verbrachte, hat sie bei einem entfernten Cousin von mir gewohnt. Ich erinnere mich genau, wie aufgekratzt sie vor der Reise war. Ich hoffte schon, das sei das Ende ihrer Schaffenskrise. Aber als sie zurückkam, war es schlimmer als zuvor. Malen, die Kunst, ihre Freunde und Weggefährten, alles war ihr vollkommen gleichgültig. Sie mied die Welt der Bilder, die ihr so viel bedeutet hatte, die Ausstellungen, die Bars, in denen sie früher verkehrt hatte, und zog sich komplett zurück.« Zusammengesunken hatte er dagesessen. »Ich habe Ihre Tante irgendwann Ende der sechziger Jahre aus den Augen verloren, Elena. 1979 oder so las ich die Todesanzeige. Ist es wahr, was man sich erzählt …?«

Elena hatte hastig gesagt: »Ja, es ist wahr.«

»Es war eine schlimme Zeit damals. Die Angst ging um. Tausende sind verschwunden, und manch einer hatte keine Kraft mehr, sich in diesem Land zurechtzufinden.«

Elena mochte damals nichts darauf erwidern. Durch Caridad wusste sie, was es bedeutete, einen Menschen zu verlieren, der in die Mühlen des Regimes geraten war.

Las Palmas de Gran Canaria, 21. September 2003

Die Wohnung war winzig, ein Zimmer mit Küche. Dusche und Toilette waren auf halber Treppe. Die Küche war einmal die alte Waschküche auf der *azotea,* dem begehbaren Flachdach gewesen; das Zimmer hatte jemand nachträglich angebaut. Elena musste drei Stockwerke hinaufsteigen, bis die Treppe auf der *azotea* endete und sie mit ein paar Schritten in ihr neues Zuhause gelangte. Doña Fermina, die Besitzerin des Hauses an der Calle Domingo Guerra del Río, das der arabesken Fassade nach bessere Tage erlebt hatte, bewohnte gemeinsam mit ihrer Nichte und deren Familie die beiden unteren Etagen. In der dritten Etage, deutlich weniger herrschaftlich ausgestattet, lebte ein junges Paar, mit dem Elena sich das Bad teilte. Nichts Neues für sie, ein Stück Buenos Aires. Das Schönste aber war die *azotea.* Von hier aus hatte sie einen weiten Blick über ihr Barrio San Nicolas hinaus. Linker Hand lag das Barrio San Juan mit seinen kleinen ärmlichen Häusern, die wie bunte Schachteln an den Hügel geheftet waren. Vor ihr schloss sich das Barrio Triana an, rechts erhob sich die Catedral de Santa Ana, und ganz hinten erstreckte sich die glitzernde Weite des Meeres. Die übrigen Bewohnerinnen und Bewohner nutzten die *azotea* zum Wäschetrocknen und Paco aus der dritten Etage zum Rauchen, wenn er und Magdalena sich in der Wolle hatten.

Elena stützte sich mit den Armen auf die Mauer der *azotea.* Zu dieser Tageszeit hatte sie selten Gelegenheit, die Aussicht und die vom Atlantik aufkommende Brise zu genießen. Fast jeden Abend und die meisten Nachmittage verbrachte sie im Tanzstudio von José. Er hatte versprochen, ihr ab Januar einen ganzen Tag und einen weiteren Abend freizugeben. Dafür sollte sie tagsüber einen Intensivkurs für Tanzlehrer betreuen.

Sie griff nach ihren Zigaretten und schaute versonnen über die Stadt – die Stadt, in die sie ihre Hoffnung gesetzt hatte. Drei Wochen lang hatte sie systematisch Galerien, Antiquariate und Museen durchforstet. Mittlerweile war die Suche einem ziellosen sich Treiben lassen durch die Straßen von Las Palmas gewichen. Sie genoss das, mochte es sich jedoch nicht eingestehen, denn es brachte sie ihrem eigentlichen Ziel nicht näher.

Charlotte Grünberg, eine alte Dame, die sie bis zu deren Tod mehrmals besuchte, hatte es vermocht, Elenas schemenhaftes Bild ihrer Tante zum ersten Mal mit Leben zu füllen. Elena lächelte bei dem Gedanken an Charlottes schnörkellose Art und schnippte die Asche über die Mauer. In einem der Skizzenbücher hatte ein alter Briefumschlag gesteckt. Auf dem an Marí adressierten Brief war der Name der Absenderin, Charlotte Grünberg, noch deutlich zu erkennen. Elena hatte sich ein Herz gefasst und sie kurzerhand besucht. Das erste Gespräch mit ihr, Mitte der achtziger Jahre, war Elena beinahe wortwörtlich in Erinnerung geblieben.

»So, Sie sind also Marís Nichte – Elena«, hatte Charlotte sie kühl empfangen, und ihr starker deutscher Akzent schabte erbarmungslos über Elenas angespannte Nerven. »Ich erinnere mich nicht, dass sie jemals von einer Nichte erzählt hat – sie hat überhaupt nie von ihrer Familie gesprochen, wenn ich es recht überlege. Aber ich weiß, dass sie einen Bruder hatte. Dieser Umstand bietet zumindest die Voraussetzung für eine Nichte. Der Bruder muss wesentlich jünger gewesen sein – er könnte noch leben.«

»Das ist mein Vater, Roberto, aber er lebt nicht mehr. Er ist kürzlich gestorben«, hatte Elena sich beeilt zu erklären.

Charlotte Grünberg hatte es zur Kenntnis genommen und ihnen beiden eine Beileidsfloskel erspart. Elena war angespannt gewesen. Sie hatte die gediegene, imposante Wohnung, abgedunkelt gegen die Hitze draußen, mehr gespürt als wirklich wahrgenommen. Aus Furcht, neugierig zu wirken, hatte sie es nicht gewagt, sich umzuschauen. Eine Prüfungskommission war nichts gegen den Blick von Señora Grünberg. Kerzengerade hatte sie ihr im Sessel gegenübergesessen und Elena mit hellwachen Augen forschend gemustert. Offensichtlich hatte das, was sie in Elenas Gesicht las, ihre Zustimmung gefunden, denn etwas milder fragte sie: »Sie haben sich also auf Spurensuche gemacht. Wie alt waren Sie überhaupt, als Marí starb?«

»Sechzehn.«

»Na, immerhin.« Charlotte Grünberg hatte gelächelt. »Da haben Sie ja noch eine gute Erinnerung an Ihre Tante.«

»Ehrlich gesagt, nein. Ich habe meine Tante bis zu ihrem Tod sehr selten gesehen. Meine Eltern und sie … Ich meine, meine Eltern schienen den Umgang mit ihr immer zu meiden. Das ist auch etwas, das ich gerne verstehen möchte. Sie war eine unglaublich begabte Malerin. Ich habe nie verstanden …« Elena hatte kurz gezögert und sich dann entschlossen zu schweigen, aus Furcht, die Frau mit überflüssigen Worten zu belästigen.

Charlotte Grünberg hatte sich maliziös lächelnd mit der dürftigen Erklärung begnügt. Nach einer Weile hatte sie die Perlenkette, mit der sie spielte, losgelassen, war aufgestanden und zum Fenster getreten. »Haben Sie eine Vermutung, was der Grund dafür gewesen sein könnte, Elena?«

Elena schmunzelte bei der Erinnerung, wie es in ihrer Brust gepocht hatte. Natürlich hatte sie eine Vermutung gehabt, nein, die Hoffnung, es könnte die Liebe zu Frauen gewesen sein. Aber wie hätte sie das Señora Grünberg sagen sollen? Doch wenn sie von dieser Dame etwas erfahren wollte, musste sie ehrlich sein, das hatte sie gespürt. Als sie zum Sprechen ansetzte, kam Charlotte Grünberg ihr zuvor. »Den Grund dafür kann ich Ihnen nennen.« Sie hatte leise geseufzt.

Elena hatte nicht gewagt zu sprechen. Die Frau hatte sie so lange schweigend gemustert, bis sie sich innerlich wand. Als sie glaubte, es nicht mehr aushalten zu können, fuhr die andere fort: »Ich denke, Ihnen gegenüber muss ich kein Blatt vor den Mund nehmen, Elena. Ihre Tante hat es verdient, dass man ihrer Nichte dabei hilft, sich ein realistisches Bild von ihr zu machen.« Sie hielt einen Moment inne und fuhr dann fort, ohne Elena aus den Augen zu lassen. »Ihre Tante war eine bezaubernde und kluge Frau, Elena. Männer wie Frauen begehrten sie. Vor allem Frauen – und das war es auch, was sie wollte. In ihren jungen Jahren hat sie, und ich übertreibe nicht, reihenweise Frauen betört und so manche verführt.« Charlotte Grünberg hatte schief gelächelt. »Später dann ist sie sehr solide geworden. Habe ich Ihnen mit dieser Auskunft weiterhelfen können?«

Elena fürchtete, das Gespräch sei damit beendet, und so hatte sie sich ein Herz gefasst und gesagt: »Wissen Sie, ich habe damals nach der Beerdigung ein paar Dinge von ihr an mich genommen. Skizzenbücher, die ich unbemerkt von meiner Mutter in meiner Schultasche habe verschwinden lassen ...«

Charlotte Grünbergs Brauen hatten sich einen Hauch gehoben, und die Andeutung eines Lächelns umspielte ihre Lippen.

»Ich wollte einfach etwas zur Erinnerung an sie behalten. Sie war immerhin meine Tante, und die Ablehnung meiner

Eltern hat mich nur noch neugieriger gemacht«, hatte sie sich beeilt zu erklären. »Nun ja, und in diesen Büchern habe ich neben Ihrem Namen auf einem Briefumschlag noch ein paar Dinge gefunden … unter anderem dieses Foto.« Elena hatte das Bild hervorgeholt. »Ich möchte gerne wissen, wer diese Frau ist.«

Charlotte war zu Elena getreten. Nach einem kurzen Blick auf das Foto hatte sie gesagt: »Das ist Rosalia Catala de la Vega, die langjährige Geliebte Ihrer Tante.«

Damit bestätigte sie endgültig, was Elena, seit dem Tag, als ihr das Bild in die Hände gefallen war, geahnt hatte: Ihre Tante hatte Frauen geliebt.

»Können Sie mir etwas von Rosalia und meiner Tante erzählen?«

Charlotte war an eines der Fenster getreten und hatte den schweren Vorhang ein Stück zur Seite gezogen. Nach einem langen Blick auf die Straße hatte sie sich wieder Elena zugewandt.

»Nun, es war eine große Liebe. Sie vergötterten einander. Rosalia war charmant, elegant und sehr, sehr amüsant. Sie waren wie füreinander geschaffen, doch Rosalia war verheiratet. Das brachte Probleme mit sich. Marí hat sehr darunter gelitten.«

»Das kann ich mir vorstellen.«

»Nein, nicht wie Sie denken. Oswaldo, Rosalias Mann, hatte keine Einwände gegen diese Beziehung. Er hatte seine eigenen Interessen – Sie verstehen. Doch die Männerbekanntschaften, die er pflegte, waren kurz und unverbindlich. Ob damit seine Bedürfnisse vollauf befriedigt wurden oder ob er aus Angst vor öffentlicher Aufmerksamkeit nichts anderes wünschte, vermag ich nicht zu beurteilen. Er war ein hohes Tier. Erst Presidente del Banco National,

37

dann Secretario de Estado im Wirtschaftsministerium. Eine Frauenliebe ließ sich schon immer leichter mit dem Deckmäntelchen der treuen Gefährtin und Freundin kaschieren.« Charlotte hatte kurz innegehalten. »Marí hasste dieses Versteckspiel. Bevor sie Rosalia kennenlernte, war sie nicht gerade zurückhaltend gewesen und hatte, ohne ihre Neigung zu Frauen an die große Glocke zu hängen, es nicht für nötig befunden, dies zu verbergen. Doch die Tatsache, dass Rosalia verheiratet war und zudem mit einem Mann, der als angesehenes Mitglied der Gesellschaft selbstverständlich verbarg, dass er Männer begehrte, zog sie in ein Leben voller Täuschungen und Lügen, bei dem es nicht mehr allein um sie ging. Rosalia hatte weniger Schwierigkeiten damit, die Fassade der Ehefrau aufrechtzuerhalten. Als Diplomatentochter hatte sie von klein auf gelernt, ihre wahren Gefühle zu verbergen und die Rolle zu spielen, die von ihr erwartet wurde. Etikette war für sie nicht nur ein leerer Begriff, sie legte Wert darauf – bei allem Übermut, der auch in ihr steckte. Sie und Oswaldo verstanden sich wirklich gut. Oswaldo und Marí übrigens auch, insofern war diese ›Dreierbeziehung‹« – bei dem Wort hob sie die Brauen – »durchaus harmonisch.«

»Ich kann mir das gar nicht vorstellen …«

»Sie sind noch jung, Elena. Sie können sich wahrscheinlich so manches nicht vorstellen, worauf sich Menschen einlassen …«

Sie hatte es eher wehmütig als gönnerhaft gesagt, so dass Elena nicht das Gefühl gehabt hatte, belehrt zu werden.

»Aber Sie haben wahrscheinlich nicht so ganz unrecht mit Ihren Zweifeln. Irgendwann hat Marí begonnen sich zu verändern und sehr viel von ihrer lebendigen, lebensfrohen Art, mit der sie alle bezaubert hat, verloren. Möglicherweise hat-

te das aber auch ganz andere Gründe. Vielleicht hatte es mit
ihrem mangelnden Erfolg als Malerin zu tun? Es muss in
den Fünfzigern gewesen sein, als sie auf einmal behauptete,
mit dem Malen aufgehört zu haben. Ich habe ihr das nie
geglaubt, denn oft nahm ich den Geruch von Ölfarben und
Lösungsmitteln an ihr wahr oder Farbreste an ihren Händen. Andererseits habe ich auch kein neues Bild mehr von
ihr zu Gesicht bekommen. Ich nehme an, eine Reihe ihrer
Bilder werden sich im Nachlass befunden haben?«

»Es befanden sich nur vier Bilder in ihrer Wohnung. Mein
Vater hat sie nach Marís Tod an sich genommen, besser gesagt, er hat sie vor meiner Mutter gerettet, die alles andere
weggeworfen oder verschenkt hat. Als er gestorben ist, habe
ich sie mir genommen.«

»Ich nehme an, um sie ein zweites Mal vor Ihrer Mutter
zu retten«, bemerkte Charlotte schlicht. »Lediglich vier Bilder, sagen Sie?« Charlotte neigte skeptisch den Kopf. »Nicht
viel für eine Künstlerin, die zumindest in jungen Jahren wie
eine Besessene gemalt hat.«

Buenos Aires, im Mai 1949

Die Stimme von Parquita Bernado trug die Sehnsucht der Menschen durch die tabakschwere Nacht. Einige Paare tanzten, viele Anwesende lauschten nur der Sängerin oder plauderten miteinander. Marí löste sich aus der Gruppe ihrer Freundinnen und Freunde. Sie liebte es, ohne die Begleitung der anderen ein wenig durch das Panteón zu schlendern, das aktuell beliebteste Lokal, um auszugehen. Wandten sich ihr Bekannte zu, nickte sie freundlich und täuschte mit entschlossenem Schritt Zielstrebigkeit vor. Nicht dass sie jemanden gesucht hätte, sie wollte nur nicht in endlose Gespräche verwickelt werden. Trat jemand auf sie zu, winkte sie einer fiktiven Person in der Menge, zuckte entschuldigend die Achseln und zwinkerte dem Getäuschten charmant zu. War es ein Mann, machte er meist eine galante Verbeugung. War es eine Frau, hob sie bedauernd die Brauen oder warf ihr, doch kam das seltener vor, eine Kusshand zu. Marí liebte es, die Leute zu beobachten.

Ihr Blick glitt über das Meer der festlich gekleideten Menschen und blieb an einer kleinen Gruppe hängen. Drei Herren und zwei Damen. Die Männer waren in ein intensives Gespräch vertieft. Die beiden Frauen standen daneben. Die eine redete auf die andere ein, während die Feder an ihrem Hut aufgeregt wippte. Ob die andere auch etwas zum Gespräch beitrug, konnte Marí nicht erkennen. Sie stand mit dem Rücken zu ihr. Die Haltung verriet höfliches Interesse, doch Marí ahnte, dass sie über den Kopf ihrer Gesprächspartnerin hinweg den Raum sondierte. Sie trat näher. Etwas an der Haltung der Frau kam ihr vertraut vor. Sie schritt in einem weiten Bogen um die Gruppe herum, um das Gesicht der Señora sehen zu können. Als sie die Frau im Profil sah, hob diese mit lässiger Eleganz ihre Zigarettenspitze an die Lippen. Marí erfasste ein Kribbeln. Eine blasse Erinnerung stieg in ihr auf. Sie kannte diese Señora. Für einen Moment schloss sie die Augen und sah dieselbe Hand eine Zigarettenspitze zum Mund führen. Ohne weiter zu überlegen, ging sie zu den beiden Damen hinüber, nickte der Frau mit dem Federhut kurz zu und blickte der anderen geradewegs in die Augen.

»Guten Abend. Ich bin Marí. Ich bin erfreut, Sie wiederzusehen.«

Die Zigarettenspitze blieb in der Luft hängen, die Feder nickte noch ein, zwei Mal. Die Frau, die eben noch gesprochen hatte, hielt ihren zu einem spitzen O geformten Mund. Niemand sagte etwas, und Marí hielt den Blick der eleganten großen Frau fest. Diese zog provozierend langsam an ihrer Zigarette und stieß den Rauch in Zeitlupentempo aus. Mit ihm löste sich die Ablehnung auf, die Marí eben noch in den Augen ihres Gegenübers gelesen hatte. Kurz bevor das Schweigen unerträglich wurde, antwortete sie mit überlegener Lässigkeit: »Ach, Marí … Schön, Sie zu sehen. Sagen Sie, hätten Sie einen Augenblick Zeit? Ich habe noch ein paar Fragen zu dieser Angelegenheit, die wir beim letzten Mal besprachen.«

Mit diesen Worten griff sie leicht nach Marís Arm und schickte sich an, sie von der anderen Frau fortzuführen. »Sie entschuldigen, aber es ist furchtbar wichtig …« Im Gehen tippte sie einen der Männer an, der sich sofort der stehengelassenen Dame zuwandte und fragte: »Haben Sie schon gehört, Verehrteste, es heißt, die Callas käme tatsächlich auf ihrer Tournee in unser schönes Buenos Aires. Es war ja lange ungewiss, ob sie am Teatro Colón gastieren würde, aber ich habe nun erfahren, sie käme im Juni oder Juli.« Federhüt-

41

chen ließ sich mit einem letzten empörten Blick auf Marí, die ihr ihre Gesprächspartnerin entführte, in einen Plausch über die Diva verwickeln.

Nach einigen Schritten ließ die Frau mit der Zigarettenspitze Marís Arm los, trat einen Schritt beiseite und fragte kühl: »Was soll das? Was wollen Sie?«

Marí gefror das Blut in den Adern, doch sie nahm ihren Mut zusammen und erwiderte keck: »Vielleicht wollte ich Sie vor Federhütchen retten?« Sie glaubte den Hauch eines Zuckens um die Mundwinkel der anderen wahrzunehmen. Wie selbstverständlich den Faden der anderen aufnehmend fuhr Marí fort: »Die Angelegenheit betreffend, die Sie eben ansprachen – ich wollte Ihnen nur mitteilen, dass sich einige Bleistiftzeichnungen von Ihnen, die vor vielen Jahren an Bord der *Esperanza* entstanden, in meinem Besitz befinden.«

Die Frau zögerte kurz, dann ließ ein weiches Lächeln alle Ablehnung aus ihrem Gesicht verschwinden.

»Sie sind Marí, das kleine Mädchen mit den Zöpfen, die kleine Künstlerin mit dieser bezaubernden Denkerfalte auf der Stirn! Lassen Sie sich anschauen. Ziert dieses Zeichen eines großen Geistes immer noch Ihr Gesicht?«, fragte sie betont theatralisch. In aller Ruhe studierte sie Marís Gesicht. An den Augen blieb sie hängen. »Ich hoffe, Sie zeigen mir die anderen Zeichnungen einmal?«

»Gerne. Samstagabend findet eine Ausstellung im La Esquina statt.«

Marí gelang es, ihre Stimme gelassen klingen zu lassen, während die Augen der Fremden unverhohlen über sie glitten. »Die Zeichnungen gehören zwar nicht zu den Exponaten, aber ich werde sie mitbringen.«

»Das heißt, Sie sind dabeigeblieben? Beim Zeichnen, meine ich.«

»Überzeugen Sie sich selbst. Ich erwarte Sie.«

Marí stand kerzengerade da. Bei jedem Atemzug spürte sie den gestärkten Stoff ihrer Bluse auf der Haut. Sie war nicht mehr zwölf – jetzt begegnete sie dieser Frau auf Augenhöhe. Doch das unergründliche Lächeln der anderen verunsicherte sie.

»Gut, Marí, ich werde mir einen Eindruck von Ihren Fortschritten verschaffen. Bisher« – bei diesen Worten verstärkte sich das Lächeln – »bin ich recht angetan.«

Mit wenigen Worten hatte die Frau sie wieder in ein Schulmädchen verwandelt. Und doch schien sie gleichzeitig von etwas völlig anderem zu sprechen. Für den Moment wagte Marí nicht zu ergründen, was das sein mochte. Sie schwieg, um sich keine Blöße zu geben.

»*Entonces, hasta la vista.* Ich bin *furchtbar* neugierig auf die Ausstellung.« Sie hob die Hand mit der Zigarettenspitze leicht zum Gruß. Mit vollendeter Grazie wandte sie sich um und verschwand. Marí blickte ihr hinterher. Wer war diese Señora? Der Name war ihr schon vor langer Zeit entfallen.

Marí stand am Fenster und starrte in den trüben Tag. Hinter ihr scheuerte ein Mädchen auf den Knien rutschend den abgetretenen Boden. Der Lappen glitt rau über die Fliesen. Marís Nerven waren zum Zerreißen gespannt. In der Rechten hielt sie eine Zigarette und pulte gleichzeitig, den Daumen am Zeigefinger reibend, Farbreste von ihren Nägeln. Am Tag sah La Esquina aus wie alle Bars des Viertels: trostlos, wie ein abgestandenes Glas Bier. Die anderen Mitglieder der Grupo del Gato hängten nebenan Bilder auf. Sie konnte nicht bei Sinnen gewesen sein, diese Señora großspurig hierher einzuladen. Und damit nicht genug – sie würde ihre Bilder betrachten. Marí sah vor ihrem inneren Auge, wie die Frau die Bilderreihen majestätisch entlangschritt, als nehme sie eine Parade ab. Doch mit der Zigarettenspitze in der Hand wirkte es gleichzeitig, als zolle sie dem Ganzen nicht sonderlich viel Respekt. Vielleicht würde sie gar nicht erst kommen. Die Erleichterung, die sie angesichts dieser Möglichkeit verspürte, wich sofort der Panik. Sie musste sie wiedersehen! Marí drückte die Zigarette aus und strich sich fröstelnd über die Oberarme, während sie zugleich den Schweiß in ihren Achselhöhlen spürte. Ich werde nach Hause gehen und schlafen, dachte sie.

»Mein Gott, da bist du ja endlich!« Gerardo eilte auf Marí zu. »Wieso kommst du so spät?« Er starrte sie an. »Bist du krank? Du warst heute Nachmittag schon so seltsam!«

Marí schüttelte nur den Kopf und brachte kein Wort heraus.

»Vor zwei Stunden sind die ersten Gäste gekommen, und einige sind auch schon wieder gegangen.«

Marí schaute ihn stumm an. Sie konnte ihm schlecht gestehen, dass sie stundenlang draußen herumgelaufen war, den Eingang von La Esquina beobachtet hatte und es fast nicht gewagt hätte, überhaupt zu kommen, so elend fühlte sie sich.

»Da hat eine Señora nach dir gefragt, eine Señora, sage ich dir, wie wir sie hier selten zu Gesicht bekommen. Sie wollte dich sprechen. Nachdem sie sich alle Bilder angeschaut hat, besonders deine, sitzt sie nun da drüben und raucht eine nach der anderen. Wenn du mich fragst, war sie nicht besonders erbaut, als ich ihr nicht sagen konnte, wann du kämst.«

Marí hielt die Luft an. Jetzt war ihr vollends übel. Wieso hatte sie ihr Eintreffen nicht bemerkt?

»Komm jetzt. Ich bring dich zu ihr.« Er griff nach ihrem Arm und schob sie vor sich her. »Was zierst du dich denn so? Bist du verrückt, dir ein gutes Geschäft durch die Lappen gehen zu lassen? Was ist nur los mit dir?«

»Lass mich, Gerardo …«

Doch der ignorierte ihr Zaudern und manövrierte sie an der Bar vorbei in einen Nebenraum mit Marís Bildern. Marí wie ein Geschenk präsentierend, machte er eine vollendete kleine Verbeugung vor der eleganten Dame aus dem Panteón und sagte: »Señora, darf ich Ihnen Maríquel Domínguez del Río vorstellen. Sie hatten nach ihr gefragt.«

Er warf der nervösen Marí einen aufmunternden Blick zu, verbeugte sich erneut und entschwand. Die beiden Frauen schwiegen. Sie maßen einander mit forschendem Blick.

Dann fragte Marí: »Wie heißen Sie überhaupt?«

»Rosalia Catala de la Vega.« Sie lachte leicht gepresst und ließ dabei die Asche ihrer Zigarette fallen, die sie nun wenig elegant zwischen ihren Fingern hielt.

»Fast wäre ich gegangen, Marí … Ich hatte vergessen, dass Künstler gerne auf sich warten lassen.« Der Hauch eines Vorwurfs lag in ihren Worten. Doch dann fuhr sie voller Respekt fort: »Sie sind eine Künstlerin geworden – ich hatte genug Zeit, mir Ihre Bilder anzuschauen. Die Studien damals auf der *Esperanza* haben Früchte getragen«, fügte sie mit einem Lächeln hinzu.

Marís Spannung löste sich. »Es tut mir leid, dass ich Sie habe warten lassen.« Sie räusperte sich. »Ich habe die Zeichnungen mitgebracht«, sagte sie dann und riss sich von Rosalias tiefgrünen Augen los. Sie legte eine Mappe auf den Tisch und zog sich einen Stuhl heran.

»Das sind die Zeichnungen von damals. Von der Schiffspassage mit der *Esperanza*, meine ich.« Sie lächelte verlegen.

»Sie kommen ziemlich oft vor …« Unbeholfen löste sie die Schleife, die das alte Leder zusammenhielt, und reichte Rosalia den Stapel Zeichnungen. Diese nahm sie und schaute sich eine nach der anderen an. Sie ließ sich Zeit und schmunzelte hier und da.

»Wie gut, dass ich auf Sie gewartet habe. Die Zeichnungen sind alle sehr, sehr gut. Wie alt waren Sie damals, Marí?«

Marí schluckte. Wieder fühlte sie sich wie ein kleines, unbeholfenes Mädchen. Fast spürte sie die langen Zöpfe auf dem Rücken. »Zwölf Jahre.«

»Und aus dem begabten Mädchen ist eine Malerin geworden«, fügte Rosalia an.

Sie wirkt so jung, dachte Marí. Damals schien der Altersunterschied zwischen ihnen riesig, aber jetzt nicht mehr. Rosalia erschien ihr auch viel jünger als in der Woche zuvor im Panteón.

Als nähme sie Marís Gedanken auf, sagte Rosalia versonnen: »Ich fürchte, ich habe seit der Überfahrt mit der *Esperanza*, bei der ich übrigens meinen einundzwanzigsten Geburtstag feierte, keinen so großen Erfolg vorzuweisen wie Sie …« Marí setzte an zu protestieren.

»Doch, doch«, kam Rosalia ihr zuvor. »Diese Zeichnungen sind wunderbar, und die Bilder, die ich mir vorhin angeschaut habe, sind schlichtweg grandios!«

»Ach, die Zeichnungen – ich habe mir auf dem Schiff bloß die Zeit vertrieben, weiter nichts.«

»Die Zeit vertrieben, pah! Sie waren ernsthaft in Ihre Arbeit vertieft, als wir Sie damals aufgeschreckt haben. Geben Sie zu, dass Sie schon als Zwölfjährige ambitioniert waren. Zum Glück, denn Ihre Mutter war ja wenig erbaut, wenn ich mich recht entsinne.«

»Erinnern Sie mich nicht daran … Meiner Mutter war das

Zeichnen immer ein Dorn im Auge. Aber an dem Tag war sie außerdem überzeugt, dass ich Sie und Ihren Begleiter mit meinem Gekritzel, wie sie es nannte, belästigt hätte.«

Rosalia lachte. »Sie haben mir damals leid getan, ehrlich!« Sie schwieg einen Moment. »Ich habe sie übrigens immer noch.«

»Was?«

»Die Zeichnung. Wissen Sie denn nicht mehr? Sie haben mir eine geschenkt und Ihren Namen darunter gesetzt. In die Mitte.«

Marí errötete. Aus der Rolle des zwölfjährigen Mädchens kam sie bei dieser Begegnung nicht mehr heraus.

»Erinnern Sie sich nicht?«

»Doch, natürlich erinnere ich mich …«

»Ich werde geradezu eitel, wenn ich all diese Bilder anschaue, die Sie von mir gezeichnet haben«, fuhr sie fort und starrte auf einen Punkt irgendwo hinter Marí.

Ohne nachzudenken, sagte Marí: »Sie können Sie haben. Alle. Unter einer Bedingung: Ich möchte Sie noch einmal zeichnen.«

Rosalia schenkte ihr einen langen Blick. Dann griff sie nach der Mappe, klappte sie zu und sagte: »In Ordnung. Ich nehme sie.«

Marí schaute sie ungläubig an. Rosalia erhob sich, schob mit vollendeter Eleganz ihren Seidenschal über die linke Schulter und schritt mit der Mappe unter dem Arm in Richtung Bar. Auf der Schwelle zum nächsten Raum blieb sie stehen, wandte sich um und sagte: »Kommen Sie! Worauf warten Sie noch? Lassen Sie uns gehen!«

»Gehen? Wohin?«

»In Ihr Atelier, nehme ich an. Das ist doch gemeinhin der Ort, an dem Künstlerinnen ihrer Arbeit nachgehen …«

Gran Canaria, im Januar 2004

Freiheit ist eine träge weiße Katze in der Morgensonne, dachte Inés und nippte an ihrem *café con leche*. Frei sein wie eine Katze, glücklich an einem Ort, unabhängig von den Menschen. Genüsslich befreite sie eine Orange von ihrer Schale. Die endlose Spirale faltete sie zusammen und legte sie neben die entkleidete Frucht. Eine Weile betrachtete sie ihr Werk, dann teilte sie die samtenen Spalten und hielt die erste einen Augenblick zwischen den Lippen, bevor sie hineinbiss und der kühle süße Saft über die Zunge ihre Kehle hinabrann. Dies war der fünfte Morgen, an dem sie im alten Haus ihrer Großtante Maruca erwacht war und im *patio* frühstückte. Sie strich sich eine Strähne ihres braunen Haars aus der Stirn und verspeiste ein weiteres Orangenstück. Das Haus war hufeisenförmig gebaut. Die beiden Zimmer des nördlichen Flügels ließen sich nur direkt vom *patio* aus betreten. Sie waren feucht und voller Gerümpel. Im Ostflügel lagen Küche und Waschküche mit eingebauter Dusche, direkt daneben befand sich die Toilette, über der ein riesiger Wasserkasten schwebte, der, dem matten Rinnsal nach zu urteilen, das sich beim Spülen ergoss, nie voll zu sein schien. Die schwarzweißen Fliesen der Räume waren abgetreten und rissig. Im Süden des Hauses lagen die beiden schönsten Räume. Das Wohnzimmer mit hellem Ziegelboden und Fenstern, die den Blick auf die terrassierten Hänge des Tals freigaben, und das Schlafzimmer, dessen winziges Fenster sich nach Osten öffnete. Ihre Tante Olga, die sie vom Flughafen abgeholt hatte, war sichtlich befremdet über Inés' Wunsch, in dem alten Haus ohne Strom zu wohnen. Glücklicherweise war die Zisterne auf dem Dach noch intakt. Olga hatte den Tankwagen bestellt und sie neu befüllen lassen. Am unverständlichsten war ihr, dass Inés auf unbestimmte Zeit bleiben wollte. Diese Vagheit passte so gar nicht zur deutschen Mentalität. Aber Olga hatte sich nicht lange gewundert. Letztlich war es gut, wenn das alte Haus eine Weile bewohnt wurde, mochte Inés tun, wonach ihr der Sinn stand. Olga hegte keine Illusionen über ihre Nichte. Von ihr war nicht das Gleiche zu erwarten wie von ihren anderen Neffen und Nichten, geschweige denn von ihren eigenen Kindern, die in Inés' Alter – fast dreißig – längst Familien gegründet hatten. Wenn Inés meinte, über den Winter in einem Haus in den Bergen wohnen zu müssen, das nur einen Ofen in der Küche besaß, so war das ihre Angelegenheit. Eine Frau, die in Deutschland großgeworden war, musste wissen, was feuchte Kälte und klamme Bettwäsche bedeuteten. Olga kannte Deutschland. Mitte der sechziger Jahre hatte sie ihren Bruder Luis und ihre Schwägerin in West-Berlin besucht. Inés war noch nicht geboren gewesen und die beiden hatten in einer winzigen Wohnung in einer heruntergekommenen Mietskaserne gelebt. Es war Winter gewesen, und Olga dachte mit Schaudern daran, wie sie, als sie im Grunewald spazieren gingen, sich in die Büsche geschlagen hatte und entgeistert die Dampfwolke bestaunte, die sie verursacht hatte.

Olga mochte ihre Nichte. Mehr als alle anderen in ihrer weitverzweigten Familie schätzte sie die *manera alemána*, die deutsche Art. Auch Luis und seine Frau hatten sich verändert, seitdem sie ausgewandert waren. Olga erwartete nicht, dass Inés, in Deutschland geboren und aufgewachsen, sich wie eine Kanarierin verhielt, doch die direkte Art dieses Zweigs der Familie grenzte oft ans Unhöfliche. Etwas mehr Zurückhaltung, was ihre persönlichen Ansichten anging, wünschte sich Olga. Wie oft hatte Inés sie blamiert, wenn sie als Kind die Sommerferien bei ihr verbrachte und ungefragt vor aller Welt ihre Meinung herausposaunte. So freimütig Inés als Kind alle wissen ließ, was sie wollte und vor allem, was sie nicht wollte, so verhalten hatte sie auf Olgas Fragen zu ihrem bevorstehenden Aufenthalt auf der Insel reagiert. Nicht nur dass sie offenbar nicht wusste, wie lange sie bleiben wollte – sie schien insgesamt unschlüssig und müde. Olga hatte ihren Bruder Luis in Deutschland angerufen und gefragt, ob er wisse, was mit Inés los sei, doch er schien nicht sonderlich besorgt und versicherte ihr, seine Tochter sei einfach abgespannt und erschöpft von ihrem Job.

Inés beendete ihre Mahlzeit und stieg in den alten Fiat ihrer Tante. Sie fuhr durch Ingenio. An der Hauptkreuzung war die Straße aufgerissen, per Handzeichen regelten zwei Arbeiter im staubigen Dunst den einspurigen Verkehr. Später als geplant erreichte sie Arinaga. Während sie das stetig wachsende Industriegebiet durchquerte, suchte sie wie jedes Mal die Zufahrt zum Haus von Carla, mit der sie seit Kindertagen befreundet war. Man sollte Arinaga nur vom Meer aus besuchen, dachte sie, nur von dort aus ist es reizvoll und lässt erahnen, dass es einst ein ruhiges Fischerdorf war. Heute ist die aufwändig gestaltete Uferpromenade von vielbesuchten Fischrestaurants gesäumt.

»... und dann habe ich Marga gesagt, dass sie sich aus dem Gerede ihrer Familie nichts machen soll. Kannst du dir vorstellen, dass es irgendjemanden bei euch in Deutschland scheren würde, wenn die Tochter mit dem Vater ihres Kindes, wohlgemerkt noch ungeboren, ohne den Segen der Kirche zusammenlebt?«

»Ich denke ...«

»Papperlapapp, was soll's, Marga lebt ja sowieso hier.«
Abrupt das Thema wechselnd, nahm Carla Inés die Chance
einer Erwiderung und erzählte von ihrer neuen Arbeitsstelle.
Inés hörte sich eine Weile die detaillierte Schilderung von
Carlas Job bei einem Immobilienmakler an, dann nutzte sie
den Moment, als Carla an ihrer Cola nippte, um zu fragen:
»Wie geht es deiner Mutter, Carla?«

»Oh, sie ist gerade nicht ansprechbar. Demnächst findet
irgendeine Ausstellung statt, an der sie teilnehmen wird, und
sie ist ganz davon in Beschlag genommen. Bessert kleine
Schäden an Bildern aus grauer Vorzeit aus, rahmt sie, sor-
tiert, wählt aus. Es ist das einzige Thema, worüber man zur
Zeit mit ihr sprechen kann. Übrigens, mein Brüderchen hat
nach dir gefragt …«

Inés stöhnte innerlich auf. »So – hat er? Die letzten Male,
als ich hier war, hat er es verstanden, mir aus dem Weg zu
gehen. Bemüh dich also bitte nicht, ein zufälliges Treffen
zwischen ihm und mir zu arrangieren, Carla.«

»Keine Sorge, ich würde keiner Frau dauerhaft meinen
Bruder an den Hals wünschen. Er ist so langweilig und
rechtschaffen, dass ich schon beim Gedanken an ihn das
Fluchen verlerne! Wir finden einen anderen Mann für dich,
Inés, zumindest für die Zeit, die du hier bist.« Sie zwinker-
te anzüglich.

Jorge war ihre erste große Liebe gewesen. Die Heftigkeit,
mit der er ihre Gefühle erwidert hatte, übertraf bald ihre
Sehnsucht nach ihm. Es waren die Sommerferien gewesen,
in denen sie ihren sechzehnten Geburtstag feierte. Inés konnte sich noch mühelos das Glück, das sie in diesem langen
Sommer erlebt hatte, in Erinnerung rufen. Sie schätzte den
Mann, der Jorge heute war. Doch die Glückseligkeit gehörte zu einer anderen Zeit.

»Ach, weißt du, für mich hat sich einiges geändert. Also –
eigentlich war dein Bruder eher eine Ausnahme …«

»Also nichts Ernsthaftes am Horizont. Da können wir ja
Ausschau halten.«

Die Türklingel schrillte, und Carla sprang auf. Kurz darauf führte sie eine Frau herein, die forschen Schrittes den
Raum durchquerte, Inés musterte, sie ausgiebig auf beide
Wangen küsste, um sie fortan zu übersehen und Neuigkei-
ten mit Carla auszutauschen. Bevor sie sich verabschiedete,
sagte sie mit einem langem Blick auf Inés: »Lass uns gelegentlich mal in Las Palmas ausgehen, Carla. Und bring deine Freundin Inés mit.«

»Und – wie findest du sie?« Inés staunte nicht schlecht
über die Frage. Seit sie Carla kannte, hatte diese wohl schon
hundert Mal gefragt: »Und – wie findest du ihn?«

»Paula? Ich kann mich nicht erinnern, dass du mir schon
mal von ihr erzählt hast.«

»Ich kenne sie noch nicht lange, aber ich sage dir, Inés,
ich bin sicher, sie tut's mit Frauen!« Carlas Glitzern in den
Augen war geradezu triumphal.

Inés lachte. »So? Wer hätte gedacht, dass dich das so aus
der Ruhe bringt?« Den anfliegenden Ärger über Carlas Sen-
sationslust verkniff sie sich.

Carla schnaubte halb belustigt, halb empört: »Mich?
Blödsinn! Aber interessant ist es doch! Ich will schon lange
mal mit ihr ausgehen. In Las Palmas gibt's eine Menge Bars,
habe ich gehört, für … du weißt schon!«

Inés war amüsiert und verärgert zugleich. Wie oft hatte
sie das schon erlebt? Das Reden über Schwule und Lesben
wie über eine fremde Spezies außerhalb der spießbürger-
lichen Lebenswelt. In Deutschland ging es mittlerweile, aber
die spanische Machogesellschaft mit ihren oftmals noch

starren Rollenbildern hinkte, so schien es ihr, zehn, fünf-
zehn Jahre hinterher. Nie hatte jemand auch nur für einen
Augenblick in Erwägung gezogen, dass Inés nicht fremd
war, was sie oder er so befremdet wie begierig beäugte.
Auch Carla nicht, hatte sie doch Inés und Jorge als Paar in
Erinnerung.

An einem Sonntagmorgen saß Elena im Parque de San Telmo und beobachtete die Tauben und die Menschen. Die
einen wie die anderen gaben sich dem Müßiggang hin. Zu
dieser frühen Stunde waren die Vögel in der Mehrheit, und
mangels Fütterung durch Passanten, saßen sie träge im noch
milden Licht der Sonne und gurrten zufrieden. Elena benei-
dete sie um ihren Langmut, und ein wenig steckte die fried-
liche Atmosphäre des anbrechenden Tages sie an. Vom
Meer drangen die Ausläufer einer würzig-frischen Brise bis
in die Straßenschluchten der Stadt. Buenos Aires wäre selbst
an einem Sonntagmorgen niemals so ruhig. Das Heimweh
versetzte ihr einen Stich. Die Stadt in ihrer lauten, gnaden-
losen Art war ihr Zuhause. Der einzige Ort, der ihr Geborgenheit gab. An jedem anderen Ort der Welt hätte sie sich
längst verloren. Doch mit jedem Jahr Überlebenskampf war
ihr Blick um eine Nuance kühler geworden; mit jeder unverbindlichen Affäre hinter Caridads Rücken ein weiterer
Schild um sie gewachsen. Caridad hatte ihrer Abreise wenig
Beachtung geschenkt. Sie hatte Elena in ihrem Entschluss,
in Las Palmas nach Spuren von Marí zu suchen, bestärkt
und dieses Vorhaben anschließend kaum weiter kommen-
tiert. Doch das stimmte nicht ganz, rief Elena sich in Erinnerung: Am letzten Abend hatte sie etwas von Abstand, den
Elena gewinnen sollte, gesagt. Elena musste zugeben, dass
sie vom Alltag in Buenos Aires tatsächlich schon Abstand

gewonnen hatte. Ihr Leben hier verlief ruhiger. Auch wenn sie fast jeden Tag unterrichtete, gab es wenig, worum sie sich kümmern musste oder was organisiert werden wollte. Die Wohnung bezahlte José. Sie kam mit ihrem mageren Gehalt zurecht und konnte sich, abgesehen vom Tangounterricht, ganz der Suche nach Marí widmen. Es gab nichts, über das sie sich Sorgen machen musste.

Die entfernten Glockenschläge von Santa Ana verschmolzen zu einem hohen schwingenden Ton. Elena war früh aufgestanden, denn sie liebte die gedämpfte Atmosphäre der Stadt, die Reinheit und Klarheit, die nur in den frühen Morgenstunden zu finden war. Schon immer war diese Tageszeit für sie die schönste und intimste. Egal ob sie am Abend zuvor ausgegangen war oder nicht, Elena hatte diese Zeit lange schon zu der ihren gemacht. Manches Mal war sie nicht einmal zu Bett gegangen, sondern hatte den Morgen draußen am Río de la Plata oder von ihrem Schlafzimmerfenster aus erwartet. Caridad hatte sie in den ersten Monaten ihres Zusammenlebens bei ihren morgendlichen Spaziergängen begleitet. Als sie mit der Zeit den Spaß daran verlor, hatte Elena sich kaum eingestehen mögen, wie erleichtert sie war, diese Zeit wieder für sich zu haben.

Wie es Caridad wohl ging? Als sie am Tag zuvor bei Alfonso angerufen und darum gebeten hatte, Caridad zu sprechen, war dieser nicht anzumerken gewesen, ob sie sich freute oder nicht. Allerdings hatte sie sich recht ausführlich nach dem Vorankommen von Elenas Suche nach Marí erkundigt. Fragen danach, ob sie es schaffte, die Miete aufzubringen, oder wie sie selbst mit ihrer Arbeit vorankam, hatte sie nur einsilbig beantwortet.

Elena stand auf, durchquerte mit langen Schritten den Park und bog in die Calle Mayor de Triana ein, die in Richtung Altstadt führte. Nachdem sie in den vergangenen Wochen sämtliche Kunstmuseen erfolglos nach einem Bild von Marí durchforstet hatte, nahm sie sich für diesen Tag das Museo Canario vor. Sie wusste, es war vor allem der Geschichte der Kanarischen Inseln vor der Eroberung durch die Spanier gewidmet, nicht der Bildenden Kunst, und doch wollte sie nichts unversucht lassen. Vielleicht gab es den einen oder anderen dunklen Nebenraum des Museums, der unbekannte Schätze barg. Kaum hatte der Mann in speckiger Uniform um kurz nach zehn Uhr die Türen geöffnet, betrat Elena das Museum als Erste und verließ es keine halbe Stunde später bereits wieder, noch bevor die ersten kulturbeflissenen Touristinnen und Touristen über seine Schwelle traten. Es war vergeblich gewesen – nicht ein einziges Bild, nur eine Reihe Mumien mit langen zotteligen Haaren, die als Vorfahren der heutigen Kanarier galten. Wo sollte sie noch suchen? Vielleicht sollte sie ihre Strategie überdenken, denn wie selbstverständlich suchte sie Marí über ihre Bilder. Das war ihr bisher als der einzig denkbare Weg erschienen. Elena fragte sich, woher sie die Gewissheit genommen hatte, hier in Las Palmas Bilder von ihr ausfindig zu machen. Die Tatsache, dass sie in Buenos Aires keines ihrer Werke hatte finden können, hatte sie zu der Annahme verleitet, die Bilder müssten in Las Palmas sein. Und sollte sie sie jemals finden, was könnten sie preisgeben über ihre lange verstorbene Tante? Mutlos lief sie nach San Nicolas. Es war wenig Verkehr in der Innenstadt, und der Sonntag hing träge in der Luft.

Als sie ankamen, herrschte bereits munteres Treiben. Inés staunte. Dies war das schönste Lokal, das sie je gesehen hatte. Auf den ersten Blick wirkte es größer, als es war. Die verspiegelten Wände schufen einen scheinbar endlosen, mit Sorgfalt und Eleganz eingerichteten Raum, was im kurzlebigen Milieu von Las Palmas ungewöhnlich war. Und Carlas Mund, sonst um einen schnellen Kommentar nicht verlegen, blieb verschlossen. Von Paula zur Bar gelotst, nahm Inés alles in Augenschein. Die Einrichtung entsprach dem Stil der dreißiger und vierziger Jahre: dunkle Bestuhlung, kombiniert mit rotem Samt, poliertes Holz überall. In der Mitte die Tanzfläche mit spiegelblankem Parkett. Einige Paare nutzten die noch recht leere Fläche für raumgreifende Schrittkombinationen. Trotz der Musik herrschte eine beinahe feierliche Ruhe. An der Bar war es möglich, sich zu unterhalten, ohne einander anzuschreien. Paula winkte sie zu einem leeren Tisch. Carla hielt sich dicht an Inés.

»Was ist los, Carla? Muss ich aus irgendeinem Grund heute auf dich aufpassen?«, fragte Inés.

»*Parece mentira!* Nicht zu fassen! Es ist nur … Ich fühle mich wie ein Zombie unter Elfen. So etwas Gediegenes hätte ich Paula gar nicht zugetraut!«

»Da vorne bei Paula kannst du dich an der Tischkante festhalten und den einmaligen Anblick all der Elfen hier genießen …«

Die Tanzfläche füllte sich schnell. Nur noch wenige Frauen saßen an den Tischen. Inés und Paula tanzten eine Weile miteinander, dann trat Inés leicht außer Atem an den Tisch, von dem Carla sich noch nicht weggerührt hatte. Kaum hatte Inés sich gesetzt, sagte Carla: »Paula lässt dich ja gar nicht mehr in Ruhe!«

Unsicher, ob da ein echter Vorwurf mitgeschwungen hatte, überging Inés die Stichelei und sagte: »Und, Carla, was ist mit uns? Darf ich dich zu einem kleinen Tänzchen bitten? Sonst muss ich mir noch Gedanken machen, wie wir die

Wurzeln aus dem Polster schneiden, die du mittlerweile schlagen musst.«

»*Hoye*, sorg dich nicht um mich! Ich frage mich, ob du nicht diejenige bist, um die ich mir Gedanken machen muss. So wie du dich hier amüsierst.«

Inés' ausgelassene Stimmung erlitt einen Dämpfer. »Ja, in der Tat, ich liebe es zu tanzen. Was ist mit dir, hast du keine Lust?«

»Ich sitze hier und schau mich in Ruhe um«, antwortete Carla und verschränkte die Arme.

»... und schaust dir all die netten Frauen an, die's mit Frauen tun!«

»Willst du etwa was von ihr?«, giftete Carla zurück.

»Carla, du nervst. Und wenn, wärst du die Erste, die es erführe.«

Carla setzte zu einer Erwiderung an, doch als ihre Augen zur Tanzfläche hinüberglitten, blieb ihr der Mund offenstehen. Inés folgte ihrem Blick. In endloser Langsamkeit schritt, nein, schwebte ein Paar übers Parkett. Es war, als zögen die beiden sich zu den klagenden Tönen des Bandoneons gegenseitig hingebungsvoll über die Tanzfläche. Sie drehten sich umeinander, wechselten abrupt die Richtung und glitten dann weiter. Inés hielt den Atem an. Beide Frauen trugen dunkle Hosen. Das weiße Oberteil der Blondgefärbten war tief ausgeschnitten, die andere, wie um einen bewussten Kontrast zu setzen, trug eine enge, hochgeschlossene nachtblaue Bluse. Sie führte. Inés sah ihr entrücktes Gesicht. Manchmal wirkte es, als lächele sie nachsichtig, dann wieder war ihr Ausdruck ernst, auf ihre Partnerin konzentriert. Was für eine Tänzerin! Inés war wie gebannt. Auch Carlas Augen folgten gefesselt den tanzenden Frauen. Die Musik wurde schneller, ausgelassener – eine *milonga*.

Die beiden Frauen umtanzten sich spielerisch, fast fröhlich lockten sie einander, dem Schritt der anderen zu folgen. Inés fand, dass die Blonde zwar sehr gut tanzte, aber längst nicht so souverän wie die andere. Diese fing auch die kleinste Unsicherheit ihrer Partnerin elegant auf. Vielleicht deshalb dieses nachsichtige Lächeln, dachte Inés. Sie gab sofort nach, wenn die andere ihrer Führung nicht folgen konnte, stellte sich auf sie ein, so dass jede Figur, die sie miteinander tanzten, aussah, als müsse sie genau so und nicht anders getanzt werden. Inés schaute sich um. Viele Frauen beobachteten das tanzende Paar. Manche kommentierten, was sie sahen, andere blicken stumm und versonnen drein.

Paula trat an den Tisch. »Das aktuelle Traumpaar der lesbischen Tangowelt. Sie tanzen häufig hier. Die Blonde heißt Mirta und ist aus Las Palmas. Die andere kommt aus Buenos Aires. Sie gibt in irgendeiner Tanzschule unten in La Vegueta Unterricht. Sie heißt Elvira, Elena oder Eliza, ich weiß es nicht mehr. Wie auch immer, Maríza hat mir erzählt, dass sie schon seit einiger Zeit versucht, sie zu überreden, auch hier Tango zu unterrichten, aber sie will nicht.«

»Und warum tanzt sie dann noch hier, wenn sie schon Tanzlehrerin ist?«, wollte Carla wissen.

»Ich nehme an, weil es ihr hier gefällt«, entgegnete Paula.

Inés grinste und blickte Carla an.

»Was gibt's da jetzt wieder zu grinsen?«, schmollte diese.

»Übrigens – sie ist recht distanziert, Carla. Ich meine ja nur, falls du irgendein tiefergehendes Interesse haben solltest.« Paula zwinkerte Inés zu.

»Lass uns tanzen, Paula«, erwiderte Inés. »Vom Zuschauen wird man nicht satt.«

Paula warf ihr einen anzüglichen Blick zu. Inés ignorierte ihn. Danach stand ihr nicht der Sinn. Es war einfach ein wundervoller Abend, und es war ewig her, dass sie Tango getanzt hatte. Sie liebte die Unmittelbarkeit und Ehrlichkeit dieses Tanzes.

Elena nahm das gutgekleidete ältere Paar wahr, das sich verstohlen umblickte, bevor es das Pfandhaus betrat. Offenbar hatten sie gewartet, bis Elena es als letzte Kundin verließ. Der Inhaber hatte nur wenige ältere Bilder, meist sakrale Kunst, in Zahlung genommen. Keine Bilder jüngeren Datums, die für Elena von Interesse gewesen wären. Der ältere Mann trug eine kleine lederne Reisetasche bei sich. Elena bekam noch mit, wie der Händler das Paar in einen Nebenraum bat. Was mochte die Tasche enthalten? Schmuck, Silber, Gold? In Argentinien waren Menschen, die Wertgegenstände versetzten, offensichtlich arm und abgerissen, bestenfalls sahen sie normal gekleidet und ernährt aus. Dieses Paar hingegen hatte nach einer Villa mit Privatstrand und drei Luxuskarossen samt Chauffeur ausgesehen. Wahrscheinlich benötigten sie auf schnelle und unkomplizierte Art Bargeld. Vielleicht gehörten sie aber auch zu denen, die inmitten einer reichen, übersättigten Gesellschaft unerwartet in massive finanzielle Schwierigkeiten geraten waren und dies zu verbergen suchten. Den Schein zu wahren war in diesem Land von großer Bedeutung, hatte Elena beobachtet. Finanzielle Not und Armut wurden als persönliches Versagen verstanden; die Angst vor dem sozialen Abstieg, und sei es auf noch so hohem Niveau, war groß. Es ging um die Kosten der ausländischen Privatschulen für die Kinder oder den zweiten oder dritten Urlaub im Jahr. Die Automarke bestimmte das Ansehen in der Nachbarschaft, auch wenn der Besitzer dafür einen Kredit aufgenommen hatte, der ihn in die Knie zwang. In Argentinien verschwendete kaum jemand Energie darauf, den Schein zu wahren – alle Kraft musste aufgebracht werden, um zu überleben: die Miete zu zahlen oder die Hypothek abzutragen oder Essen auf den Tisch zu bringen. Einmal ohne Dach über dem Kopf und ohne Arbeit, hatte man kaum eine Chance, auch nur das elendste Loch mieten zu können. Der *corralito* hatte die Gesellschaft ein Stück weit egalisiert. Die Superreichen hatte er geschont, alle anderen hatten sich vor den eingeschlagenen Bankschaltern wiedergetroffen. Das Leben war härter geworden; viele Menschen blieben auf der Strecke, durchwühlten Mülltonnen nach Essbarem oder versuchten als *cartoneros* einen Rest Würde zu wahren, indem sie Papier und Karton sammelten, um sich vom Erlös abends ihre einzige Mahlzeit des Tages zu leisten. Doch man war auch zusammengerückt. Wer keine Freundinnen und Freunde hatte, die hier und da aushelfen konnten, war verloren. Allein kam niemand weiter. Auf sich gestellt hatte man nicht die geringste Chance. Fußball und Tango waren Ventile, den Frust abzulassen. Carlos Gardel, Maradona und Evita waren die Ikonen der Nation. Kein Taxifahrer in Buenos Aires, der neben Kreuz und Rosenkranz nicht wenigstens ein Bild einer dieser drei am Armaturenbrett kleben hatte.

Elena schritt durch eine von parkenden Autos verstopfte Nebenstraße und kam so an die Rückseite der Kathedrale Santa Ana. Von hier war es nicht mehr allzu weit bis zu ihrem Viertel. Sie sparte das Geld für den Bus, so oft es ging. Abgesehen davon, dass sie keine Arbeitserlaubnis besaß, lebte sie von ihrem Job in der Tangoschule sogar etwas besser als in Buenos Aires. Sie wusste, dass es für sie nicht unmöglich wäre, gültige Papiere zu erhalten. Als Nachfahrin spanischer Auswanderer in der ersten Generation fiel sie unter eine begünstigende Klausel im spanischen Einwanderungsgesetz. Sie hätte sich bemühen können, die Dokumente zusammenzubekommen, doch sie konnte sich ein Leben fern von Buenos Aires nicht vorstellen. Ihr ganzes Leben hatte sie dort verbracht. Es war ihre Stadt – alles, was ihr Geborgenheit gab, befand sich in diesem Hexenkessel aus elf Millionen Menschen, von denen einige ihre Freundinnen und Freunde waren.

Inés saß im Chicas an der Bar und war drauf und dran zu gehen. Schon zwei Mal hatte sie notgedrungen mit einer Frau getanzt, die sie zum dröhnenden Latino-Pop von Jennifer Lopez über die Tanzfläche geschoben hatte, als gelte es den Bulldozer-Wettbewerb zu gewinnen. Ein weiteres Mal wäre mehr, als sie verkraftete, und sie fragte sich, wieso hier überhaupt etwas anderes als Tango gespielt wurde. Wahrscheinlich ließe sich der Laden sonst nicht allabendlich füllen. Inés sinnierte ein wenig darüber nach und bemühte sich gleichzeitig, die Frau, die sich auf dem Barhocker neben ihr breitgemacht hatte, zu übersehen. Heute fehlte ihr die Fantasie, sie geschickt abzuwimmeln. Als die Frau sie auch noch zu einem Drink überreden wollte, verzog sie unwillig das Gesicht.

»Sind es Zahnschmerzen oder Jennifer, die dich vom Tanzen abhalten?« Inés schnappte nach Luft. Da stand sie vor ihr, die Frau mit den dunkelsten und verheißungsvollsten Augen, die sie je gemustert hatten: die Tangotänzerin.

»Jennifer …?«, stammelte sie.

»Lopez.« Die Tangotänzerin deutete in Richtung der Boxen an der Wand. »Sollten es keine Zahnschmerzen sein, darf ich dann bitten?« Sie bot ihr mit der vollendeten Eleganz der Selbstsicheren die Hand. »Ansonsten empfehle ich Aspirin, einen Zahnarzt und einen ruhigeren Ort.«

Ihre Augen funkelten spöttisch, als Inés sprachlos vom Hocker glitt. Ganz Herrin der Lage gab sie der Frau hinter der Bar ein Zeichen. An der Tanzfläche angelangt, setzte Tangomusik ein. Sie griff mit ihrer Rechten nach Inés' linker Hand und legte die andere sanft unterhalb des Schulterblattes. Inés riss sich zusammen und passte sich der perfekten Haltung der Frau unsicher an. Sie spürte den glatten Stoff von deren Jacke an ihren nackten Armen und den fremden Körper. Innerhalb kürzester Zeit wusste sie nicht mehr, wo sie endete und die Tangotänzerin begann. Diese umwerfende Frau führte behutsam. Sie hob Inés in die Musik, als sei sie der Wind und Inés ein leichtes Blatt. Als sie merkte, dass Inés die Grundschritte beherrschte, führte sie sie in eine *ocho* und anschließend in eine Reihe von *molinetas*. Mit langen gedehnten Schritten nahmen sie die Tanzfläche ein. Inés fühlte sich mit jeder gelungenen Figur sicherer und beschwingter: Sie tanzte mit dieser göttlichen Tänzerin!

Dieser blieb nicht verborgen, wie ihre Partnerin freier und selbstbewusster wurde. Mit einer seit langem nicht verspürten Freude leitete sie schwierigere Figuren ein und war erstaunt über die Befriedigung, die ihr die Reaktion der jungen unbekannten Frau verschaffte. Genussvoll bog sie sie in eine *colgada,* bei der ihre Linke nur leicht das Kreuz der Partnerin stützte, die mühelos und anmutig ihren Oberkörper nach hinten dehnte. Fast nahtlos gingen sie zum nächsten Tanz über.

Die Musik war lasziver. Inés blickt zum ersten Mal während des Tanzens in das ernste, jedoch nichts preisgebende Gesicht ihrer aufregenden Partnerin. Die Melodie schraubte sich beinahe quälend langsam in endlosen Melismen einem verheißungsvollen Ende entgegen. Ihre Schritte waren raumgreifend, ihre Körper dehnten sich mit dem stöhnenden Bandoneon. Die sich vertraut gewordenen Körper verschmolzen zu einem. Inés setzte der Führung ihrer Partnerin leichten Druck entgegen. Gelassen ließ diese sich darauf ein, und gemeinsam fanden sie einen Weg aus der aufgebauten Spannung. In einem *gancho* fanden sich ihre Blicke und hielten einander fest, solange es die Pose erlaubte. Keine von beiden versuchte das Verlangen zu verbergen, das von ihnen Besitz ergriff wie ein süßer Schmerz. Die Augen der Tangotänzerin strichen über Inés, als diese sich provozierend langsam aus ihren Armen wand. Sie spürte die Augen der anderen auf sich, die über ihr Dekolleté zu ihren Brüsten glitten. Die Tangotänzerin ließ sich eine kleine Ewigkeit Zeit, Inés zurückzuziehen, zwang sie unerbittlich dicht an sich heran und legte ihre Hand in Inés' Nacken. Ihre Fingerspitzen glitten Inés' Rücken hinab. Dann ließ sie sie unvermittelt los.

»Komm!«, formte Inés lautlos mit den Lippen, wandte sich um und verließ die Tanzfläche.

Die Frau, die sie eben noch vollendet über die Tanzfläche geführt hatte, folgte ihr langsam zur Garderobe. Inés hatte die Musik noch im Körper. Das drangvolle Pochen zwischen ihren Beinen diktierte den Rhythmus für den nächsten Tanz. Sie wollte nur eines – dass diese Frau sie nahm. Jetzt sofort, um die Lust zu stillen, die umso mehr zur Qual wurde, je länger diese Frau sie musterte und ihren Körper mit den Augen Zentimeter für Zentimeter abtastete.

»Du brauchst eine Abkühlung«, stellte sie fest. Ihr Ton war nüchtern, ihr Blick verriet nichts von den Gefühlen, die Inés eben noch in ihren Augen gelesen hatte. Gerade noch hatte sie Inés leidenschaftlich, einem Liebesakt gleich über die Tanzfläche schweben lassen – nun sprachen ihre Augen von nichts anderem als höflichem Interesse.

»Nimm mich!« Inés stöhnte die Worte mehr, als dass sie sprach.

Die Frau kam näher. »Dreh dich um!«

Inés gehorchte. Die Tangotänzerin trat dicht hinter sie, ohne sie zu berühren. Sie blickten sich im Garderobenspiegel an. Leise und bestimmt befahl sie Inés: »Öffne deine Hose!«

Inés tat, was sie verlangte, ohne den Blick im Spiegel abzuwenden, und die Hose rutschte bis zu ihren Fußknöcheln hinunter. Die andere zog ihr den Slip herunter und griff mit beiden Händen nach ihren Pobacken, fuhr hinab zu den Oberschenkeln und packte dann fester als zuvor ihren Hintern. Inés seufzte auf, ihre Hände suchten Halt an den Garderobenhaken. Die Frau presste sich von hinten an sie, ihre Finger strichen über die Vorderseite von Inés' Schenkeln, ihr Schambein rieb sich an Inés. Die heißen trockenen Lippen, der Mund, der sich in ihren Nacken verbiss, trieb Inés zum Wahnsinn. Sie hatte keine Kontrolle über die Laute, die sie von sich gab und stöhnte: »Gib es mir!« Sie wünschte sich nur eines: Erlösung von der heißen Glut ihrer geschwollenen feuchten Scham, die diese geschickte Liebhaberin noch nicht einmal berührt hatte. Inés wollte sich umdrehen, ihre Beine um sie schlingen, ihre Hose öffnen und sie berühren. Doch die Frau ließ es nicht zu. Mit entschlossenem Griff hielt sie Inés fest.

»Beug dich vor!«, befahl sie.

Sie drückte ihre Backen auseinander, und Inés spürte einen kurzen Schmerz und dann einen Finger in ihrem Hintern. Einen Augenblick verkrampfte sie sich, doch die Frau bewegte ihren Finger erst behutsam, dann mit kurzen, kräftigen Stößen und steigerte Inés' Lust. Inés gab sich den immer drängenderen Stößen hin, klammerte sich an die Haken und wünschte sich, dass die Frau endlich ihre pralle Knospe berührte.

»Fass mich an! Ich kann nicht mehr!«

Die Frau hielt inne, blieb in Inés und fuhr mit der anderen Hand schnell und fest zwei, drei Mal über ihre Knospe. Tonlos kam Inés, während die andere sie hielt.

Sie packte Inés mit beiden Händen bei den Hüften und legte sie über einen Tisch. Hastig öffnete sie ihre Hose und rieb sich an dem Hintern, den sie eben noch mit einer nie gekannten Hemmungslosigkeit gefickt hatte, bis sie wenige Augenblicke später kam. Sie spürte den heißen Körper unter sich. Das helle Licht und die Jacken in der Garderobe, die ganze Umgebung wurde ihr schlagartig bewusst. Sie richtete sich hektisch auf. Das konnte nicht wahr sein! Sie zog eilig ihre Hose hoch und machte sich davon.

Buenos Aires, im Juni 1949

Im *comedor,* dem Speisezimmer, begutachtete Rosalia die festlich eingedeckte Tafel. Das Silberbesteck glänzte, und im geschliffenen Kristall der Gläser brach sich das Licht. Wenn später die beiden Kristallleuchter ihren goldenen Schein über die Szene warfen, würden die Gäste den Eindruck eines Sternenmeeres haben, das das Licht der Leuchter hundertfach reflektierte. Anerkennend nickte sie ihrer Hausdame zu.

»Perfekte Arbeit, Mercedes. Geben Sie an die Mädchen weiter, dass ich sehr zufrieden bin. Wenn die Bedienung bei Tisch ebenso gut klappt, werde ich Don Oswaldo darum bitten, ihnen einen zusätzlichen freien Tag zu gewähren. Und Ihnen natürlich auch«, fügte sie rasch hinzu.

»Vielen Dank, Doña Rosalia.« Mercedes war sichtlich erfreut über das Lob. Beinahe hätte sie geknickst, doch Doña Rosalia schätzte derlei Ehrerbietungen nicht, und letztlich war sie selbst dafür auch viel zu alt, rief sie sich zur Ordnung.

»Den Kaffee bitte später im *salón,* Zigarren und Cognac für die Herren in der Bibliothek. Sagen Sie Julio, dass er dieses Mal den Kamin dort bitte rechtzeitig anfeuert.«

Die Hausdame nickte und fuhr sich aufgeregt mit der Zunge über die Lippen. »Die Köchin lässt fragen, ob sie das Sorbet auch zwischen den beiden Hauptspeisen servieren soll oder nur nach der Suppe.«

»Ich denke, nur nach der Suppe. Aber zum vierten Gang auf jeden Fall diesen vorzüglichen deutschen Riesling kredenzen, der kürzlich geliefert wurde. Er ist so wunderbar fruchtig.«

»Sehr wohl.«

»Gut. Haben wir sonst noch irgendetwas zu besprechen?«

»Ich glaube nicht, Doña Rosalia …«

»Gut, dann ziehe ich mich jetzt zurück. Schicken Sie Sonia in einer Stunde zu mir, um mir beim Ankleiden zu helfen.«

Mit diesen Worten und einem letzten Blick auf das Tisch-Arrangement griff sie nach der Türklinke, nickte Mercedes kurz zu, öffnete die Flügeltür und schritt die Treppe hinauf in den Trakt, in dem die Privatgemächer ihres Gatten lagen. Sie klopfte kurz und öffnete nach einer Anstandssekunde die Tür, ohne auf ein Herein zu warten. Oswaldo stand am Fenster und blickte in die Abenddämmerung, während er seine Krawatte ablegte.

»Ah, Rosa, meine Liebe! Komm her und schau dir dieses wundervolle Abendlicht an.«

Rosalia trat neben ihn ans Fenster und sagte: »Ja, jetzt im Winter, wenn die Luft klar ist, sind die Farben noch intensiver. Wie geht es dir, Oswaldo? Du siehst ein wenig abgespannt aus. Nimm doch ein Bad. Es bleibt noch genug Zeit, bis die Gäste kommen.«

»Du hast recht. Das sollte ich machen. Ist unten alles vorbereitet?«

»Sicher. Ich weiß doch, wie wichtig der heutige Abend für dich ist. Ich habe das gesamte Personal zu Höchstleistungen angespornt, und sie legen sich wirklich mächtig ins Zeug. Wenn der Abend ebenso perfekt verläuft wie die Vorbereitungen bisher, dann solltest du ihnen einen zusätzlichen freien Tag gewähren.«

»Sicher, Rosa, aber das kannst du auch ohne mich entscheiden – du bist schließlich die Hausherrin.«

Rosalia lächelte, und das Abendlicht zauberte einen matten Schimmer auf ihr ebenmäßiges Gesicht. Ja, Oswaldo ließ sie schalten und walten, wie sie es für richtig hielt. Er verließ sich auf ihr untrügliches Gespür für den angemessenen Umgang mit dem Personal und auf ihre Erfahrungen beim Ausrichten von Gesellschaften jedweder Art.

»Du siehst heute besonders schön aus, meine Liebe. Die vielen Vorbereitungen scheinen dir nicht zugesetzt zu haben, ganz im Gegenteil … Oder gibt es einen anderen Grund, der dich so von innen leuchten lässt?«

Rosalia antwortete nicht. Halb kokett, halb abwehrend zuckte sie die Schultern und schürzte die Lippen. Ja, wahrscheinlich gab es einen Grund, und nein, die Vorbereitungen mochten zwar aufwendig sein, doch sie bereiteten ihr auch Freude. Sie liebte es, wenn alles perfekt organisiert war und wie am Schnürchen lief, ganz so, wie sie es geplant hatte. Doch dass sie so glücklich war, hatte damit nichts zu tun. Es war an der Zeit, mit Oswaldo zu sprechen. Wenn die bevorstehende Abendgesellschaft vorbei war, würde sie es tun.

»Triffst du dich noch mit der kleinen Malerin?«, fragte Oswaldo unvermittelt und schreckte sie damit auf. Hatte er ihr angesehen, an wen sie gerade gedacht hatte?

»Sie ist keine kleine Malerin …«

»Jung. Ich meine: junge Malerin. Sie dürfte an die zehn Jahre jünger sein als du, und ich könnte wahrscheinlich fast ihr Vater sein«, schmunzelte er.

»Du übertreibst. Sie ist neun Jahre jünger als ich.«

»Es ist dir also ernst mit ihr?«

»Oswaldo, es ist nicht nur etwas Ernsthaftes …« Sie zögerte kurz. Sollte sie jetzt schon darauf zu sprechen kommen? »Es könnte auch etwas Dauerhaftes daraus werden … Ich will ehrlich sein, Oswaldo, ich möchte sie am liebsten immer um mich haben. Wir sollten darüber reden –

aber nicht heute. Die Gäste kommen bald, und wir sind noch nicht angekleidet.«

»Erwidert sie deine Gefühle? Ihr eilt ein, wie soll ich sagen ... beeindruckender Ruf voraus, was ihre Eroberungen angeht. Sie scheint kein Kind von Traurigkeit zu sein und noch dazu sehr jung.«

»Du hast dich also umgehört?«

»Ich bin gern im Bilde, das weißt du, und mir ist nicht entgangen, wie viel dir an ihr liegt. Ich sorge mich um dich.«

Und um dich, dachte Rosalia. Sie vertraute Oswaldo. Eine echte Freundschaft voller Respekt verband sie. Aber ihr war klar, dass er die Liebschaften seiner Frau stets im Auge behielt und das aus einem einzigen Grund: um nie in den Verdacht zu geraten, diese gutzuheißen – was er in Wahrheit tat – und Fragen nach dem Grund für seine Toleranz einen Nährboden zu geben. Unwillen stieg in ihr auf. Nicht weil sie seine Sorge um seinen und ihren Ruf nicht verstand, sondern weil er Erkundigungen eingezogen hatte und damit auf einen Schatz gestoßen war, der ihr allein gehörte: die Liebe zu Marí. Dass er davon wusste, bevor sie ihn eingeweiht hatte, störte den Zauber und die Einzigartigkeit ihrer Empfindungen. Sie glaubte ihm, dass er sich sorgte, sie könne von einer so viel jüngeren Geliebten verletzt und sitzengelassen werden, aber an erster Stelle stand die Angst, sein sorgsam verborgenes Zweitleben könne publik werden. Er wäre ruiniert.

»Nun, was immer deine Erkundigungen ergeben haben – ich sage dir, wie es sich verhält: Marí und mir ist es ernst, sehr ernst. Ich werde nicht auf sie verzichten, Oswaldo. Wir werden einen Weg finden müssen ...«

Oswaldo war Rosalias Unmut über seine Nachforschungen nicht entgangen. Ein Anflug von Scham streifte ihn, doch er beruhigte sich sogleich damit, dass absolute Diskretion der beste Weg sei, ihnen Freiheit zu verschaffen. Er wählte ein Paar Manschettenknöpfe aus und legte sie neben die Krawatte, die er für den Abend ausgesucht hatte. Er musste Rosalia entgegenkommen, weil er sie schätzte und weil er sie brauchte.

»Ich habe mit dir noch nicht darüber gesprochen, aber ich denke daran, von hier fortzuziehen – in ein größeres Haus mit mehr Platz. Was hältst du davon?«

»Ein größeres Haus? Aber Oswaldo, wieso das? Du hast dabei nicht an Marí gedacht, oder?«

»Ich muss gestehen, nein, aber wenn du sie mehr um dich haben möchtest, wie du sagst, wäre ein größeres Haus angemessen, findest du nicht?«

Rosalias Herz klopfte heftig. Oswaldo schien sich, ohne dass sie ihn groß überzeugen musste, gedanklich auf Marís Anwesenheit in ihrem gemeinsamen Leben einzulassen. Sie war freudig überrascht und aufgeregt.

»Das setzt natürlich voraus, dass sie sich entsprechend verhält. Ihr bisheriger Ruf sollte Vergangenheit sein.«

»Sicher, das wird sie verstehen. Aber sag mir, wieso du überhaupt über einen Umzug nachgedacht hast.«

»Die Stadtverwaltung, allen voran unser Bürgermeister, plant eine neue Straße, die Avenida 9 de Julio, durch unser Viertel. Der westliche Teil Montserrats wird sich ändern, Häuser werden abgerissen, der Verkehr, die Hektik werden zunehmen. Ich habe an Recoleta oder vielleicht auch Belgrano gedacht. Wie findest du das?«

»Es klingt verlockend, Oswaldo …«

»Es *ist* verlockend, *querida*. Marí sollte ihre alte Wohnung vielleicht der Form halber als offiziellen Wohnsitz behalten, aber ansonsten ist in einem großen Haus genug

Platz für uns drei. Im Augenblick finde ich nicht recht die Zeit, mich umzusehen, aber sobald ich wieder etwas Luft habe, mache ich mich auf die Suche.«

»Immer noch diese Kreditgeschichten?«

»Ja. Du weißt ja, Evita wird in ein paar Wochen, spätestens aber im August nach Europa aufbrechen. Perón schickt sie, um dort gute Stimmung zu machen. Dazu gehört auch die Vergabe einiger Aufträge und Kredite. Die Italiener und die Franzosen brauchen Geld, die Spanier und die Portugiesen noch viel mehr, und selbst die Engländer haben sich noch längst nicht vom Krieg erholt, auch wenn sie das niemals zugäben. Sie stehen Perón ohnehin am kritischsten gegenüber. Geld, Fleisch oder Getreide werden wir ihnen nicht anbieten können. Möglicherweise wird unsere Marine ihnen einen größeren Auftrag in Höhe von mehreren Millionen Pfund Sterling erteilen. So können sie ihren Stolz wahren und sich weiter als überlegene Seemacht fühlen.«

»Und für die anderen gibt es Kredite, Weizen und Fleisch?«

»Genau. Keines von diesen Ländern wird es sich erlauben können, darauf zu verzichten. Und für uns ist es wichtig, zumindest Europa für uns zu gewinnen. Was die USA angeht, brauchen wir uns ohnehin keine Hoffnung zu machen. Sie mögen unseren Präsidenten nicht und verzeihen uns nicht, dass sie als Agrarmacht im Krieg genötigt waren, Fleisch und Getreide bei uns zu kaufen.«

»Vielleicht trägt unsere Hilfe dazu bei, dass die Menschen in Europa ein besseres Leben führen können und nicht mehr so viele zu uns auswandern müssen? Ich habe kürzlich gelesen, dass dieses Jahr die Zahl der Emigranten allein aus Spanien erstmals seit dem Krieg wieder auf über fünfzigtausend gestiegen ist.«

»Kein Wunder, nachdem vor drei Jahren Francos Dekret von 1941 aufgehoben wurde, das die Auswanderung verbot. Aber ich weiß nicht, ob wir ewig ganze Heerscharen aufnehmen können. Sicher, wir haben hohe Devisenreserven, die Perón für neue soziale Sicherungen wie Kranken- und Rentenversicherung für die Arbeiter nutzt. Das ist eine gute Sache, aber unsere Mittel sind nicht unbegrenzt. Wir müssen auch Argentiniens künftige Produktivität im Blick behalten – und da sieht es meiner Meinung nach nicht nur rosig aus.«

Sie schwiegen beide einen Moment. »Wie auch immer«, sagte Oswaldo dann und schlug einen schelmischen Ton an: »Wollen wir nächste Woche ins Teatro Colón gehen – du, Marí und ich? Ich finde, du solltest sie mir in aller Form vorstellen.« Er zwinkerte ihr frivol zu.

Dies und sein scherzender Ton milderten den Beigeschmack einer Prüfung, und Rosalia stimmte zu. Sie musste gleich mit Marí sprechen. Die Dinge mussten sorgsam geplant werden. Im Plauderton antwortete sie: »Die Callas höre ich mir gern ein zweites Mal an. Nächste Woche geben sie *Aida*. Man erzählt sich übrigens, dass sie sich über die hohen Preise bei uns beschwert haben soll. Ich hätte nicht gedacht, dass es auch einem Weltstar wie ihr hier teuer erscheint.«

Gran Canaria, 3. Februar 2004

Das Café Quiosco San Telmo in Las Palmas war erfüllt vom ausgelassenen Geschnatter seiner Sonntagsgäste. Elena saß an einem kleinen Tisch neben dem Fenster und rührte gedankenverloren in ihrem *café cortado,* ohne einen Blick für die farbenfrohe Munterkeit des Jugendstilpavillons zu haben. Ihre Hoffnung, im Museo Nestor neben den Bildern des berühmtesten Künstlers der Insel vielleicht auch Werke anderer Malerinnen und Maler zu finden, hatte sich zerschlagen. Noch bevor sie es betrat, ahnte sie schon, dass hier nichts zu finden sein würde. Aber weil sie ihrem Gefühl nicht trauen mochte, hatte sie sich zusammengenommen und vergewissert, dass ihre Ahnung sie nicht trog. Es war die letzte Chance gewesen. Alle Museen Las Palmas' waren nun durchforstet, und nicht der Hauch einer Spur von Marí hatte sich gefunden. Damit war das Kapitel Museen als ein möglicher Fundort für Bilder von Marí endgültig abgeschlossen. Elena fehlte jede Idee. Auch die Suche nach der Familie, bei der Marí damals gewohnt hatte, mündete schnell in eine Sackgasse. Die Adresse, teilte die Auskunft ihr lapidar mit, existiere in Las Palmas nicht, und Personen mit dem Nachnamen Flacon gäbe es weit über hundert in der Stadt. Ob sie einen Mann oder eine Frau mit diesem Namen suche, hatte die Frau von der Telefonauskunft wissen wollen. Doch selbst das hatte Elena nicht beantworten können, denn der Verwandte von Fernando Espina, Juan Flacon selbst, musste schon längst gestorben sein. Elena rührte ihren Kaffee um, als gelte es ein widerspenstiges Ei zu verquirlen. Er schwappte über. Sie unterdrückte den Fluch, der ihr auf der Zunge lag. Was war nur mit ihr los? Sie könnte die Antiquariate und Trödelläden dieser verdammten Stadt abklappern in der Hoffnung, es könnte ihr Erfolg bescheren. Ein Bild oder einen sonstigen Hinweis auf Marí – und ihre Laune wäre wieder bestens. Aber es war Sonntag, an diesem Tag konnte sie nichts mehr ausrichten. Entnervt versuchte sie den braunen See mit Dutzenden der hauchdünnen Papierservietten aus dem nachfüllbaren Spender trockenzulegen. Doch die feinen Tüchlein, die in keiner Bar und in keinem Restaurant dieser Stadt fehlen durften und zu nichts taugten, als sich dezent den Mund abzutupfen, waren völlig ungeeignet. Elena kapitulierte und trank den mittlerweile kalten Rest Kaffee in einem Zug. Als sie die Tasse absetzte, stand eine Frau vor ihr. Sie ließ den Blick über die Landschaft aus durchweichten Papiertüchern, gekrönt von einer leeren Kaffeetasse schweifen.

»Kalter Kaffee soll heiße Gemüter kühlen, sagt man.«

Die Frau aus dem Chicas! Woher wusste sie, dass der Kaffee kalt gewesen war? Mit einem Schlag stand Elena die Szene in der Garderobe vor Augen. Sie schluckte und schob die Tasse von sich. Sie schaute die Fremde an, die schwarze Jeans und eine himmelblaue Bluse trug, und ihr fiel auf, wie viel jünger die andere sein musste. Zehn Jahre waren es bestimmt. Das ebenmäßige Gesicht, das ihr noch vor einigen Tagen sehnsuchtsvoll entgegengeblickt hatte, sah sie nun zornig an. Elena schob die Erinnerung an das, was in der Garderobe passiert war, schnell beiseite, bevor sie ihr die Röte ins Gesicht trieb. Die Tatsache, dass sie sich an einem mehr oder weniger öffentlichen Ort so hatte gehen lassen, war ihr nicht annähernd so peinlich, wie die Erinnerung daran, dass sie nach dem besten und hemmungslosesten Sex seit langem einfach wortlos verschwunden war. Warum hatte sie das getan? Sie hatte den Abend, der so verheißungsvoll begonnen hatte, verpatzt. Da war nichts mehr gutzumachen oder zu retten. Also war es das Beste, das Ganze zu vergessen. Sie beschloss, die Frau auflaufen zu lassen.

»Kennen Sie mich?«, bemühte sie sich so unbeteiligt wie möglich zu fragen, wobei sie die leere Tasse umfasste.

»Sicher kennen wir uns! Wobei es vor allem mein Hintern ist, der Ihnen bekannt sein dürfte«, antwortete die Frau mit unüberhörbarem Spott und ohne die Stimme zu senken.

O Gott, sie fing tatsächlich davon an! Musste das sein?, fragte Elena sich. Die andere hätte früher eine Grenze ziehen können. Als hätte allein ich etwas zu erklären! Sie hat mich aufgefordert, ihr zu folgen. Elena riskierte einen Blick zum Nebentisch, doch dort saß – dem Himmel sei Dank – niemand.

»Ich setze mich gerne zu Ihnen«, Inés machte eine kleine Kunstpause, »so lässt sich verhindern, dass andere unserer Unterhaltung folgen können. Ein bisschen Diskretion ist, denke ich, angesagt.« Bei diesen Worten zog sie einen Stuhl heran und setzte sich. Sie verschränkte die Arme vor der Brust und hoffte, dass die andere ihre Aufregung nicht bemerkte.

»Was denkst du …«, setzte Elena an, doch die aufgebrachte Frau fiel ihr ins Wort.

»Ah, immerhin sind wir nun doch per Du. Könnte es daran liegen, dass deine Erinnerung zurückgekehrt ist? Dass wir uns möglicherweise doch kennen – ganz flüchtig, meine ich?«

Elena schwieg, und die Frau fuhr fort: »Andererseits hast du nicht ganz unrecht mit deiner Frage – du kennst wahrscheinlich nicht einmal meinen Namen, Elena.«

Elena zuckte kaum merklich zusammen. Woher wusste die Frau, wie sie hieß?

»Ich heiße Inés. Das ist das eine, was du wissen solltest. Das andere ist, dass es mir nicht gefällt, liegengelassen zu werden wie eine Nutte, wie ein Stück Dreck. Und ja, es hat mir gefallen – das Tanzen und das Ficken!«

Wieder zuckte Elena zusammen. Gegen ihren Willen erregte es sie, aus dem Mund dieser temperamentvollen Frau namens Inés an das erinnert zu werden, was sie miteinander getan hatten.

»Es war doch ficken, oder wie würdest du es nennen? Ich habe genossen, was du mit mir getan hast – bis zu dem Punkt, an dem du ohne ein Wort weggegangen bist.«

Das Pochen zwischen Elenas Beinen hörte mit einem Schlag auf. Sie schämte sich ihrer Lust, die trotz Inés' Verachtung von ihr Besitz ergriffen hatte. Es war nicht in Ordnung gewesen, dass sie einfach abgehauen war. Was sollte sie jetzt tun? Sie setzte mit trockenem Mund an zu sprechen, wusste dann jedoch nicht, was sie sagen sollte. Also schloss sie ihn wieder. Wieso musste Inés aus dem Nichts heraus auftauchen und davon anfangen? Sie fühlte sich in die Enge getrieben.

»Wie auch immer«, fauchte Inés. »Für dich mag das reine Routine sein, ein schneller Spaß nebenbei. Welches Gesicht zu diesem Körper gehört, ist dir vielleicht egal. Aber ich will nicht irgendeine namenlose Nummer in der Galerie deiner Eroberungen sein. Also schau mich gefälligst an und merk dir meinen Namen!«

Mit diesen Worten sprang sie auf und blickte auf Elena hinunter, die regungslos dasaß. Inés wusste nicht mehr weiter. Wie auch. Als sie Elena im Quiosco hatte sitzen sehen, war sie einfach hineingegangen und hatte ihrer Wut freien Lauf gelassen. Nun fühlte sie sich leer und ein wenig erleichtert.

»Ich habe nicht gewusst, wie du heißt, Inés«, sagte Elena leise, »aber dein Gesicht hatte ich schon betrachtet, lange bevor wir miteinander getanzt haben.«

Elena erschrak über ihre eigenen Worte. Erst als sie es ausgesprochen hatte, war ihr bewusst, wie merkwürdig das klingen mochte.

Inés schaute ein, zwei Sekunden in die dunklen Augen und fand keinen Grund in der endlosen Tiefe. Sie kam sich lächerlich vor. Sie hatte nichts mehr zu sagen und beschloss, dieser Frau endgültig den Rücken zu kehren.

Der Schirokko blies von Südosten und legte feinen Saharasand über die Stadt. Der Himmel war grau und diesig. Es war nicht kühl, und doch litten viele Menschen an Erkältung, fühlten sich matt und abgekämpft. Elena stieg in den Bus und merkte, wie üble Laune mit klammer Hand von ihr Besitz ergriff. Der Vormittagsunterricht für angehende Tanzlehrer war grauenhaft gewesen und José so launisch, dass sie sich zum hundertsten Mal fragte, ob sie auf Marízas Angebot, im Chicas zu unterrichten, eingehen sollte. Sie verwarf die Möglichkeit, denn Maríza würde nicht genügend Kurse zusammenbekommen, um ausschließlich davon leben zu können. Außerdem brauchte sie in dieser fremden Stadt einen Ort, an dem sie so etwas wie Heimat verspürte. Sechs Monate war sie nun schon hier. Würde sie im Chicas arbeiten, wäre Schluss mit dem Gefühl, dort eine Ersatzheimat zu finden. Sie sollte nach Buenos Aires zurückkehren. Ursprünglich hatte sie mit José zehn bis zwölf Monate vereinbart, aber sie hatte keinen Vertrag, er würde sie nicht halten können. Sie fühlte sich hundeelend und beschloss, die *gua-gua* zu nehmen, auch wenn sie das Geld eigentlich sparen sollte. Kaum hatte sie einen Stehplatz ergattert, verfluchte sie ihre Trägheit. Keine hundert Meter nach der Haltestelle geriet der Bus in der Calle San Nicolas in einen Stau. Er stand eine Weile, und als er ruckartig anfuhr, wurde Elena gegen einen älteren Herrn geschleudert. Sie entschuldigte sich, und der Mann rückte freundlich nickend seine verrutschte Baskenkappe auf seinem kahlen Haupt zurecht.

Als sie endlich zu Hause angekommen war, stieg sie die Treppe zu ihrer Wohnung hinauf. Sie hörte, wie Magdalena Paco anschrie. Er schnauzte zurück, sie könne ja wieder zu ihrer Mutter ziehen. Alle waren gereizt. Elena trat auf die *azotea* und schloss die Tür zu ihrem Reich auf. Sie warf ihre Jacke auf den kleinen Sessel und ließ sich, während sie noch die Schuhe abstreifte, auf ihr sehr weiches, quietschendes Bett fallen. Sie klopfte sich das Kissen zurecht und verschränkte die Arme hinter dem Kopf. Sofort erschien Inés vor ihren Augen. Der Moment, wie sie im Quiosco herausfordernd ihr gegenüber Platz genommen hatte. Sie erinnerte sich genau an die abrupte Bewegung, mit der Inés den Stuhl zu sich zog und sich dann mit verschränkten Armen setzte. Bis zu dieser Begegnung war es Elena schon schwer genug gefallen, die Erinnerung an ihre aufregende Begegnung mit Inés im Chicas samt des jähen Endes aus ihren Tagträumen zu verdrängen – jetzt verfolgten sie außerdem Inés' wütender Blick und ihre aufgebrachten Worte. Wie offen, wie klar waren ihre Augen beim Tanzen gewesen. Wie erregend der Wandel von Unsicherheit über Freude bis zu zwei vor Verlangen glühenden Augen, die sie nicht losließen. Elena wand sich. Diese Frau hatte keinen Hehl aus ihrem Begehren gemacht – sie hatte die Initiative ergriffen, und Elena war ihr mehr als bereitwillig gefolgt. Sie mochte nicht weiterdenken. Der Freimut, mit dem Inés ihre Lust eingestanden, und die Leichtigkeit, mit der sie selbst sich so schnell hingegeben hatte, verwirrten Elena. Inés' Direktheit hatte sie bis ins Mark getroffen. Elena fand sich selbst nicht zurückhaltend, wenn es um sexuelle Abenteuer ging, doch sie hatte immer die Kontrolle über die Situation behalten. Diesmal nicht. Die Umgebung um sie herum hatte aufgehört zu existieren – verführt von Inés' Leidenschaft und besessen von dem Wunsch, sie zu nehmen. Elena verdrängte die Erinnerung. Sie hatte nicht schlecht gestaunt, als sie Inés an der Bar im Chicas sah, offensichtlich angeödet von der Frau neben ihr. Sofort hatte sie in Inés die Frau erkannt, die sie einige Wochen zuvor durch das Fenster einer kleinen Galerie in Santa Catalina beobachtet hatte. Elena hatte gewartet, bis Inés die Galerie verlassen hatte, um den Besitzer ungestört auf Bilder von Marí ansprechen zu können. Während sie draußen stand, hatte sie Inés und den Galeristen beobachtet. Elena erinnerte sich genau an den Anblick, der sich ihr durch die Scheiben der Galerie geboten hatte. Inés war in ein lebhaftes Gespräch mit dem Mann vertieft gewesen. Hinter ihr hing ein Porträt, das eine junge Frau mit einer merkwürdigen Kopfbedeckung zeigte. Das Bildnis zeugte von einer anderen Zeit, das Kleid der Frau war aus schwerem Stoff, als stamme sie aus einem kalten Land. Doch die Linie der Brauen und des Nasenrückens, die dunklen Augen, das schmale Gesicht hatten eine frappierende Ähnlichkeit mit der Frau, die dort wenige Meter von Elena entfernt gestanden hatte. Elena hatte die Szene genossen. Ein wenig hatte es gewirkt, als sei die Frau aus dem Bild gesprungen, hätte sich die Kopfbedeckung abgerissen und sei in der Gegenwart angekommen. Mit einem zufriedenen Lächeln auf den Lippen hatte das Porträt auf sein zu Fleisch und Blut gewordenes Abbild geblickt. Die Szene war vollkommen gewesen, und für einen Moment hatte Elena sich gewünscht, Teil von ihr zu sein. Und dann saß diese Frau auf einmal im Chicas an der Bar und zog ein entnervtes Gesicht, das sehr von dieser Welt war und dem der Zauber und die Verbundenheit mit dem Porträt fehlten. Sie war spontan auf Inés zugegangen mit dem Wunsch, sie der Atmosphäre der Bar zu entziehen und an einen Ort zu bringen, wo ein kühler Wind ihre Gesichtszüge glättete und sie vom gleichen Zauber umgeben wäre wie an dem Tag in Santa Catalina. Stattdessen hatte sie, als sie vor Inés stand, nur einen ihrer coolen, halbwegs galanten Sprüche gebracht, mit denen sie zu ihrem eigenen Erstaunen oft Erfolg bei Frauen hatte. Und dann war die Begegnung völlig anders verlaufen, als Elena sich vorgestellt hatte. Sie wollte mit der unbekannten Frau tanzen, mit ihr plaudern und sie kennenlernen, denn sie wirkte sympathisch. Doch dann hatte sich alles überstürzt. Aus der erotischen Anziehung beim Tanzen war schnell sexuelles Verlangen geworden, dem sie beide ohne zu zögern nachgegeben hatten. Elena überlegte. Es war nicht nur körperlich gewesen. An irgendeinem Punkt waren für sie auch Gefühle ins Spiel gekommen. Sie wischte diese Erkenntnis beiseite. Sie liebte Caridad, auch wenn sie sich ab und an sexuelle Abenteuer erlaubte. Inés lebt irgendwo in Las Palmas, sagte sie sich, und wird genauso wie sie auf eine Tasse Kaffee ins Quiosco gekommen sein. Elena fragte sich, wie es wohl gewesen wäre, wenn sie dort mit Inés verabredet gewesen wäre. Wie hätte es sich angefühlt, wenn sie wie alle anderen dort entspannt miteinander geplaudert hätten und anschließend im Park oder im sonntäglichen Las Palmas spazieren gegangen wären. Elena starrte an die Decke. Vielleicht hätte es so sein können, aber sie war weggelaufen, und wahrscheinlich gab es auch einen guten Grund dafür.

Sie rollte sich vom Bett, kramte nach Feuerzeug und Zigaretten und trat hinaus auf die *azotea*. Am anderen Ende stand Paco an die Brüstung gelehnt, blickte auf die Stadt und rauchte. Elena zögerte, dann ging sie zu ihm hinüber. »Schlechtwetter heute?«, sagte sie lapidar.

Paco grinste schief. »*Dios,* es ist grauenhaft. Magdalena hat ihre Tage, und der Schirokko macht uns fertig.«

Elena nickte und zündete sich eine Zigarette an. Ohne aufzublicken, sagte sie: »Ich dachte, ihr seid daran gewöhnt?«

»Daran gewöhnst du dich nie, glaub mir. Ich kriege immer Kopfschmerzen, wenn dieser Wind bläst, und viele Menschen erkälten sich. Aber immerhin können wir froh sein, dass keine Heuschrecken mehr von drüben kommen – dank der verfluchten Pestizide. Hat eben alles auch sein Gutes.«

»Heuschrecken?«

»O ja – riesige Viecher! Wenn sie den armen Schluckern im Maghreb alles weggefressen hatten, kamen sie in einer dicken schwarzen Kugel geballt über den Atlantik und fraßen alles, was ihnen in den Weg kam.«

Elena ekelte sich bei dem Gedanken an Unmengen von geflügelten gefräßigen Insekten. »Klingt ja wie im alten Ägypten.«

»Genau so, nur ohne Pyramiden und Pharao.« Dabei beließ es Paco und rauchte schweigend weiter.

»Kommst du eigentlich aus Las Palmas?«, fragte Elena nach einer Weile.

»Nicht ganz. Ich bin in Santa Lucia geboren, aber meine Mutter ist mit mir nach Las Palmas gezogen, als mein Vater mit einer anderen durchgebrannt ist und ich noch ganz klein war. Wir haben bei meinem Onkel gewohnt, drüben in Triana, bis meine Mutter einen neuen Mann kennenlernte.« Er hielt inne. »Triana hat sich so verändert. Das Haus meines Onkels ist einem Parkhaus gewichen.«

»Dann kennst du die Stadt so wie ich Buenos Aires. Ich habe immer dort gelebt.«

»*Hombre,* ich kenne diese Stadt! Was meinst du, wie es erst den Alten geht, die sich noch an die Zeit vor dem Krieg erinnern können. Wenn die erzählen, glaubst du manchmal, sie reden von einer anderen Stadt. Plätze, Cafés, halbe *barrios,* die es so nicht mehr gibt. Und da, wo früher das Meer oder *fincas* waren, stehen jetzt Hochhäuser. Heute leben hier fast eine halbe Million Menschen. Und früher hatte der Hafen eine viel größere Bedeutung.« Paco erwärmte sich sichtlich für das Thema. Er beschrieb eine Reihe von Erweiterungen, Umstrukturierungen und Sanierungen. Dabei wies er in die jeweilige Richtung, wo die Veränderungen stattgefunden hatten.

»Du solltest von der *azotea* aus Vorträge über die Stadtgeschichte anbieten«, neckte ihn Elena. »Die Aussicht ist einzigartig.«

»Ach, was soll's. Schon mein Onkel hat immer gesagt, ich rede zuviel.«

»Komm, es interessiert mich!«

»Ich habe zwei Bücher mit alten Ansichten von Las Palmas. Ich zeige sie dir bei Gelegenheit. Du wirst staunen!«

Sie plauderten noch eine Weile, bis Paco irgendwann gähnte.

»Ich geh dann mal. Vielleicht hat sich Magda inzwischen beruhigt.«

»Bestimmt«, erwiderte Elena.

Paco grunzte. »Ich werde so oder so vorsichtig sein.« Er hob matt die Hand zum Abschied und trollte sich nach unten.

Elena blickte auf die Uhr. In einer Stunde begann der Unterricht. Wenn sie von unterwegs noch Caridad anrufen wollte, musste sie sich langsam fertigmachen. Doch sie wusste nicht, ob sie jetzt wirklich mit Caridad reden wollte.

Vielleicht sollte sie stattdessen Rafaela anrufen und sie bitten, gelegentlich bei Caridad vorbeizuschauen, um zu sehen, wie sie zurechtkam. Vielleicht war aber auch das keine gute Idee – Rafaela war ohnehin der Meinung, dass Elena es mit ihrer Sorge um Caridad übertrieb.

Elena kickte mit dem Fuß eine kleine Scherbe vor sich her. Die Scherbe war hellblau. Hellblau – wie das Badezimmer unten. Oder wie die Bluse von Inés bei ihrer Begegnung im Café. Inés ist bestimmt ein sehr fröhlicher Mensch, dachte sie.

Buenos Aires, im Mai 1958

Nur noch wenige Besucher standen am Tresen vor halbleeren Gläsern. Die Stimmung war ausgelassen, Gerardo stimmte ein Lied an, und beflügelt vom Erfolg der Ausstellung fielen seine Freundinnen und Freunde ein. Sie sangen laut und unbekümmert. Der Kellner brachte eine neue Runde und machte sich dann daran, den fettig glänzenden Boden mit Sägespänen zu bestreuen. Unberührt von der alkoholseligen Stimmung griff er anschließend zum Besen und fegte die Späne mit dem übrigen Unrat zusammen.

Ein einzelner Gast betrat die Bar und wurde vom Kellner mit einem müden Kopfschütteln hinausgewiesen. Der Mann zuckte die Schultern, fixierte kurz die Gruppe am Tresen und ging wieder. Niemand hatte Notiz von ihm genommen. Auf der gegenüberliegenden Straßenseite lehnte er sich an die Hauswand und steckte sich eine Zigarette an. Er konnte sich gedulden. Lange genug hatte er auf den richtigen Zeitpunkt gewartet. Hatte abgewogen und Erkundigungen eingezogen, Pläne geschmiedet und sich Worte zurechtgelegt. Auf ein Stündchen mehr oder weniger kam es nicht an.

Oswaldo half erst Marí, dann Rosalia in den Mantel. Sie schickten sich an zu gehen, als Marí noch etwas einfiel, und sie lief zurück zu Gerardo. Doch der schäkerte mit einer rothaarigen Schönheit und hörte nicht wirklich zu, als Marí ihn auf die anstehende Verhandlung mit dem Galeristen ansprach. Sie gab es auf und beeilte sich, Rosalia und Oswaldo zu folgen. Als sie leichtfüßig die Stufen hinunterhüpfte, ertönte eine Stimme neben ihr.

»Cousine – schön, dich wiederzusehen!«

Marí fuhr herum. Sie brauchte einen Augenblick, bis sie ihren Cousin erkannte. »Was machst du denn hier?« Sie blickte sich um und überlegte, wo Oswaldo den Wagen geparkt hatte. Es interessierte sie nicht im Geringsten, was dieser Kerl hier tat. Sie hatte ihn seit einer Ewigkeit nicht mehr gesehen – damals waren sie beide noch halbe Kinder gewesen. Sie erinnerte sich nicht einmal mehr, wie er hieß.

»Warum so in Eile, meine Schöne? Ich habe auf dich gewartet, Cousinchen. Wir müssen uns mal in aller Ruhe unterhalten.«

»Wir müssen uns unterhalten …?« Einen Moment war sie verwirrt, dann sagte sie resolut: »Es ist mitten in der Nacht. Ich bin müde und will nach Hause. Lass uns ein andermal miteinander reden.« Und mit entschlossenem Schritt wandte sie sich ab.

Herrisch ergriff er ihren Arm. »Ich will jetzt mit dir sprechen!«

»Hast du getrunken?« Zornig befreite sie ihren Arm und drehte sich um. Brutal packte er sie an der Schulter und riss sie zurück.

»Fass mich nicht an! Meine Freunde warten auf mich, und du wirst mich nicht daran hindern, zu ihnen zu gehen.« Ihre Augen spien Feuer.

»Freunde, ja? Keine Angst, ich werde dich zu ihnen lassen. Zu deiner kleinen Freundin und ihrem Ehemann. Aber erst unterhalten wir uns.«

In Marí verkrampfte sich alles. Hatte sie richtig verstanden, worauf er anspielte? Mit fester Stimme entgegnete sie: »Ich habe nicht die Absicht, mich mit dir zu unterhalten – nicht heute und nicht morgen.« Wieder gefasst, gewann Ärger die Überhand. Doch das gehässige Funkeln in seinen Augen ließ sie Böses ahnen. Sie wollte auf der Stelle fort.

»So schnell kommst du mir nicht zu der kleinen Schlampe. Spielt die *gran dama,* aber hinter seinem Rücken lässt sie sich von meiner Cousine vögeln. Was sagt er denn dazu, ihr Ehemann, der Señor Vicepresidente del Banco National?« Marí erstarrte, und die Angst verdrängte ihren Ärger.

Er schien ihre Angst zu riechen. Genüsslich fuhr er fort: »Da staunst du, was, Cousinchen? Du hast dich ja schon früher nie darum geschert, was andere dachten, hast sie alle herausgefordert mit deinen feschen Anzügen und den kurzen Haaren. Ein echter *señorito* ... Zumindest fast, denn das Wesentliche fehlt dir.« Er lachte dreckig. »Du glaubst, du bist ein fescher *compadrito,* dem die Welt gehört. Aber das bist du nicht. Du bist nur eine Frau, die glaubt, sie könnte es einer anderen besorgen.«

»Du spinnst ja!« Marí zitterte vor Wut und Angst. Was wollte er? Und noch wichtiger: Was wusste er?

»Jetzt hörst du mir mal gut zu, du kleines Flittchen. Ich bin bereit, dem Señor Vicepresidente eine Menge Unannehmlichkeiten zu ersparen, indem ich in gewissen Kreisen nicht verlauten lasse, dass seine Frau eine Hure ist, die es zudem noch mit Frauen treibt. Aber dafür müssen wir ein kleines Arrangement treffen. Du und ich, Cousine. In aller Ruhe, ganz vertraulich, ein Gespräch unter Freunden.« Er kicherte. »Morgen Mittag um zwei, hier in der Bar. Ich erwarte dich. Ich nehme an, du kannst dir denken, was passieren wird, wenn du nicht kommst?« Marí starrte in wortlos an. »Braves Mädchen, du hast begriffen, worum es geht. *Hasta la vista, Señorita«,* verabschiedete er sich spöttisch, lüftete einen imaginären Hut, drehte sich um und verschwand in der Nacht.

»Du siehst völlig erledigt aus, *querida.* Der Abend war ein voller Erfolg, aber glücklich bist du nicht.« Rosalia strich ihr übers Haar, half ihr, sich auszukleiden und schob sie sachte ins Bad. Marí wusch sich Gesicht und Hände mit kaltem Wasser. Rosalia reichte ihr ein Handtuch und fragte: »Wann trefft ihr den Galeristen? Oswaldo meint, wenn Don Espucha euch unter seine Fittiche nimmt, werdet ihr bald noch viel größeren Erfolg haben. Der Mann habe eine untrügliche Nase fürs Geschäft.«

»Rosa, du weißt, es geht mir nicht ums Geld.«

»*Sí, mi amor,* das weiß ich doch. Es geht dir um Anerkennung. Doch wenn beides Hand in Hand geht – umso besser! Du wirst Erfolg haben, davon bin ich überzeugt. Nun schau nicht so unglücklich drein. Lass uns schlafen. So übernächtigt kannst du niemandem unter die Augen treten.«

»Als du und Oswaldo schon vorausgegangen seid, stand auf einmal mein Cousin vor mir …« Vor Wut und Angst begann Marí zu weinen und war kaum in der Lage, die Begegnung mit ihrem Cousin zusammenhängend zu schildern. Mühsam entlockte Rosalia ihr die Einzelheiten des kurzen Wortwechsels.

»Was sollen wir tun, Marí?«, fragte sie dann. »Ich bin sicher, es geht ihm um Geld.« Beunruhigt nahm sie Marí in die Arme und streichelte ihr nachdenklich den Rücken.

»Wahrscheinlich. Sicher denkt er, es lohne sich, Oswaldo als Vizepräsidenten der Nationalbank zu erpressen.«

»Oswaldo? Er weiß doch nicht über Oswaldo Bescheid? O Gott, das wäre furchtbar!« Sie griff zu ihrer Bürste und begann mechanisch, aber energisch ihr langes volles Haar zu bürsten.

»Nein, nein, er hat gedroht, die Art unserer Beziehung in ›gewissen Kreisen‹ publik zu machen, so dass Oswaldo bloßgestellt wäre, weil du ihn mit einer Frau hintergehst.«

»Das ist gut.« Rosalia legte die Bürste beiseite und band ihr Haar locker zusammen.

»Gut?«

Rosalia nickte. »Ja, Oswaldo wäre außer sich, wenn jemand die Wahrheit über ihn erführe und in der Öffentlichkeit breitträte. Er wäre ruiniert.«

»Und was ist mit uns?« Marí war verletzt. »Oswaldos peinlichst verborgene Neigung, die Wahrheit über ihn ist das eine, aber was ist mit uns? Im Übrigen vergisst du, dass er als dein Gatte auch Zielscheibe meines Cousins ist.«

»Sicher, weil er glaubt, dass ich ihn mit dir betrüge. So wie du mir seine Drohungen geschildert hast, ahnt er offenbar nicht, dass er mit Oswaldo selbst einen noch viel größeren Fisch an der Angel hätte.« Sie hielt inne und blickte Marí im Spiegel an. »Und er darf es auch nie erfahren!«

»Ich will mich nicht erpressen lassen, Rosa! Soll er doch zu Oswaldo laufen und uns verpfeifen. Nichts wird passieren. Oswaldo könnte den gehörnten und entsetzten Ehemann mimen, und die Sache wäre erledigt.«

»O nein, du hast doch gesagt, er drohte nicht damit, es Oswaldo zu sagen, sondern es allgemein zu verbreiten. Und das bringt auch Oswaldo in Gefahr. Die Frage, wieso er seiner Gattin den Umgang mit einer Frau gestattet, die zumindest in einigen Kreisen einen gewissen Ruf hat, wirft auch ein zweifelhaftes Licht auf ihn.«

»Ich hasse Versteckspielen. Niemals zuvor habe ich mich so verstellen müssen wie mit dir. Mit euch, besser gesagt.« Marí verschränkte die Arme vor der Brust und hockte sich auf den Rand der Badewanne.

Rosalia setzte sich neben sie und legte den Kopf an ihre Schulter. »*Cariño*, wir beide können nicht so leben, wie du früher gelebt hast. Wir haben es oft genug besprochen. Es geht nicht.«

»Und warum nicht, wenn ich fragen darf? Jetzt haben

wir den Lohn für die ewigen Lügen: Wir werden erpresst!«

»Bitte, Marí, jetzt ist der falsche Zeitpunkt für diese alte Diskussion. Wir müssen überlegen, was wir tun.«

»Tun! Was gedenken Señora denn zu tun? Wir können nur stillhalten wie das Kaninchen vor der Schlange. Handeln hätten wir eher müssen. Jetzt ist es zu spät!«

»Wir werden Oswaldo vorerst nichts sagen. Du triffst morgen deinen Cousin und bringst in Erfahrung, was er wirklich will. Dann sehen wir weiter.« Sie machte eine Pause. »Es könnte besser sein, wenn du die nächste Zeit überwiegend bei dir wohnst. Wer weiß, zu welch überstürzten Handlungen dein Cousin fähig ist …«

»Ach, so einfach ist das, ja? Noch ist die Öffentlichkeit nicht im Bilde über das Verhältnis der Gattin des Vizepräsidenten mit einer kleinen Schlampe mit Vorgeschichte, und trotzdem soll ich sicherheitshalber das Feld räumen!« Sie riss ihren Morgenmantel vom Hacken, warf ihn sich über und floh in den Trakt mit den Gästezimmern.

Mit langen Schritten eilte Marí die Avenida Quintana entlang. Außer Atem bog sie in die Calle Juncal ein und schritt entschlossen die Stufen zur Bar hinauf. Nach einer schlaflosen Nacht hatte sie sich im letzten Augenblick entschieden, sich doch mit ihrem Cousin zu treffen.

Seit fast zehn Jahren lebte sie glücklich und doch unerfüllt mit ihrer Geliebten Rosalia und deren Gatten unter einem Dach. Eigentlich führten sie eine Ehe zu dritt. Oswaldo pflegte nur kurze, oberflächliche Kontakte mit jungen Männern, von denen sie und Rosalia kaum etwas mitbekamen. Sie schätzte Oswaldo, und es stand außer Frage, dass dies auf Gegenseitigkeit beruhte. Als sie Rosalia kennenlernte, war diese schon verheiratet gewesen. Mit der Verlobung hatten sie und Oswaldo ein Arrangement getroffen: Ihre Ehe sollte nach außen alle Konventionen eines standesgemäßen Lebens erfüllen und gleichzeitig verbergen, dass sowohl Rosalia als auch Oswaldo dem eigenen Geschlecht zugeneigt waren. Diskretion und Toleranz waren oberstes Gebot in ihrer Beziehung. Es kam Oswaldo zupass, dass Rosalia als Diplomatentochter die gesellschaftlichen Verpflichtungen, die seine berufliche Position mit sich brachte, mit Leichtigkeit zu erfüllen wusste. Die Ehe mit Oswaldo ermöglichte es Rosalia, Status und Ansehen ihrer Herkunft sowie ihren Ruf als ehrbare Dame zu wahren.

Marí hatte von Anfang an gewusst, sich auf eine Liebe mit Rosalia einzulassen, bedeutete, dieses Arrangement zu akzeptieren. Dennoch hatte sie sich in all den Jahren nicht wirklich an die wohlbedachten Formen und Regeln von Rosalias und Oswaldos Ehe gewöhnt, auch wenn sie längst ein Teil ihres eigenen Lebens geworden waren. Immer wieder zweifelte sie an deren Nutzen, verfluchte ihre Verlogenheit und die Einschränkungen, die sie mit sich brachten. Sie pfiff auf die materielle Sicherheit und das gesellschaftliche Ansehen, von dem sie als »Freundin des Hauses« ohnehin nur den Abglanz genoss. Schlimmer noch, sie fand es demütigend, als bloße Freundin wahrgenommen zu werden. Allein Rosalias Liebe und ihre Kunst wogen einen Teil der verlorenen Freiheit auf. Entschlossen, nicht nachzugeben, hatte sie in den frühen Morgenstunden entschieden, ihren niederträchtigen Cousin zu ignorieren und nicht zu treffen. Doch als sie am Morgen Rosalias schönes übernächtigtes Gesicht sah, kapitulierte sie. Lieber wollte sie selbst leiden, als Rosalia leiden zu sehen.

Nun stand sie auf der Schwelle zur Bar und ließ den Blick durch das Lokal schweifen. Sie brauchte nicht lange, um ihren Cousin an einem kleinen Tisch in der Nähe des Zeitungsständers auszumachen. Er trug einen auffälligen Dreiteiler mit großem Karomuster. Neben ihm auf dem Tisch lag sein sommerlicher Strohhut. Scheußlich, dachte Marí. Sie straffte die Schultern und zwang sich, langsam auf ihn zuzugehen. Augenscheinlich ruhig nahm sie ihm gegenüber Platz.

»Nun«, sagte sie gedehnt, »wie ich sehe, hast du mit deiner Bestellung nicht auf mich gewartet.« Sie winkte dem Kellner und bestellte Kaffee. Seelenruhig zog sie ihr rot gelacktes Zigarettenetui hervor. Ihr entging nicht, dass er ihre elegante Erscheinung einen Moment anerkennend musterte, bevor er das Wort ergriff.

»Es wurde Zeit, dass du kommst, Cousine.« Er ließ das Cognacglas in der Rechten kreisen. »Ja, ich war so frei und habe mir bereits etwas bestellt.« Im letzten Halbsatz äffte er ihre Sprechweise nach.

Marí überging das. Sie musterte ihn. Cognac zu dieser Tageszeit, die modische, aber geschmacklose Aufmachung. Sie fragte: »Also, was ist los, was willst du?«

»Mit dir sprechen, Verehrteste.«

»Das sagtest du schon. Nur worüber? Meine Zeit ist kostbar.«

»Meine auch, meine auch.« Er leerte das Glas in einem Zug.

Mit weltmännischer Geste bestellte er sich einen weiteren Cognac. Marís Herz pochte heftig, doch mit gespielter Lässigkeit verschränkte sie die Arme und lehnte sich zurück. Ihr Cousin schwieg, bis der Kellner ihnen ihre Getränke serviert hatte und wieder gegangen war. Marí schlug ein Bein über das andere. Nur das Wippen ihres linken Fußes unter dem Tisch verriet ihre Anspannung. Ihr Gegenüber blickte indes auf den Grund seines Glases und schien dort bemerkenswerte Erkenntnisse zu gewinnen. Marís Nerven waren zum Zerreißen gespannt. Mit dem Gedanken daran, was auf dem Spiel stand, zwang sie sich, sitzen zu bleiben. Schließlich bequemte ihr Cousin sich zu sprechen.

»Tatsache ist«, dozierte er langsam, »dass es den Interessen des Señor Vicepresidente nicht zuträglich wäre, wenn die Gesellschaft von der heimlichen Schwäche seiner Frau für eine gewisse junge Malerin erführe …«

»So? Und was willst du machen? Zu ihm gehen und behaupten, ich hätte ein Verhältnis mit seiner Frau? Das musst du erst einmal beweisen!«

»Beweisen? Pah, ich muss überhaupt nichts beweisen! Ganz abgesehen davon, dass wir beide wissen, dass es wahr ist.«

»Du bist dir deiner Sache wohl ganz sicher?«

»Natürlich bin ich das. Aber schließlich reicht auch ein Gerücht, um den Ruf einer Person nachhaltig zu schädigen. Wen interessieren Beweise, wenn allein die Anspielung auf einen solchen Skandal ausreicht? Wer, frage ich dich, interessiert sich bei diesem saftigen Bissen für Tatsachen? Hauptsache, die Pikanterie der Behauptung heizt den gesellschaftlichen Klatsch an. Ein Ruf, Cousinchen, ist schnell ruiniert!«

»So ist das also.« Marí beugte sich über den Tisch vor. »Beweise sind nichts, Fakten werden erfunden, alles kein Problem – und wozu das alles überhaupt?«

Sie war kurz davor aufzuspringen, doch sie wusste, dass er recht hatte. Er musste keine Beweise liefern – danach würden die meisten Menschen gar nicht fragen. Im Gegenteil: ihnen allen fiele mit Sicherheit irgendetwas an der Beziehung zwischen Oswaldo, Rosalia und ihr auf, das ihnen immer schon verdächtig erschienen war. Und zumindest sie war kein unbeschriebenes Blatt. Zum ersten Mal in ihrem Leben verfluchte sie die Tatsache, dass sie sich – anders als Rosalia und Oswaldo – nie darum geschert hatte, nicht ins Gerede zu kommen.

»Was willst du tun? Zu Oswaldo laufen und uns auf Verdacht hin anschwärzen? Wozu?«

»Langsam, langsam. Alles der Reihe nach. Wozu? Ganz einfach: Es geht mir um eine kleine Gefälligkeit …«

»Erpressung! Du willst Geld von ihm.«

»Geld … Nein, ich will kein Geld von ihm. Und wenn ich Geld wollte, sollte ich es wohl lieber von dir verlangen, damit ich ihm nichts sage, oder?«

Marí schwieg. Über Oswaldos Rolle in dem Ganzen zu sprechen war noch gefährlicheres Terrain.

»Wobei – wenn ich es ihm sagen und gleichzeitig versprechen würde, es nicht herumzutratschen, gäbe es sicher ein hübscheres Sümmchen von ihm als von dir.«

Marís Augen funkelten wütend, doch sie schwieg verbissen.

»Aber ich will nicht unmenschlich sein. Wozu euch beiden den Spaß verderben und den Señor Vicepresidente unnötig beunruhigen?« Er machte eine Kunstpause und trank einen Schluck. Dann fuhr er mit schmeichlerischer Stimme fort: »Von mir aus muss er überhaupt nichts erfahren. Er nicht und die ganze feine Gesellschaft auch nicht. Das ist doch nicht nötig.« Gönnerhaft lächelte er Marí an.

»Also willst du das Geld doch von mir. Der Señor Vicepresidente«, jetzt äffte sie ihn nach, »ist dir für eine Erpressung wohl doch eine Nummer zu groß?« Marí lachte auf und erschrak, wie schrill es klang. Sie griff nach der Tischkante, um das Zittern ihrer Hände zu verbergen.

»Geld ... ach Cousine, Geld, es zerrinnt einem zwischen den Fingern.« Dramatisch hob er die Hände mit der Innenseite nach oben und spreizte die Finger. »Geld – was bedeutet das schon? Man kann sich etwas kaufen, schön, doch Ehre, Anerkennung und Ruhm erlangt man nicht mit Geld allein.«

Marí starrte ihn an. Sie verstand nicht, worauf er hinauswollte. Eine eisige Hand packte ihren Nacken. Eine vage Ahnung, dass dies erst der Anfang von etwas Schrecklichem war, ergriff von ihr Besitz.

Gran Canaria, Ende Februar 2004

Die Ackerterrassen waren in mühsamer Handarbeit aus groben Lavabrocken aufgeschichtet worden. Mais und Bohnen wuchsen unter Orangen- und Olivenbäumen. Am Fuß der grünen Berghänge öffnete sich das weite verdorrte Land mit Resten von weitverzweigten Bewässerungsanlagen. Dahinter glitzerte der glatte Spiegel des Atlantiks. Inés hockte auf den Stufen, die vom *patio* hinunter zur unbefestigten Zufahrt von Olgas Haus führten, und genoss die Aussicht. Sie liebte diese Landschaft und empfand tiefe Freude und Ruhe, wenn ihr Blick darüber schweifte. Alle Gedanken glitten still aus ihrem Kopf, und es war Frieden. Das war es, was sie auf dieser Insel gesucht hatte. Sicher, es gab abgeschiedenere Orte in der Natur, die Berlins Häusermeer vergessen ließen, aber für Olgas Haus musste sie außer den Nebenkosten nichts zahlen, und das ermöglichte ihr den längeren Aufenthalt. Auch wenn ihre Verwandten wussten, dass sie hier war und den einen oder anderen Besuch erwarteten, hatte man sie in ihrem Häuschen in den Bergen bisher in Frieden gelassen.

Doch seit bald zwei Wochen hatten sich die Gedanken an Elena in ihrem Kopf festgesetzt und raubten ihr die Ruhe. Unruhig wie eine Raubkatze im Käfig lief sie durch ihr zeitweiliges Zuhause, durchstreifte das nahe Umland und wäre am liebsten vor sich selbst davongelaufen.

Sie war mit dem Wunsch hergekommen, sich aus der Routine ihres Alltags zu befreien, Ballast abzuwerfen. Ihr Leben war eintönig geworden. Die immer gleiche Arbeit bei einem Telekommunikationsunternehmen, für das sie technische Anleitungen übersetzte, die immer gleichen Kolleginnen und Kollegen mit ihren altbekannten Sprüchen, der langvertraute Freundeskreis. Zu vieles war vorhersehbar geworden. Sie konnte nicht sagen, was genau sie vom Leben erwartete – außer einem Richtungswechsel. Sie war offen für das, was kommen mochte. Und dann hatte das Leben hier so verheißungsvoll begonnen. Hals über Kopf hatte sie sich in Elena verliebt, bereit für ein Abenteuer, eine neue Liebe vielleicht. Es war ein köstliches, berauschendes Gefühl, das sie sehnlichst ausleben wollte. Vor über zwei Jahren hatten ihre langjährige Freundin Anke und sie sich getrennt. Seitdem hatte sie zwei, drei halbherzige Versuche unternommen, sich zu verlieben, aber schnell aufgegeben, das zu forcieren. Und jetzt Elena. Doch Elena hatte sie fallenlassen, bevor es begonnen hatte.

Ihrer Wut hatte sie im Quiosco Luft gemacht, aber ihrer Sehnsucht nach dieser Frau, die sie kaum kannte, hatte das Treffen neue Nahrung gegeben. Zuerst war sie erleichtert gewesen, denn immerhin war sie nun keine namenlose Nummer mehr in der Reihe der Eroberungen dieser Frau. Außerdem hatte sie ihr an den Kopf geworfen, was sie von Elenas wortlosem Abgang hielt. Elena hingegen hatte sich kaum gerührt, hatte keine Erklärung, keine Entschuldigung für nötig befunden. Außerdem schien Inés sie überrumpelt zu haben, als sie Elena beim Namen genannt hatte. Den herauszufinden war nicht schwer gewesen. Als begnadete Tangotänzerin war Elena im Chicas wohlbekannt. Aber was nützte ihr dieser billige Triumph? Geblieben war das sichere Gefühl, dass eine Chance verrann, ohne Form angenommen zu haben. Elena hatte sich ihrer bedient und sich nach dem Tanz genommen, was sie begehrte.

Ob ihr impulsiver Auftritt im Quiosco bei Elena etwas bewirkt hatte? Verlegenheit oder Scham? Vielleicht war sie schlicht genervt gewesen. Ob sie überhaupt noch an Inés gedacht hatte? Die Chance auf ein Wiedersehen hatte Inés mit ihrer Szene sicher nicht gesteigert – Elena musste die Begegnung wie eine Attacke empfunden haben. Inés hatte sie ausgekostet. Jetzt stocherte sie mit einem Stöckchen zwischen den Ritzen des Natursteinpflasters der Treppe. Elenas Sprachlosigkeit hatte ihr den kurzen Genuss geboten, sie ohne ein weiteres Wort sitzenzulassen. Eine armselige Rache. Was könnte Elena nun noch veranlassen, sie wiedersehen zu wollen? Nein, Elena hatte doch etwas gesagt, rief Inés sich in Erinnerung. Nämlich dass sie Inés schon lange vorher betrachtet habe. Was hatte sie gemeint? Das Stöckchen brach ab, und Inés schürfte sich den Fingerknöchel am rauen Gestein auf. Sie fluchte und blickte auf die Wunde an ihrer Hand: Blut. Herzblut, das sie vergoss, während Elena vermutlich keinen Gedanken mehr an sie verschwendete und im Zweifelsfall schon der Nächsten schöne Augen beim Tanzen machte. Stoff genug für einen weiteren herzzerreißenden Tango. Kitschiger geht's nimmer, dachte sie und ging ins Haus, um zu duschen. Vielleicht sollte sie zu Carla fahren und sich ausheulen? Sie verwarf den Gedanken. Ihr Intermezzo in der Garderobe war unbemerkt geblieben, sonst hätte sie längst einen Anruf von Paula oder Carla erhalten. Warum etwas daran ändern? Ein kleines Geheimnis, so geheim, als sei es gar nicht passiert.

Die Luft im Chicas war zum Schneiden. Blaue Rauchschwaden zogen träge zur Decke hoch. Inés kämpfte sich zur Bar durch. »Was ist das hier heute für eine Luft?«, sagte sie zu Liliana, der Barfrau, der beim Mixen der Cocktails Schweißperlen die Schläfen hinabrannen.

»Die Klimaanlage ist ausgefallen. Maríza versucht verzweifelt, jemanden aufzutreiben, der sie repariert. Bisher erfolglos, wie du merkst. Was möchtest du trinken?«

»Einen Cuba libre.«

Inés kletterte auf einen Barhocker und plauderte ein wenig mit Liliana. Ab und an warf sie einen Blick zur Tanzfläche. Elena war weit und breit nicht in Sicht. Dafür entdeckte sie Paula, die, kaum dass sie Inés erblickt hatte, sichtlich erfreut auf sie zusteuerte.

Inés und Paula tanzten, und Paula versuchte ihr Paso Doble beizubringen. Inés hatte keinen Spaß am Tanzen. Sie war nicht bei der Sache und blickte sich immer wieder verstohlen um, in der Hoffnung Elena zu sehen. Sie ärgerte sich über sich selbst und beschloss dennoch, Paula vorsichtig über Elena auszuhorchen.

»Hast du nicht erzählt, dass Maríza hier Tangounterricht anbieten will?«

»Wollen ist gar kein Ausdruck. Sie liegt dieser Elena – wir haben jetzt ja herausgefunden, wie diese einzigartige Tänzerin heißt – schon seit Ewigkeiten in den Ohren, doch die lehnt immer ab.«

»Mm-hm.«

»Willst du Unterricht nehmen?«

»Wieso nicht, das wäre doch was: Carla, du und ich. Das könnte doch Spaß machen. Wenn Elena nur halb so gut unterrichtet wie sie tanzt, würden wir eine Menge lernen.«

»Glaubst du im Ernst, dass Carla sich darauf einlässt?«, Paula sah sie mit fragend erhobenen Brauen an.

»Klar, sie war von Elenas Auftritt mindestens so beeindruckt wie ich. Ich möchte gerne Unterricht nehmen.«

»*Entonces* … Such dir einen charmanten jungen Mann und melde euch in der Tanzschule an, in der Elena unterrichtet. Ich frage mich wirklich, wie Elena das tagtäglich mit einem Haufen Heteros aushält.«

»Du denkst, sie ist eine von uns?«

»Hör mal, weshalb sollte sie sonst regelmäßig in eine Frauenbar gehen und mit ihren Auftritten nicht nur ihrer Tanzpartnerin den Kopf verdrehen?« Paula grinste und schien Inés' gequältes Gesicht nicht wahrzunehmen. »Maríza sagt, sie wäre nur für ein paar Monate hier, um Geld zu verdienen. Sie vermutet, dass sie keine Arbeitserlaubnis hat und ganz schön ausgenommen wird. Zumindest muss Elena ihr gesagt haben, dass sie fast täglich unterrichtet und nicht noch mehr Stunden geben will. Dabei wüsste ich mehr als eine Frau, die von Elena in die richtige Tangohaltung gebracht werden möchte ...«

Inés sparte sich jeden Kommentar. Paulas anzügliche Worte versetzten ihr einen Stich. Paula plapperte munter weiter, aber Inés hörte nicht mehr zu. Sie fragte sich, wie sie mehr über Elena in Erfahrung bringen konnte. Sie tanzte unkonzentriert, ließ sich nur halbherzig auf Paula ein, die nichts davon zu bemerken schien. Ihr Blick schweifte umher und blieb dann wie gebannt an der Eingangstür hängen. Elena! Da war sie tatsächlich. Inés beobachtete, wie sie an der Tür stehenblieb und umherschaute, das Lokal in Augenschein nahm und die Menge mit ihren Blicken abtastete. Inés stockte der Atem. Elena sah sie direkt an, ohne ein Zeichen des Wiedererkennens zu geben. Zielsicher bahnte sie sich dann einen Weg zur Tanzfläche. Inés ließ sie nicht aus den Augen. Elena kam direkt auf sie zu! Paula redete und redete, bemüht um Inés' Aufmerksamkeit. Dann, mitten im Satz, verstummte sie. Elena stand vor Inés und sagte: »Entschuldige, aber könnte ich dich kurz sprechen, Inés?«

Zu ihrem eigenen Erstaunen hörte sie sich ruhig erwidern: »Ja, sicher, *qué hay?*« Elena sah sie ernst an, und Inés registrierte, dass Paula den Mund nicht mehr zu bekam.

99

»Vielleicht könnten wir kurz rausgehen? Ich möchte gerne mit dir sprechen, und hier drinnen ist eine grauenhafte Luft.«

Es war wie im Film. Inés widerstand dem Impuls, sich zu kneifen. Es hätte sie nicht gewundert, wenn von irgendwoher schluchzende Geigen eingesetzt hätten. »Paula, du entschuldigst mich?«, sagte sie und ging mit Elena zur Tür. Sie stiegen nebeneinander die engen Stufen hinab. Wortlos wandte sich Elena in Richtung des Strandes von Las Canteras. Nach wenigen Schritten begann sie zu sprechen.

»Es tut mir leid, dass ich mitten in euren Tanz geplatzt bin. Ich hätte warten sollen.«

Inés sagte nichts.

Elena fuhr fort. »Ich möchte dir etwas sagen, und das kann ich nicht mitten im Trubel.« Sie zögerte und blickte Inés an. »Ich hasse Aussprachen in der Öffentlichkeit, *sabes?*«

Inés stutzte – hatte Elena tatsächlich »Aussprachen« gesagt? Ihr Auftritt im Quiosco stand ihr vor Augen. Verlegen dachte sie daran, wie sie Elena heruntergeputzt hatte, ohne sich um die anderen Gäste zu scheren. Die Erinnerung daran war ihr unangenehm.

»Inés, ich bin nicht sehr gut darin … Und du hast jetzt offenbar beschlossen, überhaupt nicht mehr mit mir zu reden. Ich möchte dir sagen, dass es mir leid tut – *perdona!*«

Inés ging schneller. Das Ausschreiten tat ihr gut. Elena folgte ihr mühelos. »Das klingt wahrscheinlich blöd. Ich habe auch keine Erklärung … Ich hätte nicht so einfach weggehen sollen, nachdem wir …« Elena stockte. Inés blickte sie nicht an. »Es war wohl überhaupt ein Fehler, dass aus dem Tanzen mehr geworden ist … Ich hätte es nicht tun dürfen, es tut mir leid!«

»Überhaupt ein Fehler also!«, schnappte Inés. »Bis eben war der einzige Fehler für mich, dass du wortlos abgehauen bist!« Inés spürte die Wut in sich hochkochen. Sie rannte fast. »Ich denke, bevor irgendwer von uns noch weitere Fehler begeht, laufe ich lieber zurück ins Chicas!« Sie stürzte weiter.

»*Coño*, jetzt warte! Wie soll ich dir irgendwas erklären, wenn du nur schreist und wegrennst?« Elena folgte Inés fast bis ans Ende der Calle Tomas Miller, blieb dann stehen und rief ihr hinterher: »In Ordnung, ich habe verstanden. Es war ein idiotischer Versuch, dir etwas erklären zu wollen, was ich selber nicht verstehe. Ich lasse dich in Ruhe, aber wenn du ins Chicas zurückwillst, solltest du lieber in die andere Richtung laufen!«

Inés blieb abrupt stehen. Ein Taxi nach dem anderen fuhr vorbei. Von weitem wummerten Discobässe durch die Nacht. Inés starrte Elena wortlos an. So standen sie eine ganze Weile dort. Dann entspannte Inés sich ein wenig und sagte: »Vielleicht sollten wir es uns zur Abwechslung leichter machen und über etwas ganz anders reden.«

Elena nickte. »Magst du ein Stück weitergehen?«

In gemächlicherem Tempo setzten sie ihren Weg die Calle de la Torre bis zum Paseo de las Canteras fort. Es war vollkommen windstill, eine Seltenheit in Las Palmas. Das Meer schwappte lustlos ans Ufer. Langsam, fast schlendernd gingen sie die Promenade entlang. Nur wenige Menschen waren unterwegs. Eine Horde Jugendlicher kam ihnen auf knatternden Mofas entgegen und raste vorbei. Sie hinterließen eine fast schmerzhafte Stille.

»Und – wie ist Buenos Aires abends um diese Zeit?«

Kaum hatte sie die Frage ausgesprochen, ärgerte sich Inés über diesen Allgemeinplatz, aber Elena antwortete ganz selbstverständlich.

»Viel lauter. Vom Riachuelo treibt oft ein leicht brackiger Geruch her, nicht diese salzige Frische wie hier, aber trotzdem ein besonderer Duft. Und es ist einfach immer etwas los ...« Elena schien zu überlegen, was sie noch sagen konnte, um ein halbwegs zwangloses Gespräch am Laufen zu halten.

»Las Palmas ist nicht gerade eine ruhige Stadt. Ich könnte hier nicht immer leben.«

In dem Augenblick, als sie es aussprach, war Inés sich auf einmal nicht mehr so sicher, ob das stimmte. Die Minuten mit Elena wurden zu einer kleinen Ewigkeit.

»Das heißt, du lebst gar nicht hier?«

»Ich lebe in Berlin.«

»In Berlin?« Elena war überrascht. »Machst du hier Urlaub? Du sprichst perfekt *castellano*.«

»Tja«, sie zuckte beinahe kokett die Schultern, »du sprichst ja auch perfekt *castellano*, ohne von hier zu sein.« Sachlich fügte sie an: »Es ist keine so große Kunst. Meine Eltern stammen von hier. Zu Hause sprechen wir Spanisch, und die großen Ferien habe ich bis zu meinem siebzehnten Lebensjahr immer auf dieser Insel bei der lieben Verwandtschaft verbracht.«

Inés lächelte und merkte, wie auch Elena sich entspannte.

»Aber du bist in Deutschland geboren und lebst sonst auch dort?« Inés nickte. »Dann bin ich ja nicht die einzige Fremde hier.«

»So entdeckt man Gemeinsamkeiten.« Inés schmunzelte.

»Es geht doch nichts über eine gepflegte Konversation, kultiviert und kurzweilig«, bemerkte Elena geziert und mit einer Spur Ironie.

Inés überlegte nicht länger – es war besser, es jetzt gleich loszuwerden. Sie holte tief Luft und sagte hastig: »Mein Auftritt neulich im Quiosco San Telmo war wohl nicht das, was man gemeinhin kultiviert nennt. Ich habe dich überrumpelt …«

»Sagen wir, er entsprach nicht ganz der Etikette«, entgegnete Elena lässig. »Du hast Platz genommen, bevor ich dich dazu aufgefordert habe.«

Inés lachte und sah, wie Elena sie schelmisch anblickte und dabei mit vollendeter Anmut ihr Haar nach hinten strich.

»Magst du Las Palmas?«, fragte sie beiläufig, um zu verbergen, dass ihre Augen nicht von Elena lassen konnten. Diese stolze und doch so geschmeidige Haltung … Sie schritt die Straße entlang, wie ein Schwan durchs Wasser glitt.

»Ja, schon. Obwohl ich als echte *porteña* natürlich von ewiger Sehnsucht nach Buenos Aires geplagt bin!« Dramatisch presste Elena die Hände auf ihr Herz.

Inés lachte. »Das klingt ja sehr tragisch …« Tragisch wie ein Tango, wollte sie hinzufügen. Doch das war gefährliches Terrain.

»Na ja, es war nur halb ernst gemeint – andererseits … ich habe mein ganzes Leben dort verbracht und vermutlich atmet man in Buenos Aires mit dem ersten Schrei nach der Geburt etwas ein, das einen dieser Stadt auf ewig ausliefert. Ich gebe zu, wir *porteños* ticken nicht ganz richtig – die Hälfte von uns rennt zum Analytiker oder zur Psychotherapeutin, darin stehen wir den *gringos* in nichts nach.« Sie hielt inne. »Aber Las Palmas gefällt mir schon. Es gibt sogar die gleichen Namen für Straßen und *barrios* wie bei uns.«

»Tatsächlich? Welche denn?«

»San Telmo zum Beispiel – hier eine Kirche, bei uns ein *barrio*.«

Die Unterhaltung wurde leichter und unbeschwerter. Sie lehnten am Geländer der Promenade und schauten aufs

Meer. »Wahrscheinlich haben die Heerscharen von Migranten die Namen mitgenommen. Kaum eine Familie von den kanarischen Inseln, aus Galizien oder Asturien, die keine Verwandten in Lateinamerika hat«, sagte Inés.

»Gut möglich. Und wo bei uns leben deine Verwandten?«, fragte Elena.

»Ich habe eine Großtante und zwei Großcousins in Buenos Aires. Vor ein paar Jahren habe ich sie hier auf Gran Canaria kennengelernt, als sie zu Besuch waren. Und ein Onkel von mir lebt mit seiner Familie in Venezuela. Die habe ich erst einmal im Leben gesehen, auch hier bei meinen Großeltern. Mein Onkel Levi gehört zu den Zeugen Jehovas und vertritt außerdem die Ansicht, dass Tomaten viel Cholesterin enthalten – damit du eine Vorstellung von meiner Verwandtschaft hast.«

Elena kicherte. »Hast du nie Lust gehabt, sie auch mal zu besuchen? Ihr Europäer könnt schließlich überallhin reisen – Visa sind kein Problem, wenn ich nicht irre.«

Der Unwille in Elenas Stimme war nicht zu überhören. Bitte kein neues Fettnäpfchen, dachte Inés und sagte leichthin: »Ich hab schon daran gedacht, aber noch keine rechte Gelegenheit gehabt.«

Elena schwieg kurz. Dann sagte sie: »Für die meisten Argentinier ist ›keine Gelegenheit‹ ein Euphemismus für ›kein Geld‹. Viele Lateinamerikaner suchen übrigens krampfhaft nach spanischen Großeltern, um dann die spanische Staatsbürgerschaft zu beantragen. Abgesehen vom bürokratischen Prozedere die angenehmste Art, der wirtschaftlichen Situation zu entrinnen und legal in der EU leben zu können.«

Inés spürte, dass Elena ein Stück auf Distanz gegangen war und war verunsichert. Während sie fieberhaft nach einem unverfänglichen Kommentar suchte, wandte Elena sich vom Meer ab, hockte sich auf das Geländer und sagte mit veränderter Stimme: »Eigentlich gefällt mir Las Palmas gut. Seitdem ich hier bin, habe ich La Vegueta, San Nicolas, Triana, Ciudad Jardin und Santa Catalina und andere *barrios* durchstreift. Ich kenne mich inzwischen so gut aus, dass ich weiß, welches Auto dem Friseur bei mir um die Ecke gehört und wo der Treffpunkt der Hundebesitzer zu verschiedenen Tageszeiten ist. Ich kann behaupten, sämtliche Kunstmuseen besucht zu haben sowie alle sonstigen wichtigen Sehenswürdigkeiten, aber die Insel jenseits von Las Palmas kenne ich gar nicht – bis auf den Flughafen. Den Touristen nach zu urteilen, die er ausspuckt, müssen die übrigen Teile der Insel von Urlaubern übervölkert sein.«

»Der Süden ist ein einziger Vergnügungspark für Sonnenhungrige, überwiegend Deutsche, Briten und Skandinavier. *Tostadas,* die sich drei- bis viermal am Tag auf ihrem Liegestuhl drehen und rösten. Aber im Landesinneren gibt es immer noch ein paar wunderschöne Ecken. Interessierst du dich für Kunst?«

Elena nickte.

»In Ingenio gibt es ein kurioses Museum, das unter anderem die Kunst der Guanchen, der ursprünglichen Bewohner der Kanarischen Inseln, zeigt – oder zumindest das, was ihnen zugeschrieben wird. Der Ort liegt schön und ist ein guter Ausgangspunkt für Fahrten ins Zentrum der Insel.«

»Mich interessiert vor allem Malerei«, sagte Elena.

»Dann warst du sicher auch im Museo Nestor. Wie haben dir die Seeungeheuer gefallen?« Inés grinste, doch dann fiel ihr der Zyklus schwülstiger Liebesszenen von Nestor ein. Auch kein gutes Thema, dachte sie und ärgerte sich im selben Augenblick über ihre Bemühungen, jedes erdenkliche Fettnäpfchen zu umschiffen.

»Ehrlich gesagt fand ich diese überkandidelten Fantasiegeschöpfe scheußlich, und auch die übrigen Bilder haben mir wenig gesagt«, antwortete Elena kurz.

Inés' Gelassenheit platzte wie eine Seifenblase. Wieso war Elena schon wieder so abweisend? An Nestor mit seinen heteroerotischen Bildern konnte es ja wohl nicht liegen. Aus Angst, Elena könnte sich ganz verschließen, startete sie einen neuen Versuch. »Was für Bilder magst du denn?«

»Ach, keine spezielle Richtung oder Schule. Ich liebe moderne Kunst, solange sie gegenständlich bleibt. Viel außer Nestor haben die Museen hier aus dem zwanzigsten Jahrhundert nicht zu bieten – bis auf das Centro Atlántico de Arte Moderno.«

Inés dachte fieberhaft nach. In der folgenden Woche fand die Vernissage statt, an der sich auch Pimpina, Carlas Mutter, beteiligte. Eine Ausstellung, die ausschließlich kanarische Künstlerinnen und Künstler gestalteten. Inés mochte Pimpinas Bilder vom Meer und der Insel. Sie zeigten das Schöne, aber auch die Veränderungen, die in den vergangenen Jahrzehnten stattgefunden hatten. Pimpina hatte es sich zur Aufgabe gemacht, dieselben Orte über Jahre hinweg immer wieder zu malen. Das Ergebnis war eine ehrliche Auseinandersetzung mit ihrer Heimat seit den fünfziger Jahren. Sollte sie Elena einladen, sie zu begleiten?

Sie tat es. »Die Bilder stammen zur Hälfte auch aus Privatsammlungen. Vielleicht könnte dir das gefallen?«

Elenas fast stürmische Begeisterung erstaunte sie so sehr, dass ihr deren Zögern beinahe entgangen wäre. Inés hatte keine Ahnung, was es mit Elenas Zwiespältigkeit auf sich hatte.

»Ich möchte die Ausstellung sehr gerne sehen. Wenn es dir wirklich recht ist, werde ich kommen.«

Inés nickte bloß. Innerlich jubilierte sie. Sie nannte Elena die Adresse des Ausstellungsortes und die Uhrzeit, zu der die Vernissage begann.

Alles Weitere nahm Elena ihr aus der Hand, indem sie sagte: »Es ist spät, ich muss nach Hause. Wir sehen uns nächsten Dienstag um neun Uhr dort?«

»Ja«, sagte Inés schlicht.

»*Buenas noches, Inés!*« Elena drehte sich unvermittelt um und ging.

Elena tigerte über die *azotea*. Sie rauchte die dritte oder vierte Zigarette. Paco, der vorgeschlagen hatte, ihr die Bildbände über Las Palmas zu zeigen, hatte sie auf ein andermal vertröstet. Sie konnte sich nicht konzentrieren. Sie fieberte dieser Ausstellung entgegen, zu der Inés sie eingeladen hatte. Bilder aus Privatsammlungen boten die ersehnte Chance, auf etwas zu stoßen, das ihr bisher entgangen war. Es war halb acht. Noch anderthalb Stunden. Bereitwillig hatte José ihr den freien Abend gewährt, um den sie ihn gebeten hatte. Bei der Gelegenheit hatte er auch fallenlassen, dass während der Karnevalstage kein Unterricht stattfinden würde. Offenbar war das so selbstverständlich, dass er es bis dahin mit keiner Silbe erwähnt hatte. Die Freude darüber hatte ihr wohl im Gesicht gestanden. José hatte gelacht. »Wenn die Sardine beerdigt ist, sehen wir uns wieder.« Nachmittags, bei Kaffee und *pasteles,* hatte sie sich von Magdalena erklären lassen, was es mit der Sardine auf sich hatte, die am letzten Karnevalstag zu Grabe getragen wird und so das unvermeidbare Ende der ausgelassenen Feier symbolisiert.

Nach dem Plausch mit Magdalena hatte Elena einen Berg Wäsche gewaschen und auf der *azotea* zum Trocknen aufgehängt. Mit Magdalenas Bügeleisen rückte sie dem frisch duftenden Stoffberg zu Leibe und suchte anschließend nach weiterer Ablenkung. Also hatte sie noch ihre beiden Zimmer und das gemeinsame Bad geputzt, das nun in nie gekanntem Glanz strahlte. Es fehlte nicht viel und sie hätte sich im Fußboden spiegeln können. Zu sehen bekäme sie jedoch ein angespanntes Gesicht. Weil sie das wusste, wich sie auch dem Spiegel aus. Sie fragte sich, was sie mehr Nerven kostete: die kleine Chance auf eine mögliche Spur von Marí, die Chance, bei der Ausstellung ein Bild von ihr zu entdecken, oder die Aussicht, Inés wiederzusehen. Sie ahnte, dass ein Wiedersehen mit Inés nicht unverbindlich und oberflächlich sein würde. Elena spielte mit ihrem Feuerzeug und mochte es sich kaum eingestehen, dass sie in den letzten Wochen kaum an Marí gedacht hatte. Entweder hatte der Unterricht ihre volle Konzentration verlangt oder sie war damit beschäftigt gewesen, ihre Gedanken an Inés zu verdrängen. Das Zahnrad des Feuerzeuges brach aus der Fassung. Elena fluchte. Sie sollte aufhören, an Inés zu denken und sich auf den eigentlichen Grund für ihren Aufenthalt hier in Las Palmas besinnen. Sie zwang sich, ihre Gedanken Marí zuzuwenden. Ob sie durch die Ausstellung einen Schritt weiterkäme? Alles schien ihr auf einmal absurd: der Entschluss, einige Monate in Las Palmas zu leben, und die fixe Idee, etwas über ihre längst verstorbene Tante herauszufinden, das ihr helfen mochte, diese unbekannte Frau, ihr Leben und ihren unvermittelten Tod verstehen zu lernen. Bleierne Müdigkeit lastete trotz aller Aufgeregtheit auf ihr. Wäre sie zu Hause in Buenos Aires, hätte sie mit Caridad ein paar *empanadas* zu Abend gegessen. Wahrscheinlich wäre sie ausgegangen. Ohne Caridad, die keine Menschenansammlungen mochte. Sie hätte getanzt, sich amüsiert, vielleicht unverbindlich geflirtet, vielleicht ein wenig mehr ... Auf jeden Fall hätte es kein Gefühlswirrwarr gegeben. Sie liebte Caridad. Ja, sie liebte sie, bestätigte sie sich selbst, und dennoch sehnte sie sich ab und an nach Leichtigkeit und unbeschwerten Flirts.

Die Szene mit Inés in der Garderobe stand ihr vor Augen, Inés' Bereitwilligkeit nach dem Tanz. Elena schloss die Lider und rieb sich die Stirn. Wie hatte sie sich so gehen lassen können? Es hätte jemand kommen können. Das wäre peinlich gewesen, doch sie musste sich eingestehen, dass es ihr egal gewesen wäre. Unfassbar war, dass sie Inés und ihrem eigenen Verlangen blind gefolgt war. Für gewöhnlich behielt sie in ähnlichen Situationen den Überblick. Dass sie ohne nachzudenken gehandelt hatte, irritierte sie weit mehr als die nackte Begierde, der sie beide erlegen waren. Sie hatte unverbindlichen Sex gewollt, aber mit jedem Wort, das sie seitdem mit Inés gewechselt hatte, schmolz die Distanz, spannen zarte Fäden einen gemeinsamen Raum.

Inés lief die Calle Armas entlang. Ihr Auto hatte sie in der Nähe des Busbahnhofs geparkt. Sie brauchte den langen Fußweg, um Zeit totzuschlagen. Laufen half ihr, die Unruhe in den Griff zu bekommen. Zur Ausstellung in der Casa de Colon, dem mutmaßlichen Wohnhaus von Kolumbus, war es nur ein Katzensprung, und sie war viel zu früh dran.

Kaum ging Inés durch die Eingangshalle in den *patio* des altehrwürdigen Hauses, kam ihr Joaquin entgegen.

»*Inés, qué tal?* Schön, dass du schon hier bist. Du kommst wie gerufen, mich abzulenken. Die letzten Minuten vor der Eröffnung sind die aufregendsten.« Er zückte sein weißes Einstecktuch und tupfte sich geziert die Stirn.

Inés tat ihm den Gefallen und sprach ihm gut zu – eine von ihm organisierte Ausstellung könne gar nicht schiefgehen.

Sichtlich befriedigt angesichts ihrer Worte sagte er: »Der Kulturbeauftragte von Las Palmas und sogar der Direktor des Centro Atlántico de Arte Moderno werden erwartet. Was sagst du dazu?« Er machte eine Kunstpause, und Inés tat ihm die Liebe, anerkennend die Augenbrauen zu heben und zu nicken. »Zuvor werde ich natürlich die Anwesenden begrüßen …« Selbstgefällig warf er sich in die Brust, um im nächsten Moment zu fragen: »Ach Inés, was glaubst du, werden viele kommen?«

Inés grinste, sie kannte ihn nur zu gut. Er mimte das aufgescheuchte Huhn, obwohl er in Wahrheit Nerven wie Drahtseile besaß.

»Soweit ich weiß, hat ein gewisser Joaquin Caló kräftig die Werbetrommel gerührt. Ich bin sicher, er hat seine Arbeit wie immer so gut gemacht, dass sich auch die letzte kulturdesinteressierte *doña* mit sicherem Gespür für eine einzigartige Gelegenheit zur gesellschaftlichen Repräsentation ihren Gatten unter den Arm klemmt und kommt.«

»Inés, es geht um Kunst und die Liebe zu ihr. Mögen deine Worte nie Esperanza zu Ohren kommen! Sie arbeitet seit über einem Jahr an dieser Ausstellung. Es war eine Heidenarbeit, all die privaten Sammler zum Mitmachen zu bewegen. Zuerst fürchtete Esperanza, nicht genug Bilder aus Privatsammlungen zusammenzubekommen, deshalb hat sie diese Ausstellung mit halbwegs bekannten zeitgenössischen Künstlern kombiniert. Erst mit der Zeit hat sich herausgestellt, dass diese Sorge unbegründet war. Aber ich finde die Kombination gut. Jetzt haben wir eine ungewöhnliche, aber hochinteressante Mischung! Und das ist natürlich eine willkommene Gelegenheit für unsere staatlichen Kulturbeauftragten, sich mit ›heimischen Perlen‹ zu schmücken, denn schließlich werden wir heute ausschließlich hiesige Künstler zeigen.«

»Was die werten Besucher auch dieser Vernissage nicht daran hindern wird, dem Wesentlichen, nämlich den Bildern, den Rücken zuzukehren und den neuesten Klatsch auszutauschen.«

Joaquin bedachte sie mit einem empören Blick.

»Zynisch und respektlos, so kenne ich dich und deine ganze Familie, allen voran deine Tante Olga! Apropos, werden sie und ihr Gatte, el Señor Senador, uns heute auch die Ehre geben?«

»Ich habe keine Ahnung, mein Lieber. Ich suche die Gegenwart von Señor Senador nicht unbedingt. Er wird immer lächerlicher, insbesondere bei öffentlichen Auftritten.«

»Seine Gattin ist dafür umso beeindruckender – ganz wie die Nichte im Übrigen.«

»Ein zweifelhaftes Kompliment, mein lieber Joaquin. Wer möchte schon mit seiner eigenen Tante verglichen werden? Du erlaubst, dass ich mich nun auf die Suche nach Esperanza mache?«

Esperanza freute sich, Inés zu sehen, war aber vollauf damit beschäftigt, stoischen Handwerkern die letzten Anweisungen zu geben, so dass Inés wieder ging. Sie trat auf die Calle Herreria und sah sich Elena gegenüber, die gerade um die Ecke bog. Inés durchzuckte ein süßer Schreck. Was für eine stolze, fast herrische Haltung diese Frau doch hatte. Inés reckte sich unwillkürlich und straffte die Schultern. Elena kam charmant lächelnd auf sie zu.

»Ich hoffe, ich bin pünktlich.«

Inés schluckte. Wie göttlich dieser profane Satz aus Elenas Mund klang.

»Mehr als das. Ich habe eben schon hineingeschaut – bis zur Eröffnungsrede wird es noch dauern. Lass uns noch mal um den Block gehen, wenn du magst.«

Elena nickte und verschwieg, dass sie bereits seit einer Dreiviertelstunde durch Vegueta streifte, nervös wie ein Rennpferd vor dem Start. Eine Weile liefen sie, ohne ein Wort zu wechseln, durch die Straßen. Inés entspannte sich und begann das Zusammensein zu genießen. Als sie schließlich zur Ausstellung zurückkehrten, hatte sich der *patio* schon mit festlich gekleideten Menschen gefüllt, die zu kleinen und großen Trauben formiert Erfrischungen zu sich nahmen. Joaquin löste sich aus einer Gruppe und schritt zum Rednerpult, als Inés und Elena gerade von einem Kellner mit Getränken bedacht worden waren. Inés achtete kaum auf das, was er den Besuchern eloquent auseinanderzusetzen suchte und blickte sich nach Pimpina um. Schließlich entdeckte sie sie unter den Arkaden in einer Gruppe von Männern und Frauen, von denen Inés annahm, dass auch sie zu den Ausstellenden gehörten. Mittlerweile hatte Joaquin seine Ansprache beendet, und der Präsident des Centro Atlántico de Arte Moderno ergriff das Wort. Inés bemerkte, wie aufmerksam Elena dem Mann zuhörte, und konzentrierte sich nun ebenfalls auf den Redner. »… neben einer Auslese unserer besten zeitgenössischen Künstler werden Sie auch Werke einiger größtenteils bereits verstorbener Künstler des zwanzigsten Jahrhunderts bewundern können. Es freut mich außerordentlich, dass die meisten dieser Werke nun – soweit wir wissen – zum ersten Mal einem Publikum vorgestellt werden. Dank unermüdlicher Recherchen unserer Mitarbeiter konnten diese Gemälde aus Privatsammlungen überhaupt erst ausfindig gemacht werden.«

Elena trat von einem Bein aufs andere. Mühsam zügelte sie ihre Ungeduld. Am liebsten wäre sie sofort in die Ausstellungsräume geeilt. Doch Marí galt wohl kaum als einheimische Künstlerin. Selbst wenn es auf dieser Insel Bilder von ihr gab, passte sie nicht ins Ausstellungskonzept.

Inés blickte auf ihre Uhr. Der Präsident fand kein Ende. Die ausufernde Rede langweilte sie. Unauffällig warf sie Elena einen raschen Seitenblick zu, doch diese hing merkwürdigerweise wie gebannt an den Lippen des kurzatmigen Mannes hinter dem Rednerpult. Elena hatte zwar erfreut auf ihre Einladung, sie zur Ausstellung zu begleiten, reagiert, doch diese Freude musste nicht unbedingt mit Inés zu tun haben. Elenas Verhalten ihr gegenüber hatte sich gewandelt – statt abweisend und schroff war sie nun freundlich, aber dennoch unnahbar. Hinter Elenas lässigem, aber kontrolliertem Auftreten lag eine Verhaltenheit, die Inés nicht zu deuten wusste. Manchmal schien Elena fast scheu. Ihr Wesen erschloss sich nicht leicht, doch das machte sie in Inés' Augen umso reizvoller.

Kaum war die Ausstellung endlich eröffnet, zog Elena, die bisher jede Berührung vermieden hatte, Inés ungeduldig mit sich zu den Kunstwerken. In ihrer Aufregung bemerkte sie nicht, wie Inés die Berührung durch Mark und Bein fuhr.

Gemeinsam mit den anderen Besucherinnen und Besuchern betraten sie die Ausstellungsräume. Nur wenige Gäste wandten sich den Exponaten zu. Grüppchen bildeten sich, zu zweit oder zu dritt stolzierte man umher, das Heft zur Ausstellung geziert fächelnd in der Hand.

Pimpina kam auf Inés zu. Sie plauderten über die Ausstellung. Elena, die sich nicht an dem Gespräch beteiligen mochte, entschuldigte sich binnen weniger Augenblicke, um sich die Werke anzuschauen. Eilig schritt sie die Bilderreihen entlang, erfasste kurz das jeweilige Motiv, ohne ihm große Aufmerksamkeit zu schenken, und prüfte die Signatur. Im zweiten Raum erblickte sie ein mittelgroßes, in kräftigen Farben gehaltenes Gemälde eines tanzenden Paares. Elena stockte der Atem. Sie stand vor einem Ölbild, das exakt einer Bleistiftzeichnung aus Marís Skizzenbuch entsprach. Genau das gleiche Paar, die gleiche Haltung. Eine Frau in einem enganliegenden taubenblauen Kleid verdeckte ihren Partner fast ganz. Nur ein Bein, der Arm um die Mitte der Frau und ein Teil des Kopfes waren zu sehen. Bei näherem Hinsehen mochte der Tanzpartner eine Frau sein – zu weich war der Schwung des Kinns für einen Mann, einen Hauch zu lang das Haar. Gebannt trat Elena näher. Die Szene war sorgfältig ausgeführt, Details im Hintergrund waren, wenn auch in verhalteneren Farben, deutlich erkennbar. Elena traute ihren Augen kaum. Endlich: ein Bild von Marí, eine Spur von ihr. Sie konnte sich nicht losreißen und wünschte, sie hätte das Skizzenbuch bei sich. Nach all den Monaten erfolglosen Suchens war dieser Fund so unfassbar für sie, dass sie ihrer Erinnerung an die Skizzen in Marís Buch beinahe nicht trauen mochte. Dabei gab es keinen Zweifel – das Tango tanzende Paar war eines ihrer liebsten Motive. Elenas Augen glitten zum rechten unteren Rand des Bildes. Die Signatur war gut zu erkennen. Ungläubig formten ihre Lippen den Namen des Künstlers: M-a-t-e-o. Nur dieser Vorname stand dort. Das M war von den übrigen Buchstaben leicht abgesetzt. Sie fasste es nicht – das war eindeutig eine Ausarbeitung von Marís Skizze! Elena schloss die Augen, öffnete sie wieder, doch die Signatur blieb dieselbe – ebenso das Bild. Marís Bild. Elena zweifelte nicht einen Augenblick daran. Entsetzt starrte sie auf die fünf Buchstaben am unteren Bildrand. Der Raum, die Menschen um sie herum verschwanden. Sie trat einen Schritt zurück und stieß an etwas Weiches. Erschrocken machte sie einen Satz zur Seite. Inés. Elena starrte sie an, ohne sie wahrzunehmen. Inés setzte zu einer spöttischen Bemerkung an, doch als sie Elenas Gesicht sah, verschluckte sie sie.

»Was ist los, Elena? Alles in Ordnung?«

»Nein, weit davon entfernt.« Elena starrte wieder auf das Bild. Der Entwurf zu diesem Bild befand sich in Marís Skizzenbuch. Sie wusste, dieses Bild war nicht von einem Mateo, sondern von Marí gemalt worden. Ihr schwindelte.

»Elena. Elena!«

Elena schaute in das besorgte Gesicht von Inés.

»Was ist passiert, Elena? Sag was! Du machst mir Angst!«

Elena starrte Inés an, die schmerzhaft ihren Arm umklammerte. Langsam drang Inés' Besorgnis zu ihr durch.

»Von wem ist dieses Bild?«, presste sie hervor.

Inés schaute sie entgeistert an. »Das Bild hier, meinst du? Wer es gemalt hat, oder was?«

»*Sí, mujer*. Wer hat dieses Bild gemalt?« Elena riss sich von Inés los.

Inés spürte, wie Ärger in ihr hochstieg. Musste diese Frau denn immer so unberechenbar sein?

»Da unten steht es doch: M-a-t-e-o«, buchstabierte sie überdeutlich. »Also ein gewisser Mateo ist Maler dieses Bildes – ein tolles Bild im Übrigen. Hilft dir das weiter? Was ist überhaupt los?«

»Mateo! Das kann nicht sein. Ich werde mich beim Ausstellungsmacher erkundigen.«

»Das kann nicht sein? Wie du meinst. Dann ist Mateo wohl der Name der Laus, die dir gerade über die Leber gelaufen ist.« Inés verlagerte das Gewicht von einem Bein aufs andere und verschränkte die Arme.

Elena ging nicht darauf ein. »Wer ist für die Ausstellung verantwortlich?«

Inés fasste es nicht. Elena hatte eine unglaubliche Art! Ihre herrische Frage, der ganze Auftritt – das war nicht mehr cool, es war einfach nur unverschämt! Mit einer kurzen Bewegung wies sie auf Joaquin. »Vielleicht kann dir der Herr dort drüben weiterhelfen. Ich ziehe mich lieber zurück.« Joaquin hatte Inés' Geste bemerkt und kam strahlend auf sie zu. An Flucht war nicht mehr zu denken.

»Nun, die Damen – wie gefällt die Ausstellung?«

Inés stellte die beiden einander vor. Joaquin, ganz in seinem Element, hob zu einem seiner glänzenden Smalltalks an, doch bei der ersten Gelegenheit wurde er von Elena rüde unterbrochen.

»Sagen Sie bitte, der Maler dieses Werkes«, sie deutete hinter sich, »ist tatsächlich, wie die Signatur es nahelegt, ein gewisser Mateo?«

Inés grinste. Es hatte schon etwas, wie Elena unbeirrt auf das zu sprechen kam, was ihr wichtig war. Ohne auf das, was Joaquin gesagt hatte, einzugehen, ohne geschmeidige Überleitung und ohne mit der Wimper zu zucken. Auch ihr höflicher Ton milderte den Vormarsch kaum. Das war die Gesellschaft von Las Palmas nicht gewohnt. Joaquin war zu wohlerzogen, um sich seinen Unwillen anmerken zu lassen. Binnen eines winzigen Augenblicks hatte er sich gefangen. Er drehte sich um und betrachtete die Signatur.

»Haben Sie einen Grund, Señora, die Richtigkeit der Signatur zu bezweifeln?«, brachte er die Sache auf den Punkt.

»Mir selbst ist dieser Künstler nicht näher bekannt. Bei den Bildern in dieser Reihe handelt es sich um Werke, die zwischen 1930 und 1960 entstanden sind. Einige der Künstler leben wahrscheinlich nicht mehr.« Er warf Inés einen Blick zu, die sich um einen neutralen Gesichtsausdruck bemühte.

»Ich habe in der Tat Grund, daran zu zweifeln«, erwiderte Elena, und Inés hielt die Luft an, so scharf war ihr Ton.

Joaquin blickte Elena an. Als er ihr Gesicht sah, erwiderte er nur knapp: »Ich werde Esperanza zu uns bitten. Sie kennt sich aus mit den Details.« Mit raschen Schritten entfernte er sich. Elena starrte wie hypnotisiert auf das Bild des Tango tanzenden Paares und schwieg. Inés fragte sich, wieso sie mit Elena irgendwann immer einen Punkt erreichte, an dem die Dinge anfingen problematisch zu werden. Gleichzeitig wurde sie jedoch von einer kribbeligen Aufregung erfasst. Was war, wenn Elena tatsächlich recht hatte und das Bild nicht von diesem Mateo stammte? Aber wie kam sie dazu, das zu behaupten? Und wieso ging es ihr so nahe?

»Elena, du hast gesagt, die Signatur sei falsch. Heißt das, du denkst, dass dieses Bild nicht von diesem Mateo stammt?«

»Ja, das denke ich.«

Offenbar mochte sie dies nicht weiter ausführen. Es war absurd: eine Argentinierin, erst seit kurzer Zeit auf der Insel, besuchte eine Ausstellung kanarischer Künstlerinnen und Künstler, die gerade aus der Versenkung geholt worden waren, und bezweifelte die Richtigkeit einer Signatur. Inés sah Joaquin am anderen Ende des Raumes eifrig mit Esperanza sprechen. Sie tastete sich weiter vor.

»Woher willst du das wissen?«

»Ich weiß es. Ich kenne dieses Bild!«

Mehr sagte sie nicht, sondern vertiefte sich, an ihrer Unterlippe nagend, wieder in die Betrachtung des Bildes. Inés musterte sie ungläubig. Doch Elena ignorierte sie. Sie schwiegen, bis Esperanza und Joaquin zu ihnen traten. Ungewöhnlich kurz und sachlich stellte Joaquin Elena und Esperanza einander vor.

Esperanza musterte Elena kühl. Sie nicke Inés kurz zu und wandte sich dann an Elena. »Joaquin sagte mir, Sie hätten Zweifel an der Richtigkeit der Signatur dieses Bildes.« Dabei deutete sie mit einer eleganten Bewegung, bei der ihre Armreifen leise klirrten, auf das Tango tanzende Paar.

Elena nickte.

»Verstehe ich recht, Sie bezweifeln, dass dieses Bild von Mateo stammt?«, insistierte Esperanza.

»So ist es. Können Sie mir sagen, wer dieser Mateo sein soll?«

»Ich kann Ihnen leider nicht viel zu diesem Künstler sagen. Das Bild stammt aus einer privaten Sammlung. Es ist nur eines von mehreren Werken dieses Künstlers aus besagter Sammlung. Aus Platzgründen konnten wir nur dieses eine aufnehmen. Es stammt aus den späten vierziger Jahren, die Jahreszahl ist leider unter dem Rahmen verborgen. Ob der Künstler noch lebt oder bereits verstorben ist, ist mir nicht bekannt. Wir stehen noch ganz am Anfang unserer Recherchen, was einige hier vertretene Künstler anbelangt. Es interessiert mich daher besonders, was Sie dazu veranlasst zu behaupten, das Bild sei nicht von ihm.«

Elena blickte Esperanza direkt in die Augen. »Ich kenne den Entwurf dieses Bildes aus einem Skizzenbuch, das sich im Nachlass meiner Tante befand.«

Esperanza horchte interessiert auf. »Wie ich höre, stammen Sie aus Argentinien. Zugegeben, das Motiv passt dorthin. Von daher ist es nicht verwunderlich, wenn Ihre Tante, vermutlich ebenfalls Argentinierin, im Besitz eines Skizzen-buches war, das ein folkloristisches Motiv wie dieses zeigt. Aber ist damit die Urheberschaft eines gewissen Mateo, wer auch immer er sein mag, widerlegt?«

»Ich habe mich vermutlich nicht deutlich genug ausge-drückt. Das Skizzenbuch war nicht nur im Besitz meiner Tante – es war ihr Skizzenbuch, mit ihren Entwürfen!«

Die anderen starrten sie an. Elena strich sich ihr dunkles Haar aus der Stirn. Sie blickte von einem zum anderen.

Joaquin, der sich als Erster fing, sah die Herausforderung in ihrem Blick und schien die Kühnheit der Fremden zu be-wundern.

Esperanza, sichtlich zweifelnd, wandte sich in professio-nellem Ton erneut an Elena: »Sind Sie sich dessen wirklich sicher? Wie deuten Sie dann aber den Umstand, dass das Bild offensichtlich von einem gewissen Mateo signiert wurde?«

»Ich kann es mir nicht erklären – im Moment jedenfalls nicht. Aber ich bin sicher, dass es eine Erklärung gibt.«

»Vielleicht hat deine Tante ein männliches Pseudonym verwandt«, warf Inés ein.

Elena schüttelte geringschätzig den Kopf. »Das kann ich mir kaum vorstellen. Das hätte nicht zu ihr gepasst.« So we-nig Elena von ihrer Tante wusste – davon war sie überzeugt.

Esperanza blieb skeptisch. »Ein Pseudonym? Nicht völlig unmöglich, aber für diese Zeit doch eher ungewöhnlich. Nun, Elena, ich muss sagen, das alles klingt abenteuerlich, aber auch interessant. Nur leider werden Sie Ihre Meinung beweisen müssen, sonst bleibt sie nichts weiter als eine Be-hauptung.« Sie schwieg einen Moment, um ihren Worten Nachdruck zu verleihen. »Das Skizzenbuch, von dem Sie sprachen, wäre für uns in diesem Zusammenhang nicht uninteressant.« Als Elena darauf nicht einging, verabschiedete Esperanza sich. »Wenn Sie keine weiteren Fragen an mich haben, entschuldigen Sie mich jetzt bitte.«

Sie wartete noch einen winzigen Augenblick auf eine Erwiderung, dann nickte sie den dreien zu und ging. Inés schaute unbehaglich drein. Joaquin räusperte sich unschlüssig. Nur Elena blickte konzentriert auf das Bild, ganz so, als gingen Esperanzas Worte sie nichts an.

Als sie bald darauf die Ausstellung verließen und eine Weile durch die angenehm kühle Nachtluft gelaufen waren, fragte Inés: »Du denkst, das Bild stammt von deiner Tante, nicht wahr?«

Elena nickte stumm.

»Was macht dich so sicher?«

»Ich weiß es einfach. Wie anders sollte es auch sein. Ich besitze zwei ihrer Skizzenbücher. In dem einen ist das Bild, das dort in Öl hängt, mit Bleistift gezeichnet. Nicht einfach ein dahingeworfener Entwurf, sondern eine ausgearbeitete Zeichnung des tanzenden Paares, mit farbiger Kreide stellenweise nachkoloriert. Nur der Hintergrund des Bildes ist im Entwurf nicht ausgeführt. Ich habe die Zeichnung im Skizzenbuch genau vor Augen. Es ist einer meiner liebsten Entwürfe darin.«

»Ganz deiner eigenen Leidenschaft entsprechend«, antwortete Inés und verstummte. Tango, das war gefährliches Terrain. Aber Elena war in Gedanken offensichtlich bei dem Bild und nicht beim Tango mit Inés. Sie blickte Elena an, die wortlos neben ihr her ging. Für sie bin ich gar nicht da, dachte sie, eine Passantin wie alle anderen hier. Bemüht, nicht resigniert zu klingen, sagte sie: »Du siehst müde aus. Wenn du willst, bringe ich dich nach Hause. Mein Auto steht ein paar Straßen weiter.«

»In Ordnung.« Elena lächelte flüchtig und ging schweigend weiter.

Inés war enttäuscht, dass Elena sofort auf ihren Vorschlag einging. Sie hatte sich einen anderen Ausklang des Abends gewünscht – ein Glas Wein, ein zwangloses Gespräch, mehr hatte sie sich nicht auszumalen gewagt. Sie erreichten das Auto und fuhren los. Nachdem sie sich durch die Einbahnstraßen von San Nicolas geschlängelt hatten, hielt Inés direkt vor Elenas Haus, ohne den Motor abzustellen.

»Na denn …«

Elena wandte sich ihr zu. »Ich war wohl keine sehr unterhaltsame Begleitung.« Ihr Lächeln war müde.

Inés hätte sie am liebsten in die Arme genommen und konnte sich nur mit Mühe zurückhalten. Sie sagte schlicht: »Na ja, das war ja auch eine aufregende Entdeckung.«

Elena blickte starr durch die Windschutzscheibe. »Du glaubst mir nicht, oder?«

»Es klingt ziemlich abenteuerlich, aber es gibt auch keinen Grund, dir nicht zu glauben.«

»Dieser Esperanza habe ich wohl ziemlich vor den Kopf gestoßen …«

Inés zuckte nur mit den Schultern. Das war zweifellos etwas, was Elena beherrschte.

»Es tut mir leid, wenn ich dich vor deinen Freunden unmöglich gemacht habe, ehrlich, aber weißt du, ich bin mir so sicher, dass …«

»Ist schon okay. Im Übrigen sind weder Esperanza noch Joaquin so leicht zu schockieren, nicht mal von einer selbstbewussten Argentinierin, die daherkommt und behauptet, ein frisch aus einer Privatsammlung ausgegrabenes Bild sei nicht etwa von einem gewissen Mateo, dem großen kanarischen Künstler, den keiner kennt, sondern von ihrer argentinischen Tante.«

Elena nickte. »Ich weiß.« Und nach kurzer Pause: »Ich gehe dann mal. *Buenas noches,* Inés. Danke, dass du mich zu dieser Ausstellung mitgenommen hast. Ich hoffe, du bereust es nicht zu sehr ...«

Inés hätte tausendundeine Antwort darauf geben können. Das Wort Reue wäre sicher nicht darin vorgekommen.

Elena stieg aus, schlug die Tür zu, hob noch einmal grüßend die Hand und verschwand im Haus.

Das Handy schrillte. Inés schreckte aus dem Halbschlaf in der milden Vormittagssonne auf und nahm das Gespräch an.

»Inés, bist du's? Hier ist Esperanza.«

»Ja, ich bin's«, antwortete Inés. Esperanza. Was kam nun?

»Es war gar nicht so einfach, deine Nummer herauszufinden. Joaquin hat mir die Nummer des Büros deines Onkels gegeben. Seine Sekretärin war tatsächlich so gnädig, mir seine Privatnummer zu verraten, und so konnte ich deine Tante schließlich nach deiner Nummer fragen.«

»Wahrhaft detektivisch, Esperanza. Vermutlich gibt es einen konkreten Grund dafür, dass du dich so ins Zeug legst?«

»O ja, den gibt es! Nachdem ich die ganze Nacht kein Auge zugemacht habe, um den Auftritt deiner Freundin bei der Vernissage zu verdauen, habe ich heute früh Jennifer Barclay angerufen.«

»Jennifer Barclay?«

»Die Besitzerin des Bildes, das angeblich die Tante deiner streitbaren Freundin gemalt hat.«

Inés schwieg.

»Ich muss schon sagen, ganz schön kühn, diese Argentinierin – unverschämt, aber auch ein Stück weit glaubhaft in ihrer gradlinigen Art. Jedenfalls hat mir ihre Behauptung, das Bild sei nicht von Mateo, sondern von ihrer Tante, keine Ruhe gelassen. Sie schien so felsenfest davon überzeugt, dass es ihr gelungen ist, mich zu verunsichern. Aber ich verstehe nicht, warum sie sich so wenig kooperativ zeigt – schließlich will sie uns doch von ihrer These überzeugen, das Bild sei von ihrer Tante.«

»Ich habe keine Ahnung Esperanza. Wer Mateo ist, hast du mittlerweile nicht zufällig in Erfahrung gebracht?«

»Nicht bis ins Letzte, aber ich habe, wie gesagt, mit Jennifer Barclay gesprochen und ihr von deiner Freundin erzählt. Ich möchte Jennifers Reaktion als ›amüsiert‹ bezeichnen. Dennoch, ihre Neugierde auf eine Frau, die behauptet, das Bild sei nicht von Mateo, ist geweckt. Sie kennt Mateo immerhin persönlich. Ihr Vater hat die Privatsammlung, die nun in ihrem Besitz ist, zusammengetragen. Als wir die Ausstellung vorbereitet haben, hat sie mir ihre anderen Bilder von Mateo gezeigt. Wir haben aber aus Platzgründen nur dieses eine auswählen können – leider. Auch die anderen sind sehr, sehr ausdrucksstark.«

»Jennifer Barclay – klingt englisch …«

»Sie ist Engländerin. Ihre Familie hat sich hier niedergelassen, nachdem ihr Vater, ein in Indien stationierter Offizier der britischen Armee, mit der Unabhängigkeit des Landes aus dem Dienst ausgeschieden ist. Das milde, warme Klima hier bei uns – du weißt ja, etliche der alten englischen Kolonialherren haben hier ihren Lebensabend verbracht. Wie dem auch sei, die Behauptung deiner Freundin fand sie zwar unglaublich, aber die angebliche Existenz eines Skizzenbuchs hat sie so neugierig gemacht, dass sie gerne mehr über diese Tante erfahren möchte. Sie bat mich, den Kontakt herzustellen – deshalb rufe ich an. Ich will wissen, was an dieser Geschichte dran ist, und ich werde nicht ruhen, bis ich eine plausible Antwort habe.«

»Da müsst ihr Elena schon selber befragen. Ich weiß auch nicht mehr, als du gestern erfahren hast.«

»Du kennst sie also nicht näher? Wie auch immer, Jennifer Barclay hat vorgeschlagen, dass Elena zu ihr kommt, um sich die anderen Bilder anzuschauen und ihr bei der Gelegenheit ihre Theorie ausführlicher zu schildern. Hoffentlich kann man sie dabei etwas aus der Reserve locken – sie schuldet uns wohl ein paar Erklärungen. Zum Beispiel den Namen ihrer werten Tante, den sie noch nicht preisgegeben hat, oder dieses Skizzenbuch, das mich wahnsinnig interessiert, aber so, wie diese Elena gestrickt ist, werde ich wohl nicht das Vergnügen haben, es betrachten zu dürfen. Wie auch immer, ich gebe dir Jennifers Nummer, und du kannst sie dann an Elena weitergeben. Jennifer sagte, sie würde sich freuen, wenn Elena bald Zeit fände. Sie wohnt zwischen Atalaya und Santa Brigida, nicht weit von der Caldera de Bandama, aber nicht in einer dieser aus dem Boden gestampften Villen des jungen Geldadels, sondern auf einer ehemaligen *finca*.«

»Die Villen kenne ich nur zu gut. Leben in der steingewordenen Cremeschnitte: gebrochenes Weiß, zartes Rosé, Türmchen, wohin man schaut, Dächer wie Sahnehäubchen. Mein ehrenwerter Cousin residiert auch dort.«

»Hübsche Beschreibung – du solltest eine Glosse für eine Architekturzeitschrift schreiben. Deinen Cousin scheinst du ja sehr zu schätzen …«

»Das trifft es ganz gut«, antwortete Inés lakonisch. Ihren ältesten Cousin, Psychiater in einer Kinderklinik, verabscheute sie seit Kindertagen. Ein Pascha, wie er im Buche stand. Aber was sollte auch aus dem ältesten und einzigen Sohn einer vierköpfigen Geschwisterschar werden, der als Einziger das Privileg genießen durfte zu studieren? Es war kein Wunder, dass er heute noch glaubte, er sei etwas ganz Besonderes, denn ihm allein war es als Kind und junger Mann vorbehalten gewesen, im Hochzeitsbett der Haushälterin zu schlafen, das diese, seit ihr Bräutigam nach der ersten Nacht entschwunden und nimmer gesehen worden war, nie mehr benutzt hatte. Die Familie hatte akzeptiert, dass das Zimmer einem Heiligtum gleich bewahrt wurde, in dem nur die Jungfrau María im Reigen einiger anderer Heiliger Platz hatte, während die Haushälterin sich ein altes Feldbett samt Fernseher in eine kleine Kammer geräumt hatte. Kam jedoch der Sohn des Hauses in den Ferien aus dem Internat heim, durfte er das Hochzeitsbett benutzen.

»Siehst du, eine gute Gelegenheit, ihn einmal wiederzusehen«, setzte Esperanza das Gespräch fort. »Wenn du mit Elena die Bilder angeschaut hast, kannst du ihm in seiner makellosen Bonbon-Villa einen kleinen Besuch abstatten.«

»Hübscher Vorschlag, aber wer sagt, dass ich Elena begleiten werde?«

»Ich. Denn ich finde, nach der Kostprobe ihres charmanten Wesens gestern solltest du unbedingt mitfahren, um das Schlimmste zu verhindern. Jennifer ist sicher eine unkonventionelle Frau, aber Höflichkeit ist doch etwas, was sie, wie alle Engländer, zu schätzen weiß.«

»Jaja, und ich bin wie geschaffen, auf die Einhaltung des Protokolls zu achten ...«

»So ist es, meine Liebe.«

»Ich werde Elena Bescheid geben, in Ordnung? Was sie aus der Einladung macht, ist ihre Sache.«

Dank Esperanzas Bitte, Elena zu informieren, hatte sich sämtliches Kopfzerbrechen darüber, ob und wann sie sich bei Elena melden sollte, erübrigt. Ohne Telefonnummer von Elena musste sie sie zu Hause aufsuchen. Elenas Reaktion darauf mochte sie sich nicht ausmalen. Schon bei dem Gedanken daran war ihr mulmig zumute. Sie tröstete sich damit, dass zumindest Jennifers Nachricht auf Elenas Interesse stoßen müsste. Inés ertappte sich in einem Tagtraum, in dem sie mit Elena übers Land fuhr. Durch die Landschaft um Santa Brígida bis zur Caldera de Bandama, einem riesigen Vulkankrater, und vielleicht sogar ein Abstecher nach Teror. Ein lauschiger Abend auf der Terrasse eines Restaurants mit Blick übers Meer … Wunschträume, schalt sie sich, packte aber wider besseres Wissen zwei warme Pullover ein. Abends war es kalt in den Bergen.

Mit zwei fast zum Zerreißen vollgestopften Einkaufstüten stieg Elena die Treppe hoch. Da sie Urlaub hatte, konnte sie es sich wenigstens gutgehen lassen und in aller Ruhe die Erlebnisse des Vortags überdenken und ihr weiteres Vorgehen planen. Endlich, endlich hatte sie eine Spur: ein Bild von Marí – auch wenn ihr das niemand glauben mochte. Sie fragte sich, ob sie die Chance auf Unterstützung nicht verpatzt hatte. Zumindest hätte sie Esperanza anbieten sollen, ihr das Skizzenbuch zu zeigen. Wie sollte sie nun weiterrecherchieren? In Gedanken versunken kam sie im dritten Stock an. Magdalena erschien, kaum dass sie Elenas Schritte auf der Treppe gehört hatte, mit einer kirschroten Schürze um die Taille und hochgestecktem Haar im Türrahmen.

»Elena, da bist du ja! Eben war eine Frau hier, die dich sprechen wollte. Inés heißt sie. Ich hab einen Zettel mit Telefonnummern für dich.« Magdalena wischte sich die Hände ab und wühlte in ihrer Hosentasche.

»Inés? Sie war hier?«

»Ja, vor zehn Minuten. Sie sagte, es wäre wichtig, wegen einem Mateo, der ein Bild von dir will. Hast du dir doch noch einen kanarischen *novio* gesucht?« Sie strahlte und zwinkerte anzüglich.

Elena versuchte das Gehörte einzuordnen und sagte nichts.

»Also, das eine ist die Nummer von dieser Inés. Hier oben, siehst du?« Eifrig hielt sie Elena den Zettel vor die Nase und deutete mit abgespreiztem kleinen Finger auf die Telefonnummer. »Die andere Nummer ist dann wahrscheinlich die von Mateo.«

»Mateo«, stammelte Elena.

Magdalena lächelte verständnisvoll. »*Hombre*, der hat es dir aber angetan!« Sie wiegte sich kokett in den Hüften. Eine Frau sollte nicht allzu lange ohne Mann sein, wie sie schon oft gesagt hatte – noch dazu eine so gutaussehende wie Elena.

Elenas Gedanken überschlugen sich. Bisher hatte sie es ganz gut geschafft, nicht an Inés zu denken. Nun erfuhr sie, dass Inés hiergewesen war und sie sie knapp verpasst hatte. Zudem hielt Magdalena einen Zettel mit Mateos Telefonnummer in den Händen – das konnte nicht wahr sein!

»Bring erst mal deine Einkäufe hoch. Wenn du willst, kannst du gleich von unserem Apparat deinen Mateo anrufen. Ich lasse die Tür angelehnt. Komm einfach rein und vergiss hinterher nicht, die beiden Bildbände mitzunehmen. Paco will sie dir schon seit Tagen raufbringen.«

Elena nickte. »Danke, ich komme gleich.« Zwei Stufen auf einmal nehmend stürzte sie nach oben. In Windeseile packte sie die Einkäufe weg und wusch sich flüchtig Hände und

Gesicht. Woher hatte Inés die Nummer von Mateo? Auf der Ausstellung am Tag zuvor hatte niemand etwas zu Mateo sagen können, und keine vierundzwanzig Stunden später hielt sie seine Telefonnummer in den Händen. Wer mochte er sein? Sie konnte unmöglich einfach so anrufen – erst musste sie wissen, woher Inés die Nummer hatte. Und dazu war ein Anruf bei Inés nötig. Der Gedanke bremste ihr Tempo. Sie ging beinahe zögernd die Stufen zu Magdalena hinunter und drehte den Zettel unschlüssig in den Händen. Leider stand nichts weiter darauf als die beiden Nummern. Magdalena deutete auf das Telefon.

»Lass ihn nicht zu lange warten, deinen Mateo.«

»Ich weiß nicht. Ich glaube, ich rufe vielleicht lieber erst einmal Inés an.«

Magdalena verzog enttäuscht den Mund. »Wie du meinst – lass dich nicht stören.« Damit verschwand sie zu Elenas Erleichterung in der Küche. Ein Anruf bei einer anderen Frau versprach offensichtlich wenig Sensationelles. Elenas Herz klopfte umso wilder. Sie gab sich einen Ruck und wählte die Nummer. Kaum klingelte es, wurde am anderen Ende abgenommen.

»Inés? Hallo, hier ist Elena.«

»Elena! Bist du wieder zurück?«

»Ja, und wo bist du? Zu Hause?«

»Nein, ich bin nicht zu Hause, sondern noch in Las Palmas. Ich wohne nicht in der Stadt«, fügte sie erklärend hinzu. »Du hast mich auf dem Handy angerufen.«

»Ach so.« Mit feuchten Fingern spielte Elena mit dem Zettel, auf dem die Telefonnummern standen, und sagte: »Magdalena, der du die Telefonnummern gegeben hast, sagt, die andere Nummer sei die von Mateo?«

»Von Mateo?« Inés' Stimme stieg vor Verwunderung um

eine halbe Oktave. »Quatsch – wie kommt sie denn darauf? Esperanza rief mich an. Sie hat mit der Besitzerin des Bildes gesprochen, von dem du denkst, dass deine Tante es gemalt hat. Es ist ihre Telefonnummer.«

Von dem du denkst, dass deine Tante es gemalt hat ... In Elenas Kopf hallten die Worte wider. Inés glaubt mir auch nicht, dachte sie, und es machte sie traurig.

»Wo bist du jetzt, Inés? Könnten wir uns vielleicht kurz sehen?« Elena biss sich auf die Zunge. Ihre Schläfen pochten.

»Ich bin noch hier in San Nicolas, direkt vor der Kapelle – weit bin ich nicht gekommen, du hast ja gleich angerufen.« Inés verschwieg, dass sie noch ein wenig durch San Nicolas gelaufen war. Sie hatte gehofft, Pimpina anzutreffen, die ganz in der Nähe lebte. Vielleicht konnte diese als alteingesessene Malerin etwas mit dem Namen Mateo anfangen.

»Bist du wieder mit dem Auto da? Dann komme ich zu dir – zu Fuß bin ich schneller.«

»Gut, ich warte hier.«

Inés parkte den Wagen und stieg aus. Sie setzte sich auf das Mäuerchen, das die Kapelle umgab, und musste nicht lange warten.

»Du kannst ja fliegen«, empfing sie Elena.

Elena lachte. »O ja, wusstest du das nicht?«

Inés war hingerissen. Sie blickte Elena verklärt an. Elena schien es nicht zu bemerken.

Offenherzig sagte sie: »Ich bin so aufgeregt, Inés! Was ist denn jetzt mit Mateo und dem Bild?« Dann lachte sie auf: »Weißt du, was Magdalena gesagt hat?«

Inés schüttelte amüsiert den Kopf und staunte, wie ausgelassen Elena war. Mit der Frau vom Abend zuvor hatte sie nichts gemein.

»Sie hat gesagt, du hättest gesagt, Mateo wolle ein Bild von mir.«

Inés grinste. »Lass mich raten – sie wittert eine Romanze, nicht wahr?« Sie lachten. Zu gut kannten sie beide die ewig gleichen Klischees.

»Komm, setz dich.« Inés klopfte neben sich auf die Mauer und sprach gegen den vorbeiknatternden Verkehr an. Sie berichtete von Esperanzas Anruf und schloss mit den Worten: »Mrs. Barclay, die Besitzerin des Bildes von dem Tango tanzenden Paar, möchte dich gerne kennenlernen. Du kannst sie jederzeit anrufen und sie besuchen. Je eher, desto lieber, hat sie gesagt.« Sie verschwieg, dass Esperanza ihr nahegelegt hatte, Elena zu begleiten.

»Diese Frau wird mir aber nicht glauben, Inés. Esperanza hat doch gesagt, dass sie Mateo sogar persönlich kennt. Weshalb will sie dann überhaupt mit mir sprechen?«

»Sie war noch ein Kind, als ihr Vater das Bild, das wir gesehen haben, und weitere Werke von ihm gekauft hat. Außerdem – was spielt das für eine Rolle, ob sie dir glaubt oder nicht? Du hast die Gelegenheit, etwas über diesen Mateo zu erfahren und dir sogar noch mehr Bilder von ihm anzuschauen. Und sie wird auf das Skizzenbuch gespannt sein. Esperanza hat ihr natürlich davon berichtet.«

»Meinst du?« Und nach einer Pause: »Inés, glaubst du mir …?« Das »wenigstens«, das ihr auf der Zunge gelegen hatte, verschluckte sie.

»Ja, ich glaube dir.« Inés sah Elena an. Sie hätte ihr alles geglaubt.

Elena schlug die Beine übereinander und stützte das Kinn in die rechte Hand. Mit der Linken zupfte sie an den Schnürsenkeln ihrer Turnschuhe.

»Mein Gott, Inés, ich suche seit Monaten diese ganze verdammte Insel nach einer Spur von meiner Tante ab, finde schließlich ein von ihr gemaltes Bild, und dann ist es von jemand anderem signiert. Ich fasse es nicht!«

»Du suchst nach Spuren deiner Tante?« Das klang spannend. »Deshalb das Interesse an Museen und Galerien … Aber wieso zum Teufel suchst du hier in Las Palmas und nicht in Argentinien?«

»In Argentinien habe ich nichts gefunden – bis auf die wenigen Bilder aus ihrem Nachlass. Also bin ich hergekommen, um die Suche hier fortzusetzen. Meine Tante hat schließlich Anfang der sechziger Jahre eine Zeitlang hier gelebt.«

»Sie hat hier gelebt?« Inés' Stimme war ihre Aufregung anzuhören. »Das lässt doch alles in einem ganz anderen Licht erscheinen! Warum hast du das nicht eher gesagt – gestern zum Beispiel?«

»Hab ich nicht?« Elena blickte Inés irritiert an.

Inés hätte sie schütteln mögen. Da saß diese göttliche Frau und machte Augen wie ein Lämmchen.

»Nicht zu fassen! Natürlich nicht! Wenn du gestern schon die Güte gehabt hättest, uns davon zu erzählen, hätte selbst Esperanza deiner Geschichte wahrscheinlich mehr Glauben geschenkt.« Inés zwang sich zur Ruhe. Die Sache wurde immer spannender. Eines nach dem anderen. »Sie war in Las Palmas, und du bist deshalb hierhergekommen?«

»Ja.«

»Ja? Was ja?«

»Ich bin gekommen, um mehr über sie zu erfahren, etwas von ihr zu finden, vielleicht ein Bild oder irgendeine andere Spur, das hab ich doch gerade gesagt.« Elena wirkte schon wieder leicht gereizt.

»Mal eben so …«

»Nein, nicht mal eben so. Das ist eine längere Geschichte.«

»Auf die bin ich gespannt. Es wäre die erste längere Geschichte, die ich von dir zu hören bekäme.«

Zum ersten Mal kam Elena der Gedanke, dass es vielleicht nicht allein die Suche nach Spuren von Marí war, die sie veranlasst hatte, Buenos Aires für eine Weile den Rücken zu kehren. Von außen betrachtet musste es recht fantastisch klingen.

»Komm mit zu mir.« Elena zögerte. »Vielleicht … wenn du magst … Könntest du mir vielleicht helfen zu überlegen, was ich nun machen soll?« Ein wenig irritiert lauschte sie ihren eigenen Worten nach.

»Ruf diese Engländerin an und verabrede einen Termin mit ihr. Was sonst?« Inés jauchzte innerlich. Elena war also nicht nur cool.

Elena zögerte. Für Inés lag alles klar auf der Hand, doch sie selbst scheute sich vor dem Schritt, diese Fremde zu besuchen. Was erwartete sie dort? Eine skeptische Frau, die ihr Skizzenbuch kritisch beäugen würde? Weitere Bilder von einem Maler namens Mateo? Gleichzeitig brannte sie darauf, mehr zu erfahren, voranzukommen nach all den Monaten ohne jeden Hinweis auf Marí. Und noch etwas wurde ihr in diesem Moment bewusst: Sie wollte die anderen – Inés, Esperanza, Joaquin und auch diese Engländerin – davon überzeugen, dass Marí das Bild gemalt hatte.

»Kommst du mit?«

»Zu dir? Ja.« Inés hoffe, ihre Aufregung verbergen zu können.

»Nein, ich meine – doch, ja, natürlich auch zu mir.« Elena verhaspelte sich. »Ich meinte, ob du mitkommst zu dieser Mrs. Barclay?« Sie gab dem Namen einen eigenwilligen Klang, indem sie ihn mit gerolltem »r« aussprach.

Inés konnte ihr Glück kaum glauben. Der Tagtraum, dem sie an diesem Morgen nachgehangen hatte, schien greifbar nah.

»Ich kann dich hinfahren. Sie wohnt in der Nähe von Santa Brigida.«

»Schön ist es hier.«

Sie standen leicht befangen nebeneinander auf Elenas *azotea* und blickten über die Stadt. Elena nickte.

»Dabei mochte ich jahrelang nicht hierherkommen«, fuhr Inés fort.

»Hierher nach Las Palmas?«

»Nein, hierher nach Gran Canaria. Früher habe ich jede Sommerferien mit meinen Eltern auf der Insel verbracht«, Inés lachte, »und jetzt bin ich seit langem mal wieder für eine Weile hier. Allein.«

»Was machst du hier?«

Inés zuckte mit den Schultern. »Ich muss etwas Abstand bekommen ... Von meinem Leben in Berlin.«

»Wie lange wirst du bleiben?« Elena merkte, dass ihr die Antwort auf diese Frage nicht ganz unwichtig war und hielt den Atem an.

»Ein paar Monate, ich weiß es noch nicht so genau.«

»Ein paar Monate und du weißt es noch nicht so genau? Und wovon lebst du die ganze Zeit?« Elena war so erstaunt, dass es ihr nicht in den Sinn kam, dass ihre Frage indiskret war. Sie selbst hatte sich ein Jahr gegeben. Maximal. Dann würde sie nach Buenos Aires zurückkehren, egal, ob ihre Suche erfolgreich war oder nicht.

»Bis vor kurzem habe ich bei einem Telekommunikationsunternehmen gearbeitet«, antwortete Inés.

»Klingt wichtig.«

»Furchtbar wichtig – und wahnsinnig spannend, wenn man so wie ich technische Anleitungen und Gebrauchsanweisungen für Telefone, Faxgeräte und Anrufbeantworter ins Deutsche übersetzt. Es hat mich nur noch angenervt. Alles.«

Elena grinste schief. »Irgendwie muss man schließlich sein Geld verdienen. Und was machst du jetzt?«

»Ich habe daneben schon früher angefangen, Romane zu übersetzen. Das macht viel mehr Spaß, und ich möchte das gerne ausbauen. Das geht auch fernab von Berlin. Im Augenblick habe ich allerdings einen furchtbaren Nackenbeißer auf dem Tisch ...«

»Einen Nackenbeißer?« Elena grinste amüsiert. »Das Genre kenne ich nicht.«

»Das sind die Storys von gutaussehenden jungen Chefärzten oder Rechtsanwälten. Jeder Einzelne ein Traum von Schwiegersohn. Sie haben meist leuchtend blaue Augen. Der junge Arzt oder Anwalt begegnet völlig unvermutet einer bezaubernden jungen Frau von großer Verzagtheit und schüchternem Wesen. Selbstredend verlieben sie sich gleich bei der ersten Begegnung ineinander, und Violinen schluchzen am Himmel. Nachdem es noch einige Irrungen und Wirrungen mit dem Bruder der Angebeteten gab, den der junge Mann für ihren Liebhaber hielt, liegen sie sich circa dreihundert Seiten später in den Armen. Bei der einen oder anderen leidenschaftlichen Umarmung vergräbt er sein Gesicht an ihrem Nacken und küsst sie dort um den Verstand.«

Elena kicherte begeistert. »Das klingt doch höchst unterhaltsam und praktisch dazu – du kannst arbeiten, wo du willst. So, und jetzt, meine Damen und Herren, verehrte Magdalena, rufe ich Lady Jennifer Barclay an, die auf ihrem Landsitz droben in den Bergen zwischen endlosen Bilderreihen thront, die hoffentlich nicht nur ihre Ahnen darstellen. Wo ist der Zettel?«

Sie schwenkte das Blatt wie einen Wimpel und lief zur Treppe. »Ich bin gleich wieder zurück. Fall in der Zwischenzeit bitte nicht von der *azotea*.«

»Ich hätte nicht gedacht, dass ich heute noch eine Landpartie machen würde. Es ist das erste Mal, dass ich aus Las Palmas rauskomme.«

»Im Ernst? Wie lange bist du schon hier?«

»Seit September, aber dadurch, dass ich fast jeden Tag unterrichte, und wenn es nur ein paar Stunden sind, bin ich ziemlich eingeschränkt. Ohne Auto sowieso.«

»Mit Bussen kommst du hier fast überallhin, aber Zeit musst du mitbringen.«

»Oh, ich nehme an, du kennst die argentinischen Überlandbusse nicht.«

»Bist du in Buenos Aires geboren, oder kommst du ursprünglich woanders her?«

»Ich bin eine waschechte *porteña*. Woher sonst sollte ich kommen?«

»Tu bitte nicht so, als gäbe es in diesem Land nur diese eine Stadt.«

»Wie viele andere kennst du? Ich wette, nicht mal zwei!«

»Die Hürde könnte ich gerade noch schaffen.«

»Also, ich höre …?«

»Rosario – dort kommt Ché Guevara her, und Santa Cruz. Wer daher stammt, weiß ich allerdings nicht.«

»*Mujer*, ich bin beeindruckt!«

»Keine Ursache, meine Verwandten, von denen ich neulich erzählt habe, leben natürlich auch in Buenos Aires, aber ich bin nie dortgewesen.«

Sie fuhren eine Weile schweigend die Carretera 811 in Richtung Santa Brigida. Die Straße stieg an, und das graubraune Umland von Las Palmas wich einer zunehmend grünen Landschaft. Sie ließen den Jardin Canario hinter sich, und Inés, ganz versierte Fremdenführerin, pries den Botanischen Garten als nahes Ausflugsziel an. Elena genoss die Fahrt offenkundig. Sie hatte das Fenster weit geöffnet, der Fahrtwind durchkämmte ihr dunkles Haar, und die ersten grauen Strähnen an den Schläfen wurden sichtbar. Inés bemühte sich, ihren Blick auf die kurvige Straße zu konzentrieren.

»Es ist nicht zu fassen«, sagte Elena. »Heute früh habe ich noch überlegt, wie ich mehr über diesen Mateo erfahre, und jetzt bin ich auf dem Weg zu einer englischen Lady, die ihn persönlich kennt. Und, Inés, du glaubst nicht, wie sehr ich es genieße, aus der Stadt rauszukommen. José, mein Chef, hat mir geraten, in meinem Urlaub rauszufahren, die Insel kennenzulernen. Bis eben hatte ich das total vergessen.«

»Du hast Urlaub?«

»Ja. Über Karneval finden keine Kurse statt. Und danach werde ich sogar zwei Abende die Woche freihaben. Mehr Zeit für die Suche.« Und vielleicht auch mehr Zeit, um sie auf solche Art wie heute zu verbringen, dachte Elena. Sie verbat sich jeden weiteren Gedanken in diese Richtung. Stattdessen fragte sie: »Wie heißt der Ort noch mal, wo wir hinmüssen?«

»Atalaya, ein hübsches Nest und berühmt für seine Töpferwaren. Diese Lady, wie du sagst, wohnt aber etwas außerhalb.«

Elena schwieg zufrieden. Es war schön hier, und der Fahrtwind in ihrem Gesicht tat ihr gut. Sie genoss den Ausblick und stützte den Arm auf das heruntergelassene Fenster. Ein Schild wies den Weg zur Caldera de Bandama. Sie fragte Inés danach, die daraufhin anbot, ihr nach dem Besuch bei Jennifer Barclay den Vulkankrater zu zeigen. Elena war völlig entspannt. Sie blickte zu Inés hinüber, die geschickt die Serpentinen nahm.

Inés gefiel ihr. Sie sollte die Zeit nutzen – schließlich traf sie hier keine Entscheidung fürs Leben. Elenas Bedürfnis zu erobern gewann kurz die Oberhand, und beinahe hätte sie Inés mit ihrer verführerischsten Stimme gebeten, an die Seite zu fahren. Doch sie spürte, dass eine Affäre mit dieser Frau nicht möglich war.

Elena ließ ihren Blick über die rötlichbraunen Felsen auf der anderen Seite des Tals gleiten. Inés' Nervosität und ihre langen Blicke waren ihr nicht entgangen. Wie sollte sie sich verhalten? Eines wollte sie bestimmt nicht: dass Inés dachte, sie hätte sie nur gebeten, sie zu begleiten, um von ihr über die Insel kutschiert zu werden. Wie lernte man sich kennen, wenn man bereits Sex miteinander gehabt hatte? Für einen Moment wünschte Elena, sie könnte die Reihenfolge ihrer Begegnung ändern und mit ins Kino gehen beginnen.

Eine leichte Brise blähte die bunte Tischdecke. Elena und Inés saßen schweigend auf der Terrasse, als Jennifer Barclay mit einem Tablett in den Händen zurückkam.

»Nach der langen Fahrt darf ich Ihnen sicher eine kleine Erfrischung anbieten.« Sie stellte ein Schälchen mit Oliven, ein zweites mit Käse und ein weiteres mit Nüssen vor sie, dazu eine Karaffe mit frischgepresstem Orangensaft, eine Flasche Wasser und Gläser.

»Ich freue mich, dass Sie so schnell den Weg hierhergefunden haben. Ich muss gestehen, ich bin sehr neugierig … Aber bitte, lassen Sie es sich erst einmal schmecken, und dann bin ich gespannt, was Sie zu erzählen haben.«

»Gerne. Wir sind dafür sehr auf Ihre Bilder gespannt.« Inés kostete den Käse. »Oh, der ist wunderbar! *Queso de flor,* nicht wahr?«

Jennifer freute sich sichtlich. »Ja, er ist sehr gut. Ich habe ihn direkt in Guia gekauft.«

»Santa María de Guia ist ein Städtchen im äußersten Nordwesten der Insel«, erklärte Inés Elena. »Es hat sonst nicht viel zu bieten, aber der Käse, der dort hergestellt wird, ist einzigartig.«

Elena probierte – er war exzellent. Am liebsten aber hätte sie sich gleich die Bilder angeschaut, doch Jennifer Barclay schien eine genaue Vorstellung vom Ablauf des Besuchs zu haben. Elena nahm sich also zusammen und beteiligte sich am Geplauder der beiden anderen Frauen. Die Engländerin sprach sehr gut *castellano,* nahezu perfekt, aber ihre Umgangsformen waren sehr britisch. Sie und Inés unterhielten sich über die verschiedensten Käsesorten jeder einzelnen Kanarischen Insel, als gäbe es kein wichtigeres Thema. Elena beobachtete Jennifer, die mit ihrem eleganten Kurzhaarschnitt und den manikürten Fingernägeln in der silbergrauen Bluse einen überaus damenhaften Eindruck machte. Es passte zu einer solchen Erscheinung, Besitzerin einer Kunstsammlung zu sein. Elena konnte sich lebhaft vorstellen, dass der Erwerb von Kunst in Jennifers Familie ein Zeitvertreib war und dass man, um Kunst und Kultur zu fördern, Kontakt zu den Künstlerinnen und Künstlern pflegte. Elena hatte durch Caridad und ihre frühere Arbeit in einem Grafikstudio eine ganze Reihe von Menschen kennengelernt, die sich als Kenner und Förderinnen der schönen Künste verstanden. Die meisten von ihnen hatte sie als unsympathisch in Erinnerung. Sie machten aus Kunst Kult und sonnten sich im Glanz ihrer Wohltätigkeit und in ihrem intellektuellen Selbstverständnis. Sie pflegten den Kontakt zu kreativen Menschen, weil diese eine Gabe besaßen, die ihnen selbst fehlte. Und dieser Mateo war offensichtlich einer dieser Kreativen gewesen, mit denen Jennifers Familie Umgang pflegte. Elena wünschte, es wäre Marí gewesen. Solche Gedanken waren müßig, ermahnte sie sich. Sie sollte sich lieber auf ihre Gastgeberin konzentrieren. Doch Inés und Jennifer unterhielten sich immer noch über die Vorzüge von Käse aus verschiedenen Milchsorten und den maximalen Anteil von Ziegenmilch, bis Jennifer sich unvermittelt an sie wandte und sie bat, von ihrer Tante zu erzählen.

Elena schilderte in groben Zügen ihre jahrelange Suche nach Spuren vom Leben ihrer Tante, ohne zu erklären, was sie dazu angetrieben hatte. Sie berichtete von ihrer weitgehend erfolglosen Suche nach Bildern in Buenos Aires und in Las Palmas, bis Inés ungeduldig einwarf, dass Elenas Tante vor etlichen Jahren einige Zeit in der Inselhauptstadt gelebt hatte und dies Elena veranlasst habe, auch hier zu suchen. Auf diesen Einwurf hin blitzte in Jennifer Barclays Augen kurz Erstaunen auf, ansonsten ließ sie sich nichts anmerken.

»Ich habe sämtliche Museen durchkämmt, aber nicht ein Bild, nicht eine Zeichnung von ihr gefunden«, ergänzte Elena.

Jennifer nickte. Endlich war der skeptische Ausdruck aus ihrem Gesicht verschwunden, und sie sagte: »Das hat Señora Nuñez Sousa mir nicht erzählt.«

»Das ist Esperanza«, warf Inés an Elena gewandt ein.

»Es macht Ihre Sicht der Dinge zumindest etwas wahrscheinlicher. Wissen Sie, wann Ihre Tante hier war?«

»Ja, es muss Anfang der sechziger Jahre gewesen sein. Leider konnte ich das genaue Jahr nicht in Erfahrung bringen.«

Jennifer rechnete in Gedanken nach. »Zu der Zeit hatte mein Vater längst einige Bilder von Mateo gekauft. Ich weiß nicht, wann das Bild des Tango tanzenden Paares erworben wurde, doch ich bin sicher, dass er die ersten Bilder von ihm schon Ende der fünfziger Jahre erstanden hat. Ich habe meinen Vater einige Male ins Atelier von Mateo begleitet. Er unterhielt sich gerne mit Mateo und zwei, drei Mal ist er sogar bei uns zu Besuch gewesen. Ich muss gestehen, so sehr ich seine Bilder liebte und immer noch liebe, so wenig mochte ich den Mann. Schon als Kind haben mich seine Bilder gefesselt – Sie werden sie ja gleich sehen. Die Besuche im Atelier hingegen waren immer mit einem gewissen Unbehagen verbunden.« Sie schwieg einen Augenblick und fuhr dann fort: »Ach, ich erinnere mich noch, wie mein Vater immer wieder vorschlug, Mateo solle ein Porträt von mir malen. Mir graute bei dem Gedanken, stundenlang für diesen Menschen stillzusitzen und von ihm angestarrt zu werden. Dank meiner Widerspenstigkeit ist es auch nie dazu gekommen. Mateo, glaube ich, hatte ebenfalls kein großes Interesse daran – ich war ihm sicher viel zu lebhaft und vorlaut.«

Inés versuchte sich die vornehme, auf Etikette bedachte Jennifer Barclay als ungestümen Wildfang vorzustellen. Es gelang ihr nicht. Sie hatte das Bild eines Mädchens mit Kleidchen und kratzigen weißen Strümpfen vor Augen, die das feine blonde Haar zu zwei dünnen Zöpfen geflochten trug und adrett neben ihrem Vater durch das Las Palmas der fünfziger Jahre lief.

»Er schien geradezu froh über meine Unlust zu sein«, fuhr Jennifer fort, »und bestärkte meinen Vater darin, dass es einem bewegungsfreudigen Kind wie mir nicht zuzumuten sei, Modell zu sitzen.«

Ihre Augen blitzten. Eine Spur von dem, was einst das kleine wilde Mädchen ausgemacht haben mochte, trat unvermittelt hervor. In Gedanken zeichnete Inés dem Zopfmädchen, das hinter dem Rücken des Vaters Grimassen schnitt, ein spitzbübisches Lächeln aufs Gesicht.

»Doch was halte ich mich mit solchen Geschichten auf? Lassen Sie uns endlich die Bilder anschauen! Ach, ehe ich es vergesse, Elena – haben Sie das Skizzenbuch Ihrer Tante mitgebracht? Auch wenn das betreffende Bild zur Zeit noch in Las Palmas hängt und wir keinen direkten Vergleich ziehen können, würde ich gerne einen Blick darauf werfen.«

Elena erschrak. Die Schamröte stieg ihr ins Gesicht. Sie hatte das Buch schlichtweg vergessen. Hilfesuchend blickte sie zu Inés und kam sich furchtbar töricht vor. Bei der Vernissage hatte sie sich darauf berufen und jetzt, da es galt, die Karten auf den Tisch zu legen, musste sie passen.

»Das Skizzenbuch, Elena ... Ich habe auch nicht daran gedacht ...«, sagte Inés.

Die Enttäuschung war Jennifer anzusehen. »Oh, wie schade, ich war selbstverständlich davon ausgegangen, dass Sie es mitbringen.«

»Ja, natürlich, das hatte ich auch vor. Nur ... ich habe es einfach vergessen. Es tut mir sehr leid. Das war unaufmerksam von mir. Wir sind vorhin etwas überstürzt aufgebrochen. Ohne das Buch habe ich nichts, womit ich belegen kann, dass dieses Bild von meiner Tante sein muss.«

Wieder machte sich Skepsis auf Jennifers Gesicht breit, doch sie sagte nichts und führte die beiden eine Treppe zu einer offenen Galerie hinauf. Dort hingen etwa zwei Dutzend Bilder. Elena und Inés schritten an ihnen entlang, während Jennifer am Treppenabsatz stehenblieb und sie beobachtete. Zuerst kamen ein paar Aquarelle, dann eine Serie von leuchtenden Ölbildern. Inés sah auf einen Blick, dass sie im selben Stil gemalt waren wie das tanzende Paar, mehr noch, es war unverkennbar, dass diese Bilder vom selben Künstler stammten. Immer waren Menschen das Motiv. Ein Bandoneonspieler, ein einsamer junger Mann an einer Bar, eine Gruppe lachender Menschen, die um einen Tisch herum saßen, ein Mädchen mit einer Katze auf dem Schoß, ein Bettler vor einem Kirchenportal, zwei junge Frauen, die sich gemeinsam über ein Buch beugten, eine alte Frau mit abgearbeiteten Händen beim Erbsenpulen. Elena sagte nichts. Ihr Schritt wurde von Bild zu Bild langsamer. Immer wieder schaute sie sich nach den vorangegangenen Bildern um, als fürchte sie, sie könnten plötzlich verschwinden. Sie ging bis zum Ende der Galerie, machte dann kehrt und schritt die Bilderwand erneut ab. Jennifer und Inés schauten sie gespannt an, doch Elena hatte nur Augen für die Bilder. Wieder am Ende machte sie kehrt und schritt die Reihe ein drittes Mal ab. Jennifer folgte ihr langsam. Als Elena sich schließlich umdrehte, stand sie Jennifer gegenüber.

»Und?«, fragte diese, und die Anspannung stand ihr ins Gesicht geschrieben.

»Ich möchte Ihnen das Skizzenbuch zeigen«, antwortete Elena nur.

»Soll das heißen, in dem Buch befinden sich weitere Skizzen, die zu diesen Bildern hier passen könnten?«, schloss die andere messerscharf.

Elena nickte nur. Dann sagte sie an Inés gewandt: »Ich möchte jetzt gerne zurückfahren. Ist dir das recht?«

Jennifer Barclay schien sofort zu begreifen, dass es keinen Sinn hatte, Elena mit Fragen zu bedrängen, also bat sie: »Kommen Sie so bald wie möglich wieder – morgen, übermorgen, wann immer Sie wollen.«

»Ja, ich werde wiederkommen. Ich …«

»Ich kann dich wieder herfahren, Elena«, warf Inés ein.

»Morgen?«, fragte Jennifer. Inés blickte Elena an und antwortete für sie: »Ja, morgen Nachmittag, wenn es Ihnen passt?«

»Jederzeit.«

Inés manövrierte das Auto durch San Nicolas.

»Ich weiß, Inés, du hast schon viel Zeit für mich geopfert«, sagte Elena, »aber könntest du vielleicht noch mit raufkommen? Ich möchte dir das Skizzenbuch von Marí zeigen.«

Inés' Herz begann zu klopfen. Egal, worum Elena sie gebeten hätte, sie hätte nicht eine Sekunde gezögert. Doch Elena ging es um ihre Tante, nicht um sie. Sie sollte Bilder und Skizzenbuch miteinander vergleichen, weiter nichts. Zum zweiten Mal an diesem Tag folgte sie Elena die drei Stockwerke hinauf. Oben angekommen, setzte Inés sich auf den Boden der *azotea* und lehnte sich mit dem Rücken an die Wand des Treppenhauses. Die Abendsonne wärmte ihr das Gesicht, und sie schloss die Augen. Sie war hier bei Elena. Die Aufregung darüber überdeckte beinahe die Neugierde auf das Skizzenbuch. Sie hörte, wie Elena in ihrer Kochnische rumorte und wünschte sich, die Zeit bliebe stehen. Elena trat mit einer Flasche Wein zu ihr: »Möchtest du? Oder lieber Wasser?«

»Wein ist gut – gerne.« Elena reichte ihr die Flasche mit dem Korkenzieher und holte zwei Gläser und ein frisches Leinenhandtuch, das sie auf dem Boden ausbreitete.

»Ich habe noch Eintopf da. Soll ich ihn uns warmmachen?«

Inés nickte, und Elena verschwand wieder. Nach einer Weile kam sie mit zwei Tellern und einem in Leder gebundenen Buch unter dem Arm wieder. Sie lächelte ein wenig befangen.

»Wie ein Picknick«, sagte sie und reichte Inés einen Teller. Sie legte das Buch zur Seite und setzte sich mit dem anderen Teller an die Wand neben Inés.

»Eigentlich hätten wir den kleinen Tisch heraustragen können, einen Stuhl, einen Sessel und einen Liegestuhl habe ich auch noch im Angebot ...«

»So ist es wunderbar. Das schmeckt köstlich!«

»Es war ein fantastischer Tag, nein, ist es noch ...«, Elena stutzte – zwei Schlucke Wein konnten ihre Zunge doch noch nicht so sehr gelöst haben. Nachdem sie gegessen hatten, stellte Elena ihre Teller zur Seite und griff zu dem Skizzenbuch.

»Blätter es einfach mal durch.«

Inés nahm das Buch und strich kurz über den Einband, dem man sein Alter ansah. Auf dem Deckblatt stand handgeschrieben: »Marí 1942 – 1963«. Sie schlug es irgendwo in der Mitte auf. Ein paar Bleistiftstriche, die eine sitzende Person skizzierten. Auf der nächsten Seite ein mit Bleistift gezeichnetes und mit brauner und grauer Tusche nachkoloriertes Männerporträt. Sie blätterte weiter, überschlug ein paar Seiten, und dann erkannte sie sofort eine mit schwarzer Tusche hingeworfene Skizze des Bandoneonspielers, den sie bei Jennifer Barclay als Ölgemälde gesehen hatte. Es gab keinen Zweifel: exakt die gleiche, leicht vorgebeugte Haltung des Spielers, der auf einem dreifüßigen Schemel hockte und das Instrument zärtlich zwischen seinen riesigen Händen hielt. Man konnte den sanften Druck fast spüren, mit dem er es zusammenpresste und die Luft entweichen ließ. Inés blickte Elena an, die sie die ganze Zeit über ihr Weinglas hinweg beobachtet hatte.

»Schau weiter«, sagte sie nur.

Inés tat wie geheißen und blätterte mal vor und mal zurück. Sie brauchte nicht lange, bis sie schließlich auch den Bettler, das junge Mädchen mit der Katze auf dem Schoß und schließlich das Tango tanzende Paar aus der Ausstellung gefunden hatte. Man konnte nicht von Ähnlichkeit sprechen – es war mehr als das: detaillierte Zeichnungen, teilweise mit Aquarellfarben, Kreide oder Tusche koloriert und meist in den Farben, in denen die Ölbilder ausgeführt waren.

»Sie sind es, Elena! Ich nehme an, wenn ich lange genug blättere, finde ich auch noch die übrigen Bilder, die wir bei Jennifer gesehen haben?«

Elena nickte und nahm ihr das Buch aus der Hand. Sie blätterte ein wenig und zeigte ihr auch die anderen Bilder. Sie tranken Wein. Elena zückte ihre Zigaretten und bot Inés eine an.

»Ich weiß nicht, ob du rauchst …?«

»Nicht wirklich.« Inés grinste schief und griff zu. »Wie kann das sein? Es sind die gleichen Bilder, da gibt es keinen Zweifel!«

»Sag du es mir, Inés, sag du es mir«, wiederholte Elena.

»Das sind eindeutig die Entwürfe zu Jennifers Bildern.«

Elena blickte auf und lächelte: »Das Buch hat dich also überzeugt.«

Inés blätterte weiter. Sie betrachtete das Deckblatt mit Marís Namenszug. Er war flüssig dahingeworfen und dennoch sehr akkurat. Langsam blätterte sie nun von vorn Seite um Seite um. Die meisten Skizzen waren mehr als Entwürfe. Es waren sorgfältig ausgearbeitete Zeichnungen. Inés fragte sich, ob es davor bereits gröbere Skizzen gegeben hatte. Diese hier waren wie vollendete Werke, die auch ohne die Ölbilder für sich existierten konnten. Die Zeichnung eines auf dem Boden sitzenden bärtigen Mannes, dessen Beine von einem Fischernetz bedeckt waren, gab es gleich zweimal, jedoch unterschiedlich koloriert. Inés verglich die Bilder und überlegte, welche Farbgebung wohl die bessere sei. Dann stieß sie auf die Zeichnung einer sich räkelnden Katze. Sie lächelte und verlor sich mehr und mehr in Marís Skizzenbuch, so dass sie sogar Elenas Gegenwart für eine Weile vergaß.

Elena beobachtete, wie Inés sich mehr und mehr von den Bildern fesseln ließ. Die in ihr aufsteigende Wärme konnte sie nicht verdrängen. Inés gehörte zu den wenigen Menschen, denen sie von Marí erzählt hatte. Wie sich die Dinge entwickelt hatten, war das unvermeidlich gewesen. Und doch – das Skizzenbuch hatte sie ihren Freundinnen und Freunden in Buenos Aires, bis auf Caridad, nie gezeigt. Da saß Inés, das Buch auf den Knien. Elena brauchte nur die Hand auszustrecken, um sie zu berühren. Und Elena streckte ihre Hand aus, nährte sich Inés' Gesicht. Gleich würden ihre Fingerspitzen Inés' Wange berühren. Elena stellte sich vor, wie sie sich anfühlte, die weiche, warme braune Haut unter ihren Händen. Da blickte Inés auf und sah Elena an. Elenas Hand verharrte einen Moment in der Luft.

Die Hand kam näher und noch näher. Inés ertrug es kaum, den Augenblick abzuwarten, in dem Elena ihr Gesicht berührte. Sie schloss die Augen und spürte die weichen Fingerkuppen, die vorsichtig ihre Wange berührten. Inés saß still da. Etwas weniger zaghaft fuhr Elenas Hand langsam über ihre Schläfen und die Wangenknochen. Inés schmiegte sich in die zarte Handwölbung und schlug die Augen auf.

»Elena …«

Doch Elena schüttelte den Kopf. Inés Herzschlag setzte einen Augenblick aus. Was war das jetzt? Elena rückte ganz dicht an sie heran. Vorsichtig legte Elena den Arm um sie, und so blieben sie schweigend sitzen, das Skizzenbuch immer noch auf ihrem Schoß. Inés wusste nicht, wie sie Elenas Verhalten deuten sollte, aber sie würde bestimmt nicht als Erste aufstehen.

Nach einer kleinen Ewigkeit sagte Inés: »Ob sie sich gekannt haben, Marí und Mateo, was meinst du?«

»Ich habe auch schon daran gedacht. Vielleicht.«

»Sie müssen sich gekannt haben. Marí war doch hier in Las Palmas – das kann kein Zufall gewesen sein. Vielleicht hatten sie irgendein Abkommen; vielleicht war Mateo so eine Art leibhaftiges Pseudonym für sie?«

»Wozu das? Wozu soll sie jemanden gebraucht haben, der seinen Namen unter ihre Bilder setzte und sie dann verkaufte, als seien es seine eigenen? Das ergibt keinen Sinn.«

»Vielleicht hat sie als Frau schlechtere Chancen gehabt, als Künstlerin ernst genommen zu werden, und über diesen Mateo konnte sie ihre Bilder wenigstens verkaufen?«

»Um den Preis, sich selbst zu verleugnen? Das glaube ich nie im Leben.«

Elenas Stimme klang zornig, und Inés ärgerte sich, nicht den Mund gehalten zu haben. Aber nun war der Zauber ohnehin verflogen, und so scheute sie sich nicht fortzufahren. »Nur weil du dir persönlich so ein Arrangement nicht vorstellen kannst, heißt das nicht, dass das für deine Tante zu ihrer Zeit nicht eine denkbare Möglichkeit gewesen ist.«

»Nicht Marí. Das glaube ich nicht.«

»Kanntest du sie gut genug, um das mit solcher Sicherheit sagen zu können? Esperanza hat die Idee mit dem männlichen Pseudonym auch nicht für ausgeschlossen gehalten.«

»Aber auch nicht für sehr wahrscheinlich. Das kann es nicht sein, Inés.«

Elena war verunsichert. Ja, sie hatte Marí kaum gekannt und dennoch … »Nein, das kann einfach nicht sein, nach allem, was ich von Marí weiß, auch wenn es nicht viel ist. Marí liebte Frauen. Ich kann mir beim besten Willen nicht vorstellen, wie sie dazu käme, ausgerechnet einen Mann als Pseudonym zu benutzen. Abgesehen davon habe ich nicht den geringsten Schimmer, wieso sie überhaupt so einen Blödsinn mit einem Pseudonym gemacht haben sollte.«

»Und wenn sie Geld brauchte und ihre Bilder unter ihrem Namen nicht verkauft bekam? Nur weil sie Frauen liebte, muss sie nicht davor zurückgeschreckt haben, ein männliches Pseudonym zu benutzen. Vielleicht war es am wichtigsten für sie, dass die Bilder überhaupt verkauft wurden.«

»Sie kam aus einer vermögenden Familie, und ihre langjährige Geliebte war ebenfalls wohlhabend. Sie hat mit Sicherheit nicht aus Geldnot Bilder verkaufen müssen. Es gab keine Notwendigkeit, sie ohne triftigen Grund herzugeben.«

Elena holte das Foto von Rosalia, Marís langjähriger Geliebten, setzte sich wieder neben Inés und zeigte es ihr. Sie begann das, was sie von Marís Leben wusste, zu erzählen. Als sie geendet hatte, saßen sie immer noch eng nebeneinander auf dem Boden der *azotea*.

»Das ist eine unglaubliche Geschichte.«

»Ja«, sagte Elena schlicht.

»Die Bruchstücke aus Marís und Rosalias Leben, die dir bekannt sind, werfen eine Menge Fragen auf.« Inés schüttelte den Kopf. »Verrückt. Ich finde es irre, dass du dich aufgrund solch dürftiger Informationen von Buenos Aires nach Las Palmas aufgemacht hast, um ihnen nachzugehen. Es grenzt ans Unglaubliche, dass du hier tatsächlich Bilder von ihr gefunden hast und in Buenos Aires, wo Marí ihr ganzes Leben verbracht hat, nicht eines.«

»Man darf die Hoffnung eben nicht aufgeben«, kommentierte Elena lakonisch. »Ich habe selbst nicht mehr daran geglaubt, etwas zu finden. Im Übrigen bin ich stolze Besitzerin von vier Bildern Marís. Mein Vater hat sie nach ihrem Tod an sich genommen. Es waren die einzigen ausgearbeiteten Bilder von ihr, die ich bisher kannte. Und nun endlich habe ich weitere gefunden. Ich halte das Ende des Ariadne-Fadens in den Händen und werde ihn bestimmt nicht loslassen, bis ich weiß, wieso Mateo und nicht Marí unter den Bildern steht.«

»Aber das konntest du ja vorher nicht wissen. Warum hast du überhaupt begonnen, das Leben deiner Tante zu recherchieren? Immerhin kanntest du sie kaum.«

»Es waren diese beiden Skizzenbücher mit den wundervollen Zeichnungen und die vier Bilder, die ich aus ihrem Nachlass habe. Ich habe sie übrigens dabei. Dazu die Vermutung, dass sie Frauen geliebt hat – und schließlich die Tatsache, dass meine Mutter sie verabscheute. Zu Beginn war schon allein deren Hass Grund genug, Marí für mich interessant zu machen. Das zweite Skizzenbuch muss ich dir auch noch zeigen – es ist ganz anders.«

Steh jetzt bitte nicht auf, dachte Inés, und Elena machte auch keine Anstalten.

»Die Bilder in diesem Band hier«, dabei strich sie zärtlich über den abgegriffenen Einband, »sind so liebevoll, so farbenfroh. Wenn ich mir Marí vorstelle, wie sie sie gemalt hat, denke ich immer an eine übermütige, lebensfrohe, ganz junge Frau. Es ist natürlich nur ein Bild in meiner Vorstellung, denn ich habe sie als Kind nur wenige Male gesehen – in den siebziger Jahren, da war sie immerhin schon über fünfzig. Aber in meinem Kopf habe ich ein Bild von ihr, das so klar ist, als hätte ich sie tatsächlich erlebt, wie sie mit Mitte zwanzig und grenzenloser Energie in ihrem Atelier gestanden und all diese Bilder gemalt hat. Wenn du mal nachrechnest, allein in diesem Skizzenbuch gibt es siebzig bis achtzig ausgearbeitete Zeichnungen. Wir haben heute nur elf Bilder bei Jennifer gesehen, vier weitere besitze ich. Ich frage mich, ob es zu allen Zeichnungen auch Ölbilder gibt, und wenn ja, wo sind sie?« Elena hielt inne. »Und der Besuch bei Charlotte Grünberg, der alten Freundin von Marí, die ich vor vielen Jahren in Buenos Aires besucht habe, war natürlich auch ein Ansporn bei der Suche nach Marí. Das Foto von Rosalia hatte ich ja schon längst, aber als Doña Charlotte mir dann freimütig erklärte, meine Tante hätte Frauen geliebt, hat sie etwas bestätigt, das ich, seitdem ich Rosalias Bild mit der Widmung gefunden hatte, längst ahnte: Sie war so wie ich. Und weil ich nie die Chance hatte, sie wirklich kennenzulernen, konnte ich ihren Tod umso schlechter verwinden, je sicherer ich mir meiner eigenen Gefühle wurde.«

Inés sagte nichts. Was sollte sie auch sagen? Sie hatte Angst, Elenas Offenheit mit einem unbedachten Wort zu verscheuchen. Sie nippte an ihrem Wein. Dann griff sie erneut nach dem Foto von Rosalia und betrachtete es.

»Was ist mit Rosalia? Hast du jemals versucht, sie ausfindig zu machen?«

»Natürlich, sie war ja ein möglicher Schlüssel zu Marí. Nachdem mir Charlotte Grünberg von Rosalia und ihrem Mann, Oswaldo, erzählt hatte, habe ich viel Zeit darauf verwandt, ihre Adresse herauszufinden. Es ist mir nie geglückt. Obwohl oder gerade weil ihr Gatte so eine bedeutende Persönlichkeit war, habe ich nie herausfinden können, wo sie wohnten. Ich habe es über die Jahre mehrmals versucht. 1989 schließlich fand ich seine Todesanzeige in der Zeitung. Rosalias Name stand als der seiner Ehefrau an erster Stelle der trauernden Angehörigen. Die Chance, dass sie heute noch lebt, ist gering – sie war knapp zehn Jahre älter als Marí. Andererseits, eine Anzeige wie bei Oswaldo habe ich nie entdeckt.« Sie schwieg einen Augenblick, dann fuhr sie fort. »Aber ich glaube, ich habe Rosalia einmal gesehen und Oswaldo wahrscheinlich auch … Nur leider hatte ich damals nicht die geringste Ahnung, wer sie waren.« Inés hing gespannt an Elenas Lippen. »Bei Marís Beerdigung, nachdem ich mich mit meinen Eltern von dieser gähnenden Grube mit dem Sarg abgewandt hatte, sah ich sie. Eine Frau in Begleitung eines Mannes, die etwas abseits stand, reglos, voller Trauer. Ein kurzer Schleier bedeckte ihr Gesicht. Ihr Anblick bannte mich. Ich spürte ihren Schmerz, die übermenschliche Kraft, die sie aufbrachte, um sich zu beherrschen. Der Mann neben ihr wirkte hilflos. Zwischen ihnen bestand etwas, das ich nicht zu benennen vermag. Einerseits Verbundenheit, andererseits aber auch etwas sehr Mächtiges, Zerstörerisches, vielleicht Zorn – ich bekam es nicht zu fassen. Es war nur ein kurzer Augenblick, bis meine Mutter mich fortzog. Ich fragte sie nach der Frau, so fasziniert war ich von ihr. Doch meine Mutter ging nur umso schneller und zerrte mich mit sich. Sie tat so, als existierte die Frau, nach der ich gefragt hatte, gar nicht.«

Inés wachte auf und war einen Moment orientierungslos. Sie lag unter freiem Himmel auf einer dünnen Matratze, angekleidet und unter fremdem Bettzeug. Sie blinzelte. Der Morgen dämmerte. Elena lag in eine Wolldecke gehüllt schlafend in einem Liegestuhl. Es war spät geworden am Abend zuvor. Mit Verweis auf den weiten Weg hatte Elena Inés angeboten zu bleiben. So konnten sie bald erneut zu Jennifer aufbrechen – mit dem Skizzenbuch. Inés blickte auf die schlafende Frau. Die Sehnsucht, sie zu berühren, zog ihr das Herz zusammen. Vorsichtig stand sie auf und schlich zur Kochnische. Als sie mit zwei Tassen *café con leche* zurückkam, lag Elena mit hinter dem Kopf verschränkten Armen immer noch im Liegestuhl und schaute in den Himmel. Sie wandte sich Inés zu und lächelte.

»Wenn das kein Service ist! Guten Morgen.«

»Guten Morgen.«

Inés setzte sich im Schneidersitz neben Elenas Liege. Sie genossen die Morgendämmerung. Die Stadt erwachte langsam. Aus dem Schlund der Straßen drang das heisere Bellen eines Hundes und das Knattern eines Motorrollers bis zur *azotea* hinauf.

»Hast du Lust, einen Ausflug zur Caldera de Bandama zu machen, bevor wir Jennifer besuchen?«, fragte Inés.

»Zu dem Vulkankrater? O ja, wollen wir gleich losfahren?«

»Erst eine Dusche, bitte, und dann muss ich was essen. Ich könnte jetzt eine Riesenportion *churros* mit heißer Schokolade verdrücken.«

»*Churros?* Was ist das?«

»Lass dich überraschen … Ich kenne eine sehr gute *churreria,* an der wir direkt vorbeikommen, wenn wir aus der Stadt rausfahren.«

Als sie zufrieden dickflüssige Schokolade tranken und *churros* aus frischem Brandteig aßen, fragte Elena: »Fahren wir wieder die Strecke am Jardin Canario vorbei?«

152

»Da entlang oder über Telde in Richtung Bandama – wie du willst.«

»Ich weiß nicht. Gestern die Strecke war sehr schön, und wir könnten diesen Garten vielleicht auch noch besuchen, aber etwas Neues wäre auch fein. Wie lauten denn die Vorschläge meiner kompetenten Fremdenführerin?«

»Wenn wir über Telde fahren, könnten wir uns die Altstadt, das Barrio de San Francisco, anschauen. Von dort führt die Straße an Higuera Canaria, dem Dorf, aus dem meine Eltern stammen, vorbei. Meine Tante und mein Onkel bewirtschaften heute die *finca* meines Großvaters. Nicht dass ich Lust hätte, bei ihnen vorbeizuschauen, aber der Ort liegt in einem der besten Obst- und Gemüseanbaugebiete auf Gran Canaria. Im Gegensatz zu vielen Landstrichen hier sind die Plantagen dort noch nicht komplett in Folie eingepackt.«

»Klingt sehr gut. Lass uns den Weg nehmen.«

Sie fuhren die Schnellstraße an der schroffen Küste entlang. Die Brandung brach sich an den braunen zerklüfteten Felsen. Inés' Vater hatte ihr einmal erzählt, dass politische Gegner der Franco-Diktatur ermordet wurden, indem man sie in den tosenden Schlund dieses Küstenabschnitts stieß. Inés überlegte, Elena davon zu erzählen, ließ es dann aber. Zu bezaubernd war der Ausblick bei blauem Himmel. Stattdessen deutete sie auf die Meerwasserentsalzungsanlage, die mit israelischer Hilfe in den sechziger Jahren gebaut worden war und einen Großteil des Süßwasserbedarfs der Insel destillierte. Den Weg von der Schnellstraße ins Zentrum von Telde legten sie zügig zurück und fanden problemlos einen Parkplatz am Rande der Altstadt. In der Zeit der *conquista* hatte Telde eine wenig rühmliche Rolle als Hauptumschlagsplatz für Sklaven und Zuckerrohr gespielt. Die Kiefernwälder der Insel hatte man schon vor Jahrhunderten in den

Zuckerraffinerien verfeuert. Mit dem letzten Holzscheit war es dann auch mit der Zuckerproduktion vorbeigewesen. Die abgeholzten Hänge waren erodiert und verödet. Durch staatliche Aufforstungsprogramme bemühte man sich, den Waldanteil wieder zu erhöhen, doch in vielen Landstrichen hatte die Erosion schon unwiederbringlich Tatsachen geschaffen. Zuckerrohr wurde von da an im großen Stil nur noch in den ehemaligen spanischen Kolonien angebaut.

Elena und Inés liefen eine Weile durch die gepflasterten Gassen des Barrio San Francisco, dessen weißgetünchte Häuser mit den grünen Fensterläden aus dem sechzehnten Jahrhundert stammten. Elena bewunderte die Balkone aus Pinienholz an den Häusern der reichen Familien. Bevor sie zur Caldera aufbrachen, probierten sie noch das Eis der ältesten und, wie Inés versicherte, besten Eisdiele in der Stadt.

Nach einer knappen Stunde erreichten sie den Rand der Caldera de Bandama. Der Blick in den zweihundert Meter tiefen Kessel überzeugte sie schnell davon, den Abstieg nicht anzugehen. Die Sicht von oben zu genießen war weitaus bequemer. Las Palmas lag wie eine weiße Muschel am Meer. Auf die Entfernung hatten die modernen Wohnburgen ihre Schäbigkeit verloren. Auf der anderen Seite stiegen die Berge wie eine monumentale Kathedrale auf. An einem schönen Platz mit Rundumblick zog Elena, nachdem sie das atemberaubende Panorama eine Weile genossen hatten, einen in Leder gebundenen Band aus der Tasche.

»Das ist das zweite Skizzenbuch. Ich habe es auch eingesteckt. Ich glaube, ich werde es Jennifer nicht zeigen, aber wenn du magst ...«

Inés griff nach dem Band und begann zu blättern. Diese Zeichnungen waren ganz anders, stammten jedoch unverkennbar von derselben Hand.

»Der Übermut ist fort. Diese Bilder zeigen die blanke Hoffnungslosigkeit. Manche wirken geradezu aggressiv. Der liebevolle Blick auf das Sujet, die Behutsamkeit ist fort.«

Elena nickte.

»Es muss einen Grund geben, dass diese unterschiedlichen Zeichnungen auch streng getrennt in zwei Büchern festgehalten sind«, fuhr Inés fort.

»Das denke ich auch. Schau dir die Daten an. Das erste Buch ist datiert von 1942 bis 1963 und das zweite von 1963 bis 1900 irgendwas. Die letzten Zahlen sind verwischt. Leider. Aber egal. Ich weiß, dass Marí Anfang der sechziger Jahre hier war, und ich habe mich oft gefragt, ob es vielleicht 1963 war. Da endet das eine Buch, und das andere beginnt.«

»Du willst damit sagen, dass ihr Aufenthalt hier so etwas wie ein Wendepunkt in ihrem künstlerischen Schaffen war?«

»In ihrem Leben, denke ich. Wie sonst kann es sein, dass sie plötzlich so anders gemalt hat? Fernando Espina hat mir erzählt, dass sie traurig, fast gebrochen von dieser Reise zurückgekehrt ist. Wenn ich mir diese Bilder anschaue, dann bin ich sicher, dass hier irgendetwas geschehen ist, das sie unglücklich gemacht hat.«

Inés überlegte einen Augenblick, dann sagte sie: »Vielleicht führt der Weg zu Marí über Mateo. Was meinst du?«

Elena schwieg und strich in Gedanken über den Einband des Skizzenbuchs. »Du könntest recht haben. So habe ich es noch nie gesehen. Seit der Vernissage habe ich immer nur den Eindruck, alle davon überzeugen zu müssen, dass diese Bilder nicht seine, sondern die meiner Tante sind. Ich habe das vielleicht sonderliche Bedürfnis, Marí zu verteidigen. Aber egal, wir müssen Jennifer nachher genauer zu Mateo befragen. Im Grunde hat sie nicht viel von ihm erzählt, bis auf die Tatsache, dass sie ihn als Kind nicht mochte. Wir wissen nicht einmal, ob er überhaupt noch lebt.«

»Und wenn er noch lebt und Jennifer dir sagen kann, wo du ihn findest – was wirst du dann tun? Zu ihm gehen und ihn mit dem Skizzenbuch konfrontieren?«

»Ich bin mir nicht sicher, aber ich denke schon.« Bei dem Gedanken daran wurde Elena unruhig und drängte zum Aufbruch. Die Dinge sollten endlich ins Rollen kommen. Nichts täte sie lieber, als diesem Mateo die Skizzenbücher unter die Nase zu halten.

Jennifer Barclay begrüßte die beiden herzlich. »Ich freue mich, dass Sie schon heute wiedergekommen sind! Ich habe uns Tisch und Stühle unter die Dattelpalme gestellt. Machen Sie es sich bequem. Ich hole noch eine kleine Erfrischung.«

Elena verdrehte innerlich die Augen. Wahrscheinlich bedeutete das, dass sie wieder eine endlose gepflegte Unterhaltung über kanarische Spezialitäten erwartete. Was war wohl diesmal angesagt? Eine Erörterung der Vorzüge der Weine von Lanzarote im Vergleich zu französischen Spitzenweinen oder die optimale Lagerungsdauer von marinierten Oliven? Sie riss sich zusammen und nahm artig in einem der komfortablen Korbstühle Platz. Der betörende Duft der üppig blühenden Bougainvillea lenkte sie ab und milderte ihre Ungeduld. Sie schloss die Augen. Der berauschende Duft löste eine Sehnsucht aus, die sie lieber nicht näher ergründen wollte. Sie hörte Schritte und schlug die Augen auf. Inés blickte sie an, und Elena wusste sofort, dass sie die Spur des Verlangens nicht rechtzeitig aus ihrem Blick hatte löschen können. Inés hielt ihren Blick einen Moment fest, dann wandte sie sich Jennifer zu. Auch Elena widmete sich nun ihrer Gastgeberin. Ihre Aufmerksamkeit schweifte immer wieder ab, während sie sich bemühte, dem freundlichen Geplauder von Jennifer und Inés zu folgen, die Obst und Getränke auf dem Tisch verteilten. Und dann stand ihr Inés' wütendes Gesicht im Quiosco San Telmo vor Augen. Elena würde es nicht wagen, noch einmal mit dieser Frau zu flirten. Am Vorabend auf der *azotea* hatte sie bewiesen, dass sie sich zurückhalten konnte. Doch die Nähe hatte sie zutiefst berührt – so sehr, dass sie nicht darüber nachdenken mochte, was das bedeutete und was daraus folgen könnte.

»Elena! Wo bist du?«

Elena schreckte auf.

»Auf dem Mond?« Inés wedelte mit einer Hand vor ihrem Gesicht.

»Erschrecken Sie Ihre Freundin nicht, Inés. Sie sah so versunken aus«, warf Jennifer ein.

Elena fasste sich. »Ich? Ja, ich habe gerade an die Vernissage gedacht«, improvisierte sie und machte eine Handbewegung, als wolle sie den Gedanken verscheuchen. Dabei ignorierte sie geflissentlich Inés' prüfenden Blick. »Sie wollen jetzt sicher das Buch sehen, Jennifer.« Und mit diesen Worten reichte sie ihr Marís erstes Skizzenbuch.

Jennifer ergriff es sichtlich gespannt und begann zu blättern. Sie saß aufrecht im Korbsessel und hielt das Buch an die Tischkante gelehnt mit beiden Händen. Es dauerte nicht lange, da stutzte sie, blickte kurz zu Elena und Inés hoch, die sie nicht aus den Augen ließen, und vertiefte sich erneut in die aufgeschlagene Zeichnung. Inés sah, dass es die Erbsen pulende alte Frau war, die sie betrachtete. Jennifer blätterte Seite für Seite um, hielt immer wieder inne, wenn sie ein Bild aus ihrer Sammlung erkannte und sparte sich jeden Kommentar. Elena und Inés erschraken, als Jennifer das Buch unvermittelt zuschlug und sich in ihrem Stuhl zurücklehnte.

»Das sind unverkennbar die gleichen Bilder. Ich habe nicht den geringsten Zweifel, Elena. Ich muss gestehen, dass ich so etwas nicht erwartet hatte. Bis eben habe ich immer noch gedacht, dass es nicht sein kann – dass Sie mir Skizzen präsentieren werden, die Ähnlichkeiten aufweisen, aber nicht so etwas. Wer die Zeichnungen gemacht hat, hat auch die Bilder gemalt.« Sie schwieg und umfing das Buch fast liebevoll mit beiden Händen. »Nur – wer von beiden war es? Mateo oder Ihre Tante Marí – das bleibt letztlich offen.«

»Sie haben grundsätzlich recht«, antwortete Elena versöhnlich, und um Diplomatie bemüht, fuhr sie fort: »Dieses Rätsel möchte ich lösen. Werden Sie mir helfen?«

Die beiden Frauen schauten sich über den Tisch hinweg an.

»Mir fällt es schwer, diese Bilder, die ich zum größten Teil gemeinsam mit meinem Vater bei Mateo gekauft habe, mit jemand anderem als ihm in Verbindung zu bringen. Verübeln Sie mir das nicht, Elena, aber auch ich möchte Klarheit haben. Lassen Sie es uns also gemeinsam versuchen.«

Elena war erleichtert. »Im Grunde geht es mir wie Ihnen. Seit meiner Jugend kenne ich die Bilder aus dem Skizzenbuch meiner Tante. Der Gedanke, jemand anders könnte sie gemalt haben, ist für mich ebenso befremdlich wie für Sie umgekehrt.«

Jennifer schlug mit der flachen Hand leicht auf die Tischplatte. »Es muss einfach eine Verbindung geben – wie auch immer sie aussehen mag. Es kann kein Zufall sein, zumal Ihre Tante eine Zeitlang in Las Palmas gelebt hat, wie Sie sagen.«

Alle drei hingen eine Weile ihren Gedanken nach, bis Inés sagte: »Sie haben uns gestern von Ihren Erinnerungen an

Ihre Kindheit erzählt, aber wissen Sie, wie es heute um Mateo steht? Wie alt ist er? Lebt er überhaupt noch?«

»Genau diese Frage ist mir letzte Nacht auch durch den Kopf gegangen«, antwortete Jennifer. »Ich habe in meiner Erinnerung gekramt. Das letzte Mal, als ich ihn gesehen habe – wie immer gemeinsam mit meinem Vater –, war ich ein Backfisch – vierzehn oder fünfzehn Jahre alt.«

Backfisch, dachte Inés, wer benutzt heute noch dieses Wort?

»Mein Vater hat an diesem Tag kein Bild bei ihm gekauft. Keines, das Mateo ihm anbot, gefiel ihm so recht. Ich weiß noch, dass Mateo seinen Unwillen darüber schlecht verbergen konnte. Danach habe ich ihn nicht wiedergesehen. Mein Vater starb bald darauf, und es gab keinen Grund mehr für mich, Mateos Atelier aufzusuchen. Ich weiß nichts weiter über ihn. Er könnte noch leben. Ich habe keine Ahnung.«

»Wie alt war er etwa, als Sie ihn das letzte Mal sahen?«, fragte Inés.

»Oh, das ist schwer zu sagen. Aus meiner Perspektive damals war er ein gestandener Mann, weitaus älter als ich, doch sicher deutlich jünger als mein Vater, irgendwo zwischen Mitte dreißig und Ende vierzig.« Sie zog bedauernd die Augenbrauen hoch. »Sie möchten ihn sicher gerne ausfindig machen, Elena, oder irre ich mich?«

Elena nickte und spürte, wie sich Mutlosigkeit in ihr breitmachte. »Wo befand sich sein Atelier in Las Palmas?«, fragte sie hoffnungsvoll.

»O mein Gott, Sie müssen mich für reichlich unbedarft halten, aber auch das kann ich Ihnen nicht genau sagen. Lassen Sie mich überlegen. Wir sind immer zu Fuß von Triana dort hingelaufen. Es war ungefähr da, wo heute die modernen Wohnblocks des Barrio Ciudad del Mar stehen.

Ziemlich nah am Meer, das heißt, dort, wo das Meer einmal war.«

»Dieser *barrio* von Las Palmas wurde größtenteils durch Aufschüttungen dem Meer abgerungen. Er besteht fast ausschließlich aus noblen Wohnhäusern und teuren Geschäften«, warf Inés erklärend ein.

Jennifer blickte die beiden unglücklich an. »An den Straßennamen kann ich mich überhaupt nicht erinnern, aber es war natürlich ein altes Haus.«

Inés überlegte. »Das bedeutet mit großer Wahrscheinlichkeit, dass es nicht mehr steht. Ciudad del Mar ist praktisch komplett neu angelegt worden. Die Chance, hier und da noch ein altes Haus zu finden, ist sehr gering.«

Elena hätte vor Enttäuschung platzen können. Sie nagte an ihrer Unterlippe. Welche Möglichkeit gab es noch, an Mateo heranzukommen?

Inés schien ihre Unzufriedenheit zu spüren und versuchte sie zu trösten: »Selbst wenn wir das Haus noch finden, Elena – Mateo haben wir damit noch längst nicht. Wer weiß, wie alt er jetzt ist. Gut möglich, dass er nicht mehr lebt.«

Noch bevor sie zu Ende gesprochen hatte, begegnete ihr ein zorniger Blick. Elena funkelte sie aus ihren dunklen Augen an und sagte nichts.

Jennifer Barclay war sichtlich geknickt und bemüht, Elena versöhnlich zu stimmen.

»Eine Idee habe ich noch, wie wir versuchen könnten, etwas über Mateo in Erfahrung zu bringen.« Sie lächelte. »Ich werde mich an die Mitglieder des Englischen Clubs in Las Palmas wenden. Ich bin mir ziemlich sicher, dass Mateo auch an andere Engländer, die wie wir hier dauerhaft leben, Bilder verkauft hat. Ich kann mich dunkel an Gespräche meines Vaters, der auf Mateos Kunst große Stücke hielt, mit seinen Freunden erinnern. Er wird nicht sein einziger Kunde gewesen sein. Auch wenn die Generation meines Vaters nicht mehr lebt, so doch ihre Kinder. Wenn es Sammlungen in den Nachlässen gibt, so lässt sich das leicht herausfinden. Gleich heute Abend werde ich ein paar Anrufe tätigen.«

Elena ergriff diesen Strohhalm nicht ohne Skepsis. »Vielleicht eine Möglichkeit«, sagte sie schlicht.

Inés reagierte enthusiastischer. »Eine gute Idee! Vielleicht hat Mateo unter den Engländern eine treue Klientel gehabt und die Bilder befinden sich alle in Privatsammlungen, genau wie Ihre, Jennifer.«

Jennifer zuckte mit den Achseln. »Ich werde sehen, was ich in Erfahrung bringen kann.«

»Werden Sie Ihren Bekannten von meinem Verdacht erzählen?«, fragte Elena zaghaft.

Jennifer überlegte kurz. »Ich denke nicht.« Sie schaute Elena fest in die Augen. »Bevor ich etwas sage, möchte ich mir meiner Sache sicher sein. Ich hoffe, Sie verstehen das.«

»Sicher.«

»Ich höre mich einfach nach weiteren Bildern von Mateo um, zur Not unter dem Vorwand eines Kaufinteresses. Dann kann ich mir die Gemälde anschauen, sofern es weitere gibt, und wir werden sehen, ob welche dabei sind, die wir aus dem Skizzenbuch kennen.«

»Aber selbst wenn es noch andere gibt, hilft uns das weiter?«, wandte Inés ein.

»Keine Ahnung, Inés, aber es ist die einzige Chance, mehr über Mateo herauszufinden. Es ist nicht unwahrscheinlich, dass ich jemanden finde, der Mateo noch persönlich kannte. Er oder sie wird möglicherweise mehr erzählen können als ich.«

Elena nickte. »Wir sollten nichts unversucht lassen. Wissen Sie, welcher Gedanke mir gerade noch kommt? Im Skizzenbuch gibt es keine Jahresangaben zu den einzelnen Zeichnungen, nur die beiden Jahreszahlen auf dem Einband des Buches. Ich würde gerne eine Chronologie Ihrer Bilder erstellen, wenn es Ihnen recht ist. Wer weiß, vielleicht können uns die Bilder selbst auch weiterhelfen.«

»Warum nicht … Kommen Sie, ich würde gerne einmal die Zeichnungen direkt neben die Bilder halten.«

»Ich hole die vier Bilder von Marí, die ich besitze, schnell aus dem Auto«, sagte Elena.

»O bitte, ich bin sehr gespannt«, sagte Jennifer Barclay.

Die Frauen gingen ins Haus. Auf dem Weg fragte Inés Jennifer noch einmal genauer nach dem Atelier von Mateo und erkundigte sich, wie das Haus, in dem es sich befand, ausgesehen und wie Mateo seine Bilder ausgestellt habe.

»Jetzt, wo Sie so direkt nachfragen, fällt mir auf, dass es recht düster dort war – zumindest für ein Atelier. Andererseits, vielleicht waren auch einfach bloß die Fensterläden wegen der Hitze geschlossen. Vorne, im Eingangsbereich, hatte Mateo zwei, drei, vielleicht vier Bilder auf Gestellen mitten im Raum ausgestellt. Es wirkte so, als stünden sie auf Staffeleien und der Künstler hätte gerade eben den letzten Pinselstrich gemacht. Weiter hinten im Raum befand sich die Staffelei mit dem Bild, an dem er gerade malte – soweit ich mich erinnern kann, immer mit einem fleckigen Tuch abgedeckt. Ringsum an die Wände gelehnt standen mit Leinwand bespannte Rahmen, leer oder mit dem Rücken zum Betrachter. Nie waren mehr als die vorne ausgestellten Werke zu sehen. Komisch, dass ich mich so genau an das Atelier erinnere, aber nicht mehr weiß, in welcher Straße es sich befand. Ich bin dort, wie gesagt, immer mit gemischten Gefühlen hingegangen. Ich liebte die Bilder und die geheimnisvolle Atmosphäre im Atelier, aber Mateo mochte ich nicht. Stellen Sie sich vor, einmal wollte ich eine an die Wand gelehnte Leinwand umdrehen, um zu sehen, was es noch gab. Aber kaum hatte ich die Hand danach ausgestreckt, ging Mateo zornig dazwischen. Er fuhr mich so heftig an, dass ihn mein Vater, der ansonsten nichts auf Mateo kommen ließ und ihm viel an schlechtem Benehmen nachsah, zurechtwies. Später erklärte er mir, Künstler hätten so ihre Eigenarten, und Mateos Eigenart sei es nun mal, dass er nur Bilder, die er für vollendet hielt, zeigte und zum Kauf anbot. Mateo sei ein solcher Perfektionist, dass er niemals ein Bild, das seinem künstlerischen Empfinden nach unvollkommen war, fremden Augen preisgab.«

»Ein echter Kauz, scheint mir.«

»So gesehen ja, aber kauzig wirkte er überhaupt nicht – er war immer sehr elegant gekleidet, oft mit einem dieser Strohhüte, wie sie in den fünfziger und sechziger Jahren Mode waren.«

Inés und Jennifer waren mittlerweile am Fuße der Treppe angekommen. Elena stand bereits oben auf der Galerie und war damit beschäftigt, die Jahreszahlen von Jennifers Bildern zu notieren. Ihre eigenen Bilder lehnten an der Wand darunter. Bei einigen war es schwierig, die letzte Ziffer zu lesen, weil der Rahmen darüber lag. Jennifer und Inés verglichen Mateos und Marís Bilder. Sie waren zweifellos von gleicher Hand gemalt. Dann griffen sie zum Skizzenbuch und suchten die Entwürfe zu Mateos Bildern heraus.

»Hier diese alte Frau, die Erbsen pult, das ist mein Lieblingsbild – wobei, so genau kann ich das gar nicht sagen. Jedes Detail der Zeichnung findet sich auch im Ölbild wieder. Nur der Hintergrund ist bei der Zeichnung nicht ausgeführt. Die Ähnlichkeit ist so frappierend, dass man nicht mehr von Ähnlichkeit sprechen kann, sondern von Übereinstimmung reden muss.«

Jennifer vertiefte sich weiter in den Vergleich. Inés trat zu Elena.

Elena blickte auf. »Ist dir schon aufgefallen, dass die Signatur, außer bei dem Bandoneonspieler und der Gruppe um den Tisch, immer rot ist?«

Inés schüttelte den Kopf. »Merkwürdige Eigenart. Je nach Untergrund sticht sie geradezu schrill hervor, oder sie verschwindet fast, so wie hier, im Rotbraun.«

»Gibt es irgendwelche Regeln, wie Bilder signiert werden?«

Inés zuckte die Schultern. »Nicht dass ich wüsste. Nach all den Bildern zu urteilen, die ich mir angeschaut habe, verwenden viele Künstler schwarz oder Weiß, andere einen Farbton, der dem des Untergrunds gleicht, meist einige Nuancen dunkler.« Sie deutete auf das Bild des Fischers. »Aber dieses Rot finde ich sehr außergewöhnlich.«

»Irgendwie ist es merkwürdig.« Elena vertiefte sich erneut in die Bilder. Inés ließ sie eine Weile gewähren und stellte zusammen mit Jennifer ihre eigenen Betrachtungen an. Dann wandte sie sich an Elena.

»Was meinst du – fahren wir bald?« Inés sprach es ungern aus, aber einmal mussten sie los. Elena nickte ganz in Gedanken. Inés war sich nicht sicher, ob sie ihre Frage überhaupt richtig mitbekommen hatte. Da trat Jennifer hinzu und reichte Elena das Skizzenbuch.

»Es ist und bleibt unglaublich. Wir müssen dieses Geheimnis lösen!« Jennifers Augen funkelten unternehmungslustig.

Sie begleitete ihre Gäste bis zum Auto. Inés öffnete den Wagen, und Elena ließ sich auf den Beifahrersitz fallen. Inés kurbelte das Fenster herunter. Ihr war eingefallen, was sie Jennifer schon die ganze Zeit fragen wollte.

»Jennifer, wie heißt Mateo eigentlich mit Nachnamen? Das wäre für die Suche gut zu wissen.«

»O ja, hatte ich das noch nicht erwähnt? Die Frage kann ich Ihnen ausnahmsweise sofort beantworten – diesen Namen habe ich mir gemerkt: Domínguez del Río.«

Inés bedankte sich und fuhr los. Sie winkte durch das geöffnete Fenster, und als sie am Ende der Auffahrt angelangt waren, sagte sie: »Domínguez del Río – schöner Name! Klingt gut, nicht?«

Da Elena schwieg, warf sie ihr einen raschen Blick zu.

»Was ist los?«

»Der Name …«

»Was ist damit?«

»Ich heiße so! Und nicht nur das: Marí auch!«

Inés fuhr rechts ran. »Sag das noch mal!«

»Es ist schließlich meine Tante väterlicherseits«, fügte Elena tonlos hinzu und verstummte. Beide starrten durch die Windschutzscheibe auf den grauen Asphalt.

»Aber er könnte nicht zufällig ein Verwandter von euch sein, oder?«

»Wer?«

»Mateo! Mateo Domínguez del Río.«

»Ein Verwandter … mein Gott, Inés … Das kann nicht sein!«

»Wieso denn nicht? Weitläufige Verwandtschaft, um vier Ecken – du musst doch wissen, ob es einen Mateo Domínguez del Río in eurer Familie gibt oder gab!«

Elena starrte weiter geradeaus, als läge die Antwort auf der Straße oder käme herbeigelaufen. Sie war wie vor den Kopf geschlagen.

»Elena! Denk nach, könnte es ein Verwandter sein?« Inés
war ganz aufgeregt. »Ja oder nein? Du musst doch deine Fa-
milienangehörigen wenigstens dem Namen nach kennen.
Ich gebe zu, ich könnte dir auf Anhieb auch nicht sämtliche
Cousins und Cousinen aufzählen, die sich im Laufe meines
Lebens angesammelt haben, aber wenn ich den Namen hörte, wüsste ich Bescheid.«

»Du vielleicht!«, fauchte Elena sie an. »Ich weiß im
Augenblick gar nichts mehr. Ich weiß nur, dass ich ganz
bestimmt keinen Cousin mit diesem Namen habe.«

Inés ließ nicht locker: »Es müsste wahrscheinlich jemand
aus der Generation davor sein. Mateo wird, wenn er noch
lebt, schon ziemlich alt sein.« Sie schwieg kurz. »Denk nach,
Elena, es müsste ein Verwandter väterlicherseits sein, wenn
ihr den gleichen Namen habt. Wer kommt in Frage?«

»Mein Vater und meine Tante waren nur zwei Geschwister. Marí hatte keine Kinder, mein Vater nur mich.«

»Gut, dann also die Familie des Vaters deines Vaters – deines Großvaters. Er trägt ebenfalls den Namen Domínguez
del Río, wenn ich zwei und zwei zusammenzähle.«

»Mein Großvater lebt längst nicht mehr. Er hieß auch
nicht Mateo, sondern Raúl.«

Inés winkte ungeduldig ab. »Was gibt es sonst noch für
männliche Verwandte? Hatte dein Großvater Brüder, hatten diese Brüder wiederum Söhne? Das sind alles potenzielle
Träger dieses Nachnamens.«

»Bemerkenswert, wie du dich in meiner Familie aus-
kennst«, knurrte Elena.

»Eine Frage der Logik.« Inés war nicht zu bremsen. Sie
wollte eine plausible Erklärung finden. »Also, was ist: Brüder, Söhne von Brüdern, ihres Zeichens dann Neffen deines
Großvaters?«

Elena rieb sich die Augen und überlegte. Dann sagte sie: »Es gab einen Bruder meines Großvaters. Er ist vor ihm von Sevilla nach Argentinien ausgewandert, das weiß ich sicher. Mein Großvater Raúl kam mit seiner Familie in den Dreißigern nach Buenos Aires, noch bevor der spanische Bürgerkrieg begann. Mein Vater war gebürtiger Spanier, ebenso Marí, die älter war als er. Mein Vater hat mir erzählt, dass sein Vater dem Beispiel seines jüngeren Bruders gefolgt ist, der als junger Mann sein Glück in Argentinien versucht hat.« Sie hielt inne. »Wenn ich lange genug überlege, fällt mir sein Name noch ein, aber ich bin sicher, dass er nicht Mateo lautet. Ganz sicher.«

»Gut. Hast du noch mehr Großonkel oder nur diesen einen?« Nach einem gereizten Blick von Elena fügte sie hinzu: »Ich meine, hatte dein Großvater noch mehr Brüder?«

»Möglicherweise gab es noch weitere Brüder. Vielleicht sind sie in Spanien geblieben und auch mein Vater kannte sie nicht näher. Er hat zumindest keine weiteren erwähnt. Moment, jetzt fällt es mir ein: Ezequiel war sein Name, ich erinnere mich. Mein Vater hat mal von ihm erzählt.«

»Gut.« Inés kramte einen Stift hervor und begann einen Stammbaum zu zeichnen. »Wenn Mateo also tatsächlich ein entfernter Verwandter war, dann kann er a) ein weiterer Bruder deines Großvaters gewesen sein, b) ein Sohn von diesem Bruder, von dem wir nicht wissen, ob er existiert, oder c) ein Sohn von Ezequiel. Weißt du da Näheres?«

Elena starrte auf die Zeichnung, die Inés mit Pfeilen und Bemerkungen wie »Vater von« oder »Bruder von« versehen hatte. »Ich bin beeindruckt. Ich habe wirklich bald das Gefühl, du weißt mehr über meine Vorfahren als ich«, schmunzelte sie.

Inés kaute an ihrem Stift. »Was meinst du, wenn er ein Bruder deines Großvaters war, dann muss er vermutlich noch Ende des vorletzten Jahrhunderts geboren sein oder?«

»Kann sein. Keine Ahnung, wann mein Großvater geboren wurde. Aber er hat für damalige Verhältnisse wohl relativ spät eine Familie gegründet. Marí wurde 1924 geboren, mein Vater 1932. Es könnte gut sein, dass er noch vor 1900 zur Welt gekommen ist. Aber was nützt uns das?«

»Um das Alter seines Bruders oder seiner Brüder grob einzugrenzen. Du hast gesagt, Ezequiel war jünger?«

»Ja, er muss deutlich jünger gewesen sein, nachdem was ich weiß.«

»Gut, sagen wir mal zehn Jahre jünger. Einfach mal als Theorie, als Arbeitshypothese sozusagen …«

Elena nickte skeptisch, auch wenn sie nicht verstand, was Inés damit bezweckte.

»Der mögliche andere Bruder, der von dem wir nicht wissen, ob es ihn wirklich gibt oder gab – ich denke, er scheidet als unser Mateo aus. Wenn er im Alter deines Großvaters oder auch ein paar Jahre jünger war, müsste er Ende der Fünfziger, Anfang der Sechziger, als Jennifer ihn kennenlernte, mindestens um die Sechzig gewesen sein. Da Jennifer eine mögliche Spanne von Mitte dreißig bis Ende vierzig als Alter von Mateo zur damaligen Zeit angegeben hat, kann ich mir nicht vorstellen, dass es ein Großonkel von dir war.« Sie hielt inne. »Was aber rein rechnerisch passen könnte«, und dabei tippte sie auf den Stammbaum, »dass unser Mateo ein Sohn von diesem Großonkel oder von Ezequiel ist.«

»Keine Ahnung. Das ist so entfernte Verwandtschaft.«

»So entfernt nun auch wieder nicht, zumindest nicht für Marí: Mateo wäre dann nämlich ein Cousin von ihr.«

Elena starrte sie an. Ein Cousin von Marí – das klang handfest, greifbar. Sie drehte das Blatt mit dem von Inés skizzierten Stammbaum zwischen den Fingern.

Inés betrachtete Elenas Hände. Wie schön sie waren. Lange Finger, mit kurzen runden Nägeln, die Handflächen innen von deutlichen Linien durchzogen. Diese Hände packten entschlossen zu und vermochten dennoch zärtlich zu sein. Unvermittelt seufzte sie auf und erschrak selbst über den unkontrollierten Laut. Elena schaute sie an.

»Du bist genervt, nicht? Eben noch habe ich mich über Jennifers spärliches Wissen über Mateo aufgeregt und jetzt stehe ich genauso ahnungslos da, was meine eigene Familie anbelangt.«

Inés schüttelte den Kopf. Sie wollte Elena. Mateo, Marí, selbst die Bilder waren ihr im Moment herzlich egal. Aber das mochte sie im Augenblick nicht sagen. Mehr als einmal hatte sie Begehren in Elenas Blick gelesen, aber sie schien dennoch zu zögern.

Elena sprach weiter. »Ich habe keine Ahnung, ob Ezequiel überhaupt einen Sohn hatte, geschweige denn, wie dieser heißen mag oder mochte.« Resigniert warf sie das Stück Papier auf die Ablage und verschränkte die Arme vor der Brust.

»Wer weiß«, antwortete Inés. »Wahrscheinlich ist es überhaupt nicht wichtig. Mateo muss ja kein Verwandter von dir und Marí sein, das war doch einfach so eine These. Immerhin kenne ich jetzt auch deinen Nachnamen.« Sie grinste.

Elena nickte: »Wir wissen nicht viel voneinander«, stellte sie nüchtern fest. Dann fuhr sie fort: »Es klingt bestechend einfach: Mateo ein Cousin von Marí. Ich weiß nicht warum, aber wenn es diese verwandtschaftliche Beziehung tatsächlich gibt, dann wird vieles für mich plausibler. Marís Reise hierher, selbst die Tatsache, dass ihre Bilder mit seinem Namen signiert sind … Ich meine, das erklärt zwar nicht, warum es so ist, aber aufgrund der Verwandtschaft der beiden gibt es vielleicht eine ganz einfache Erklärung, wie auch immer die lauten mag. Aber wir können mit hoher Wahrscheinlichkeit davon ausgehen, dass sie sich kannten.«

»Ja, aber wir wissen es nicht wirklich. Der gleiche Nachname beweist letztlich nichts – es könnte auch Zufall sein.«

Elena schaute sie halb amüsiert, halb verzweifelt an. »*Increíble,* du raubst mir noch den letzten Nerv. Erst bohrst du in meinen Familienverhältnissen herum, konstruierst einen Stammbaum und kommst zu dem überaus plausibel klingenden Schluss, Mateo könnte Marís Cousin gewesen sein, bringst mich darüber hinaus dazu, das zu glauben, obwohl ich von so einem Cousin noch nie etwas gehört habe, und keine fünf Minuten später beraubst du mich der Illusion, wir seien der Lösung des Rätsels um Marís Bilder näher gekommen.«

»Weil es eben reine Theorie ist.«

»Ja, Mrs. Christie, und wie lautet dein Vorschlag, um die Theorie zu prüfen?«

»Ach, jetzt wird auch noch die gute alte Agatha herangezogen, um sich über meine Bemühungen zu mokieren«, schnaubte Inés. »*Du* solltest dich als Schnüffelnase bewähren und herausfinden, ob es einen Mateo bei euch in der Familie gibt oder gab und ob er jemals hier auf Gran Canaria gelebt hat.«

»Schön. Und wie bitte soll ich das anfangen? Mein Vater lebt seit Jahren nicht mehr, und außer Marí hatte er keine Geschwister. Ich weiß nicht, wen ich fragen soll.«

»Was ist mit deiner Mutter – lebt sie noch? Sie weiß bestimmt etwas über die Familie ihres Mannes, vor allem wenn Mateo tatsächlich ein Cousin von Marí und deinem Vater ist.«

Elena wand sich. »Verschone mich mit meiner Mutter. Ich habe sie seit Jahren nicht gesehen – seit dem Tod meines Vaters, um genau zu sein.«

»Wenn du etwas erfahren willst, Elena, wirst du über deinen Schatten springen müssen.«

»Wunderbar! Für dich ist alles ganz einfach. Ich glaube nicht, dass du dir auch nur annähernd vorstellen kannst, wie wenig mir an einem Gespräch mit meiner Mutter liegt!«

»Beruhige dich, Elena. Ich suche nur einen Weg, die Theorie zu überprüfen. Es mag eine blöde Idee sein, in der Übereinstimmung eurer Nachnamen einen Zugang zum Rätsel um Marís Bilder zu sehen. Es war einfach bloß ein Gedanke.« Inés ließ das Auto wieder an. »Wir sollten fahren.«

Elenas hitziges Temperament und ihre schnell wechselnden Stimmungen hatten etwas Unberechenbares, mit dem Inés schlecht umgehen konnte. Auch wenn sich Elenas Unmut eindeutig gegen ihre Mutter richtete, litt Inés' Harmoniebedürfnis darunter.

Elena hatte sich in sich zurückgezogen. Die Theorie musste geprüft werden, klasse. Ausgerechnet mit Hilfe ihrer Mutter! Sie, die aus ihrer Abscheu gegenüber Marí keinen Hehl gemacht hatte, wollte sie nicht als mögliche Informationsquelle in Betracht ziehen. Sie wollte überhaupt nichts mehr mit ihr zu tun haben. Elena ärgerte sich: Der Gedanke mit dem Nachnamen war verdammt gut. Domínguez gab es diesseits wie jenseits des Atlantiks millionenfach, aber Domiguez del Río hatte sie zumindest in Argentinien außerhalb ihrer Familie nie gehört.

Inés steuerte den Wagen hinab nach Las Palmas. Rechts von ihnen erstrahlten die Berge im roten Licht der untergehenden Sonne. Inés wünschte, die Fahrt nähme kein Ende. Doch seit die Sprache auf ihre Mutter gekommen war, hüllte Elena sich in Schweigen. Der Groll gegenüber ihrer Mutter nahm sie offenbar ganz gefangen. Inés wollte die Stunden mit Elena genießen; sie wünschte, dass Elena sich wieder fing und sie gemeinsam überlegten, wie sie das Rätsel um die Signatur lösen könnten. Ob Elena sie weiter an der Suche teilhaben ließ? Vorsichtig tastete sie sich voran.

»Was hast du jetzt vor, Elena?«

Elena guckte auf. »Was soll ich jetzt noch vorhaben?«

»Mein Gott, Elena, du kannst so was von ätzend sein ...«

Elena machte ein erschrockenes Gesicht.

»Ich meine, wegen Marí. Was willst du als Nächstes unternehmen?«

»Ach so, Entschuldigung, ich weiß nicht so recht ... Abwarten, was Jennifer in Erfahrung bringt. Die Jahreszahlen unter den Bildern mit dem Skizzenbuch vergleichen. Mehr über Mateo herausfinden. Immerhin haben wir jetzt seinen Nachnamen.« Elena verstummte. Womit hatte sie Inés jetzt wieder verärgert? Es erstaunte sie immer wieder, dass andere Menschen sich von ihr vor den Kopf gestoßen fühlten. Sie hatte nicht im Geringsten vorgehabt, Inés auf die Palme zu bringen, und trotzdem hatte diese sie angefahren. Irgendetwas machte sie verkehrt. Wieso war sie nicht in der Lage, mit dieser Frau, ohne die sie immer noch nicht die geringste Spur hätte, so umzugehen, dass diese sich nicht ständig verletzt fühlte? Das musste doch möglich sein, unabhängig von den Gefühlen, die sonst noch in Elena tobten. Vielleicht brachte Inés ihr Glück? Das war kitschig, aber zu schön, um den Gedanken zu verwerfen. Unvermittelt fragte sie: »Wirst du mir weiterhin helfen, Inés?«

Inés, selbst in Gedanken vertieft, schaute überrascht drein.

»Mehr über Mateo und Marí in Erfahrung zu bringen, meinst du?«, fragte sie vorsichtig.

»Ja. Ohne dich und diese Ausstellung stünde ich noch genauso da wie am Anfang. Nichts, rein gar nichts habe ich in all den Monaten zuvor hier in Erfahrung gebracht. Womöglich bringst du mir Glück?«, fügte sie scherzhaft hinzu und hoffte, es klänge nicht allzu pathetisch.

Inés blickte kurz zu ihr hinüber. Mittlerweile war es fast dunkel.

»Ich helfe dir gerne«, war alles, was sie erwiderte, obwohl ihr noch andere Dinge durch den Kopf gingen. Inés wollte sie fragen, was wäre, wenn es den Abend im Chicas so nicht gegeben hätte. Wäre dann alles einfacher, unbeschwerter? Was hinderte Elena daran, sich auf sie einzulassen?

Eine riesige Wolke hing am Horizont, direkt über dem Meer. Es sah aus, als hätte sie nicht die Kraft emporzusteigen. Elena lag mit halbgeschlossenen Augen im Liegestuhl und fühlte sich beim Anblick der behäbigen Wolke noch antriebsloser. Sie blätterte lustlos in einem von Pacos Bildbänden über Las Palmas. Gegen Mittag hatte sie ihre Mutter in Buenos Aires angerufen. Sie wünschte, sie hätte es sein lassen. Die Telefonnummer war ihr problemlos eingefallen, und mit Inés' Worten im Ohr, nichts unversucht zu lassen, hatte sie sich überwunden und gewählt. Schon nach dem dritten Klingeln nahm ihre Mutter ab und nannte mit fester Stimme ihren Namen. Als wäre ihr Anruf nichts Ungewöhnliches, als hätten sie erst in der Woche zuvor miteinander gesprochen, hatte sie ihre Mutter freundlich gegrüßt und dann versucht, ihr Anliegen vorzubringen. Doch kaum hatte ihre Mutter begriffen, wer sie anrief, wurde sie unwirsch.

»Was willst du?«, fragte sie herrisch.

Elena hatte den Ton ignoriert und sich bemüht, mit neutraler Stimme zu sprechen.

»Ich möchte wissen, ob Vater einen Cousin hatte, der Mateo heißt oder hieß, Mutter.«

»Was schert dich das? Zur Familie deines Vaters habe ich nichts zu sagen! Wenn das alles war, was du willst, so verschwende nicht meine Zeit, Elena!«

»Das war alles, Mutter.«

»Gut, *buenos días!*«

Ein Knacken in der Leitung, dann ein Summton. Buenos Aires war mit einem Schlag wieder Tausende von Kilometern entfernt gewesen.

Elena klappte das Buch zu. Ihre Finger umfassten es verkrampft. Sie verfluchte Inés, die sie dazu gebracht hatte, ihren Schwur zu brechen, niemals mehr eine Silbe mit ihrer Mutter zu wechseln. Sie hätte es wissen sollen. Sich ihrer Mutter auszusetzen war ein zu hoher Preis. Immer noch. Sie hatte ihn gezahlt, ohne eine Gegenleistung zu bekommen. Seit Tagen zermarterte sie sich den Kopf, ob es einen Mateo in ihrer Familie gab. Sie wusste es einfach nicht. Als Kind hatte sie mit ihren Eltern sehr zurückgezogen gelebt – ihre Mutter hatte es so gewollt. Verwandtschaftlichen Kontakt gab es höchstens zur Familie ihrer Mutter. Elena wünschte, ihr Vater lebte noch. Diese Frage hätte er ihr beantwortet.

Sie zwang sich, ihre Finger zu lösen, und strich mit flachen Händen über den glatten Einband des Buches. Sie stellte es hochkant, teilte die Seiten genau in der Mitte und schlug es auf. Eine Schwarzweißansicht des alten Hafens von Las Palmas. Ihr Blick fiel auf die Kapitelüberschrift: »Dem Meer abgerungen – Der Bau der Avenida Marítima und der Ciudad del Mar«. Ciudad del Mar? Davon hatten Inés und Jennifer gesprochen. Sie rief sich das Gespräch mit den beiden in Erinnerung. Mateos Atelier hätte sich ganz in der Nähe des Atlantiks befunden, hatte Jennifer gesagt, und war wahrscheinlich neuen Wohnblocks gewichen. Den Wohnblocks der Ciudad del Mar! Mit größerer Aufmerksamkeit als zuvor blätterte sie durch das Buch und las die Ausführungen zur Stadtentwicklung. Seite für Seite schlug sie um, und dann fiel ihr Blick auf eine abgebildete Zeitungsseite aus dem *Diario Canario*. Mühsam entzifferte sie die Überschrift: »Für den Bau der neuen Ciudad del Mar müssen alte baufällige Häuser abgerissen werden«. Den Artikel illustrierte ein Foto. Es zeigte einen Straßenzug mit einfachen ein- und zweistöckigen Häusern. Das Haus in der Mitte sah aus wie ein Geschäft, die Front füllte ein großes Schaufenster aus. Elena hob das Buch dicht vor die Augen, um den Schriftzug über dem Fenster zu entziffern: *Taller Domínguez del Río*. Elena schnappte nach Luft.

Jennifer Barclay legte zufrieden den Hörer aus der Hand. Dies war der dritte Anruf bei Bekannten aus dem Britischen Club. Die neunzigjährige Lady Daughingham, die sie als Erste angerufen hatte, rief auf ihre Fragen nach Mateo sogleich begeistert aus: »Jennifer, Darling, aber sicher besitzen wir noch die Bilder von diesem begnadeten jungen Mann! Ich freue mich jeden Tag daran. Mein lieber William hat sie gekauft, ach, wie lange ist das her – wieso fragst du – die Kinder gingen noch zur Schule ... Habe ich dir erzählt, dass meine jüngste Enkelin, Deborah, jetzt auch Mutter geworden ist? Stell dir vor, Zwillinge, zwei Mädchen, sie leben in Sussex ...«

Jennifer hatte Mühe gehabt, die Aufmerksamkeit der redseligen alten Dame auf ihr eigentliches Anliegen zu lenken.

Schließlich erfuhr sie von einer weiteren Familie, die nach Wales zurückgegangen war und laut Lady Daughingham mit an Sicherheit grenzender Wahrscheinlichkeit ebenfalls einige Bilder von Mateo besaß. Jennifer hatte nicht lange gezögert und die Cubbers in Wales ausfindig gemacht, sie angerufen und sich Lady Daughinghams Aussage bestätigen lassen. Sechs Bilder von Mateo Domínguez del Río waren im Besitz der Familie. Mr. Cubbers hatte noch während des Gesprächs die Signaturen unter den Bildern überprüft. »M-a-t-e-o«, hatte er buchstabiert. »Übrigens alles in roten Buchstaben geschrieben, Mrs. Barclay. Das wirkt sehr schrill, dürfte aber für Sie keine Bedeutung haben, nehme ich an.«

Jennifer hatte ihn, ebenso wie zuvor die alte Dame, um eine kurze Beschreibung der einzelnen Motive gebeten und sich gewissenhaft Notizen gemacht. Der dritte Anruf war auf andere Art aufschlussreich gewesen. Colonel Daykins schnaubte so energisch, wie es einem fünfundachtzigjährigen Asthmatiker möglich war, ins Telefon: »Mateo? Diesen Maler, diesen Schmierfink, suchen Sie? Weiß der Teufel, wo der steckt, dieser Papagello – ich meine Papageno«, korrigierte er sich. »Meine älteste Tochter, Monica, war völlig vernarrt in ihn. Er hat ihr monatelang schöne Augen gemacht, und sie lag mir ewig in den Ohren, dieses stümperhafte banale Gekleckse zu kaufen. Es sei Kunst, beschwor sie mich und Mateo ein genialer Künstler, der unterstützt werden müsse. Ich habe ihr den Umgang mit ihm strikt verboten, nachdem ich mir den jungen Mann einmal angeschaut hatte. Ein Schlitzohr war er, sage ich Ihnen, da gibt es kein Vertun!«

Die eiserne Fatimahand schlug an die Haustür. Laut schallte es durch das Treppenhaus. Hoffentlich ist Pimpina zu Hause, dachte Inés. Wie man heutzutage ohne Telefon leben konnte, war ihr ein Rätsel. Über ihr öffnete sich ein Fenster im ersten Stock. Pimpinas ernstes, von Falten durchfurchtes Gesicht schaute auf sie herab. »Ah, Inés, ich habe mir schon gedacht, dass du kommst! Die Tür ist offen.«

Inés stemmte sich gegen die schwere Tür aus poliertem Pinienholz, erstaunt, erwartet zu werden. Oben angekommen, sah sie als Erstes Pimpinas weiße Haarpracht, die über einem Stapel von Kisten auftauchte. Sie gehörte zu den wenigen Frauen hier, die sich das Haar nicht färbten.

»Inés, ich bin hier hinten! Es sieht wüst aus, ich weiß.« Pimpina kam auf Inés zu, einen farbigen Lappen in der Hand, und küsste sie auf beide Wangen. »Komm mit in die Küche, ich mache uns Kaffee.«

Sie führte Inés in den hinteren Teil der Wohnung und sagte: »Bist du in der Stadt, um Einkäufe zu machen? Mein Neffe und seine Familie waren gestern hier, vollbepackt mit Spielsachen, Kleidung und ich weiß nicht, was noch. Dabei sind Weihnachten und die *reyes* gerade vorbei. Ich finde es ohnehin furchtbar, dass wir nun zu Weihnachten auch Geschenke verteilen. Ich meine wirklich, es reicht, wenn die Heiligen Drei Könige sie bringen, wie es hier immer Brauch war.«

»Du glaubst nicht, wie froh ich war, dass ich diesmal nicht ein einziges Geschenk kaufen musste. Wäre ich in Deutschland gewesen, wäre ich nicht umhingekommen, mich vor Weihnachten in den Einkaufstrubel zu stürzen. So war die Zeit vor Weihnachten sehr viel entspannter.«

Pimpina nickte verständnisvoll, entzündete die Gasflamme und setzte Wasser auf. Sie plauderten über die Ausstellung, und als sie schließlich mit einer Tasse Kaffee am Tisch saßen, fragte sie: »So, und du bist gekommen, um mich nach Mateo Domínguez del Río zu fragen?«

»Kannst du hellsehen, Pino?«

»Nein, aber am Tag nach der Ausstellungseröffnung kam Esperanza ziemlich aufgelöst zu mir, um mich nach eben diesem Señor zu fragen.«

Inés wollte etwas erwidern, doch Pimpina winkte ab. »Ich weiß schon, deine Freundin – ziemlich streitbar, wie mir Esperanza glaubwürdig versicherte – behauptet, das Bild des Tango tanzenden Paares sei von ihrer Tante. Du siehst, ich bin im Bilde. Das ist wichtig als Malerin«, fügte sie verschmitzt hinzu.

»Esperanza hat die Behauptung von Elena keine Ruhe gelassen. Sie hat sich auch mit der Besitzerin des Bildes in Verbindung gesetzt und den Kontakt zwischen ihr und Elena hergestellt.«

»Und?«

»Wir waren dort – zwei Mal. Es gibt noch mehr Werke von Mateo, und, glaub es oder nicht, jedes Einzelne findet sich als ausgearbeiteter Entwurf im Skizzenbuch von Elenas Tante. Bilder und Entwürfe sind von der gleichen Hand gemalt, Pimpina. Man muss nicht viel von Kunst verstehen, um das zu erkennen. Auch Jennifer Barclay hat keinen Zweifel diesbezüglich – und sie war mehr als skeptisch.«

Pimpina schwieg einen Augenblick. »Bleibt die Frage, wer die Bilder gemalt hat – Mateo oder die Tante deiner Freundin.«

»Das wollen wir herausfinden.«

»Ich kann dir ebenso wenig helfen, wie ich Esperanza helfen konnte. Der Name Mateo Domínguez del Río kommt mir zwar bekannt vor, ich kann mich aber beim besten Willen nicht erinnern, einem Künstler dieses Namens jemals begegnet zu sein. Ich habe mein altes Gehirn schon scheibchenweise durchforstet und bin mir sicher, keinen Kollegen dieses Namens zu kennen. Domínguez del Río ist kein häufiger Name hier. Es gibt eine nicht allzu verzweigte Familie, die diesen Namen trägt, die Domínguez del Río, denen die Tropical-Brauerei gehört. Vielleicht gibt es einen Mateo in ihren Reihen. Das lässt sich in Erfahrung bringen.«

»Ich werde mich an die Familie wenden.«

»Brauchst du nicht. Esperanza hat das schon in die Hand genommen.«

»Oh, sie klemmt sich ja ganz schön hinter die Sache.«

»Sie ist ein Profi. Es macht sie nervös, dass über diesen Mateo nichts bekannt ist, obwohl einige recht anständige Bilder von ihm existieren und zudem eine alte Frau wie ich ihn nicht kennt. Du solltest ihr bald von eurer Entdeckung erzählen, Inés.«

»Beruhigen wird sie das wohl kaum.«

»Nein, aber mit Esperanza habt ihr eine Verbündete, die, wenn sie sich einmal festgebissen hat, nicht ruhen wird, bis sie herausgefunden hat, wer Mateo war und wer die Bilder gemalt hat.«

»Ich werde sie anrufen. Das hätte ich längst tun sollen.«

»Mach das, es wird sie freuen. Sie steht ja ohnehin in Kontakt mit dieser englischen Señora. Gemeinsam werdet ihr vielleicht schneller eine heiße Spur zu diesem Mateo Domínguez del Río finden.«

»Apropos Mateo. Das habe ich dir noch gar nicht erzählt: Elena heißt auch Domínguez del Río, ebenso wie ihre Tante Marí.«

»Die Sache fängt an, höchst interessant zu werden.« Pimpina nahm mehrere Schlückchen Kaffee. Dann sagte sie: »Du denkst auch nicht, dass das ein Zufall ist, oder?«

»Nein, natürlich nicht. Aber leider kennt Elena keinen Mateo in ihrer Familie.«

»Dann sollte sie in ihrer Familie mit der Suche beginnen. Das ist vielversprechender, als wenn ich hier anfange. Wahrscheinlich ist es ein Verwandter und somit auch ein Argentinier.«

»Mateo? Aufgrund von Jennifer Barclays Erzählungen habe ich immer angenommen, er sei *canario*.«

»Sie ist Engländerin. Auch wenn sie ganz ordentlich *castellano* spricht, ist es sehr gut möglich, dass sie nie erkannt hat, dass er – gesetzt den Fall, Mateo ist Argentinier – anders spricht als wir.«

Elena hängte den Telefonhörer ein. Das Gespräch mit Caridad war ab dem Punkt, wo sich Elena danach erkundigt hatte, wie es ihr ging und wie sie zurechtkam, eine einzige Katastrophe gewesen. Noch nie hatte Elena erlebt, dass Caridad jemanden anschrie, vor allem nicht sie. Aber genau das war geschehen, und Elena konnte es nicht fassen. Caridad hatte getobt und Elena so verblüfft, dass es ihr die Sprache verschlagen hatte. Elena stand in einer Telefonzelle von Telefonica und starrte wie betäubt den Apparat an. Caridad hatte ihr vorgeworfen, sie wie ein kleines Kind zu behandeln und kein Vertrauen in sie zu haben. Wiederholt hatte sie Elena entgegengeschleudert, dass sie unter ihrer Fürsorge noch ersticke. Caridad, die sonst nicht viele Worte machte, hatte überhaupt nicht mehr aufgehört zu reden. Irgendwann versagte ihr die Stimme, und die Vorwürfe gingen in Schluchzen über. Elena war so verwirrt und getroffen, dass sie versucht hatte, sie zu beruhigen. Sie wusste selbst nicht mehr, welche Worte sie genau benutzt hatte, aber als sie etwas im Sinne von »das ist alles ein bisschen viel für dich« sagte, hatte Caridad aufgehört zu weinen und gekrächzt: »Vergiss es, du verstehst es nicht!« und aufgehängt.

Benommen verließ Elena die Telefonzelle und versuchte das, was da eben passiert war, zu verstehen. Wieso hatte Caridad bis zum Schluss so aggressiv reagiert? Was immer an Caridads Vorwürfen dransein mochte – und Elena ahnte, dass sie nicht gänzlich unbegründet waren –, auf ihren Versuch, sie zu trösten, so zu reagieren, war einfach ungerecht. Elena blickte auf die Uhr. Ihre Mittagspause war in einer knappen Stunde zu Ende. Bevor sie zurück in die Tanzschule musste, konnte sie noch eine Runde durch die Stadt laufen. Vielleicht bekam sie auf diese Weise den Kopf frei.

Den Stau in der Avenida Mesa y Lópes hatte ein Auffahrunfall verursacht, in den mehrere Autos verwickelt waren. Inés rutschte unruhig auf dem Fahrersitz hin und her; ein Kleinlaster vor ihr versperrte ihr die Sicht. Sie blickte auf die Uhr am Armaturenbrett, doch die behauptete, es sei zwölf, was nicht möglich war. Um neun war sie mit Elena zum Essen verabredet. Sie hatte ein kleines Fischlokal am Puerto de la Luz, nahe des Muelle Pesquero, vorgeschlagen. Wenn sie es recht bedachte, war dies – den Besuch der Ausstellung ausgenommen – ihre erste richtige Verabredung mit Elena. Inés war nervös bis in die Haarspitzen. Der Stau löste sich nicht auf; die Autos um sie herum hupten entnervend. Sie hatte wie üblich keine Uhr dabei und wusste, es war typisch deutsch, unbedingt pünktlich sein zu wollen. Niemand hier nahm es mit der Uhrzeit so genau, wenn es um ein gemeinsames Abendessen ging. Neun Uhr war mehr als früh genug und gerade mal die rechte Zeit für einen Aperitif, den Elena, sollte sie schon da sein, gut auch ohne sie nehmen konnte. Ob sie wohl ihre Mutter angerufen hatte? Sie selbst hatte von Pimpina nichts Neues erfahren. Aber deren Vorschlag, Esperanza für gemeinsame Recherchen zu gewinnen, wollte sie Elena vorsichtig schmackhaft machen. Jemand hupte aggressiv; ein Moped heulte rechts neben ihr auf und schnitt sie beim Vorwärtsschießen. Die Wagenkolonne geriet in Bewegung. Inés fuhr aufgescheucht an und würgte den Motor ab. Wild gestikulierend überholte sie der Fahrer des nachfolgenden Autos. Gleichmütig drehte sie den Schlüssel im Zündschloss und ließ sich diesmal Zeit beim Anfahren. Auf ihre Mutter mochte sie Elena ungern ansprechen – dieses Terrain schien gefährlich. Inés seufzte. Das Thema Esperanza war auch nicht ohne. Elena und sie hatten sich bei der Ausstellung kühl, wenn nicht feindselig gegenübergestanden. Eigentlich war sie blöd, sich so in die Sache reinzuhängen. Der Umgang mit Elena war ein einziger Eiertanz. Nie wusste sie, worüber Elena sich als Nächstes aufregen mochte. Ihre schroffe Art traf Inés in ihrer Verliebtheit doppelt schmerzhaft. Auch wenn Elena sie kürzlich noch gebeten hatte, ihr zu helfen – so richtig erfreut schien sie über Inés' Bemühungen nicht zu sein. Als Inés sie am Tag zuvor angerufen hatte, schien sie nichts lieber zu wollen, als das Gespräch schnellstmöglich zu beenden. Ich sollte mir keine Illusionen machen, rief Inés sich in Erinnerung. Sie will meine Hilfe, mehr nicht. Elena hatte angeregt, dass sie sich in einem Restaurant treffen sollten – ein unverbindlicher Ort in der Öffentlichkeit, der eine Tischbreite Sicherheitsabstand gewährleistete.

Inés bog in die Marítima del Norte ein. In dieser Gegend forderte die Suche nach einem Parkplatz besonders viel Geduld. Fast hoffte sie, sie sei schon deutlich über die Zeit. Elena sollte nicht glauben, sie könne es gar nicht abwarten, sie zu sehen. Mach dir nichts vor, sagte sie sich, Elena weiß längst Bescheid. Sie zwang sich zur Ruhe und fuhr die Straßen ab. Nachdem sie schließlich eine Parklücke gefunden hatte, nahm sie sich die Zeit, sich erneut die Haare zu kämmen und ihr erhitztes Gesicht einige Minuten in die kühlende Meeresbrise zu halten. Dann ging sie äußerlich gelassen ins Restaurant. Kaum war sie eingetreten, sah sie sich Elena gegenüber, die, den Eingang im Blick, vor einer Tasse Kaffee an der Theke saß. Déjà-vu: Elena im Quiosco de San Telmo, wie sie energisch ihren Kaffee umrührte. Inés wischte das Bild beiseite und ging auf Elena zu, die, kaum hatte sie Inés erblickt, strahlend vom Hocker herabglitt und ihr entgegenkam. »¡Hola, Inés! ¿Qué tal?« Unerwartet küsste sie Inés auf beide Wangen, fasste sie am Arm und zog sie freudig, Inés' erstauntem Blick verlegen ausweichend, zu den eingedeckten Tischen.

»Oh, es geht mir gut«, antwortete Inés, die noch damit beschäftigt war, diese für Elena überschwängliche Begrüßung zu verdauen. Eine Verlegenheitspause entstand, nachdem sie sich gesetzt hatten. Inés blickte auf die Tafel an der Wand. »Hast du schon ein Gericht ins Auge gefasst?«

Elena schüttelte den Kopf. »Nein, fragen wir den Kellner, was er empfiehlt.«

Ein guter Vorschlag. Inés war zu nervös, um sich für ein Gericht zu entscheiden. Hoffentlich erschien bald der *camarero*. Sie war verunsichert. Elena schaffte es immer wieder, sie aus der Bahn zu werfen. Hatte sie sich auf der Fahrt hierher noch auf eine schroffe Elena eingestellt, saß ihr nun eine entspannte, lockere Frau gegenüber, die es schaffte, mit einem Hauch blassrosa Lippenstift auszusehen wie eine Göttin. Inés schluckte und wandte sich dem Kellner zu, der endlich an ihren Tisch trat. Er beriet sie ausführlich, und nachdem er die Bestellung aufgenommen hatte, hatte sich Inés' Nervosität etwas gelegt. Doch als Elena sie über den Tisch hinweg offen anlächelte und sich erkundigte, wie es ihr in den letzten Tagen ergangen war und dabei mit ihren schönen schlanken Händen die Serviette zu einem kleinen Papiervogel faltete, den sie zwischen ihnen platzierte, war es um ihre Contenance erneut geschehen. Flirtet sie mit mir?, fragte sich Inés. Vielleicht sollte ich mich erkundigen, ob sie ihre Mutter angerufen hat, dann ist sie bestimmt wieder abweisend. Ich glaube, damit komme ich besser zurecht, vor allem wenn ich mich den Rest des Abends davor bewahren will, die Blumenvase mit dem Weinglas zu verwechseln, dummes Zeug zu plappern, mich wie auch immer zum Trottel zu machen oder, schlimmer noch, mich ihr einfach an den Hals zu werfen. Einen Augenblick zog sie tatsächlich in Erwägung, das Mutter-Thema anzusprechen, doch dann beschloss sie, sich einfach zurückzuhalten, die ungewöhnlich redselige Elena die Unterhaltung bestreiten zu lassen und sich ansonsten auf die vorzügliche Vorspeise zu konzentrieren.

Elena, entschlossen, sich von Inés nicht erneut als »ätzend« abstempeln zu lassen, bemühte sich um ein unverfängliches Gespräch. Sie berichtete aus der Tanzschule, von Paco und Magdalena und sparte das Thema Marí und ihre Bilder bewusst aus. Inés sollte nicht denken, dass sie sich nur mit ihr traf, weil sie ihre Hilfe benötigte. Nein, sie traf sie, weil ... ja, weil sie sich gern mit ihr treffen wollte. Es war schön, mit ihr zusammenzusein, sie anzuschauen, wie sie ihr im Kerzenschein gegenübersaß ... Ein Restaurant war ein guter Ort für ein Treffen. Hier bestand nicht die Gefahr, dass etwas aus dem Ruder lief – sie konnte mit Inés zusammensein und ihr zeigen, wie sehr sie sie mochte. Elena hielt in ihrem Erzählen inne und trank einen Schluck Wasser. Inés schwieg. Elena warf einen Blick auf Inés' Teller, auf dem sie konzentriert den Fisch von den Gräten trennte und diese fein säuberlich am Tellerrand zu einem beinahe kunstvoll anmutenden Gebilde aufschichtete. Was ging in ihr vor? Elena war nicht entgangen, dass Inés wenig gesprochen hatte. Fühlte sie sich unwohl, oder zeigte sie ihr auf höfliche Art die kalte Schulter? Elena gestand sich ein, dass Inés allen Grund dazu hätte. Dennoch fühlte sie sich verletzt. Ihre Heiterkeit war wie weggeblasen. Sie hatte sich auf dieses Essen gefreut, sehr sogar. Und sie hatte sich vor dieser Begegnung gefürchtet. Es war ihre erste Verabredung seit der Ausstellung. Wieso war es so schwierig? Elena kannte die Antwort. Sie, Elena, sandte widersprüchliche Signale aus. Sie tat dies, weil sie sich nicht verlieben wollte. Nicht hoffnungslos verlieben wollte, korrigierte sie sich. Sie würde in absehbarer Zeit nach Buenos Aires und zu Caridad zurückkehren. Für Inés konnte es keine Chance geben – Zeit und Ort passten nicht. Sie versuchte, den Gedanken an eine Beziehung mit Inés aus ihrem Kopf zu vertreiben. Einen Moment überlegte sie noch, sich ein Herz zu fassen und dies offen anzusprechen. Doch sie lief vielleicht Gefahr, Inés' Gefühle falsch einzuschätzen und sich lächerlich zu machen. Aber Inés' Verhalten war eindeutig, musste Elena sich eingestehen, sie selbst war diejenige, die nach Ausflüchten suchte. Als sie sich anschickte zu sprechen, kam Inés ihr zuvor.

»Hast du dich eigentlich mit deiner Mutter in Verbindung gesetzt?« Kaum war es ausgesprochen, wusste Inés, dass es das Dümmste war, was sie in dieser Situation hätte sagen können.

Im Bruchteil einer Sekunde glitten die verschiedensten Regungen über Elenas Gesicht. »Äh, ja, ich habe sie angerufen … Aber sie wollte nicht mit mir darüber sprechen. Sie wollte überhaupt nicht mit mir sprechen, um genau zu sein.« Dann fuhr sie fort: »Ich weiß nicht, wie ich herausbekommen soll, ob Mateo und Marí Cousin und Cousine waren, Inés.«

Sie räusperte sich. Was hatte sie da eben zu Inés sagen wollen? Der Wein und der Anblick der Frau, die ihr gegenübersaß, taten ihre Wirkung. Sie musste aufpassen.

Inés nickte. »Es war ja nur so eine Idee. Wahrscheinlich spielt es überhaupt keine Rolle, ob sie miteinander verwandt waren.«

»Das glaube ich nicht.«

Elena betrachtete Inés, die mit dem leckeren Fisch vor sich auf dem Teller offenbar nichts anzufangen wusste.

»Wie auch immer – vielleicht waren sie miteinander verwandt, vielleicht auch nicht. Es könnte im einen wie im anderen Fall eine Rolle spielen oder auch nicht«, antwortete Inés.

Elena interpretierte die Antwort als Desinteresse. »Ich nerve dich mit meinem ewigen Gerede von Marí und den Bildern, nicht?«

»Nein, nein, ich will doch selber wissen, was es mit den Bildern auf sich hat, aber …«

»Ja?«, fragte Elena. »Was ist es dann?«

Es ist nichts, hätte Inés gern gesagt, nur das ich mich wahnsinnig in dich verliebt habe. Doch stattdessen sagte sie: »Ich denke, wir sollten noch jemanden hinzuziehen, der mehr Ahnung von Kunst hat als wir und sich in der ganzen Kunstszene besser auskennt. Ich war vorgestern bei Pimpina, du weißt schon, eine der Künstlerinnen von der Ausstellung. Sie kennt wahrscheinlich die meisten Künstler und Kunstinteressierten dieser Insel, doch trotz ihres Alters, sie müsste jetzt Anfang siebzig sein, ist ihr Mateo kein Begriff. Sie hat mir empfohlen, Esperanza hinzuzuziehen.«

»Esperanza, die Ausstellungsmacherin? Sie wird den Teufel tun und mir weiterhelfen. In ihren Augen bin ich doch so etwas wie eine Unruhestifterin, die die Chuzpe besaß zu behaupten, ein Bild aus ihrer Ausstellung sei von jemand ganz anderem als daruntersteht.« Elena verschränkte die Arme, und ihre anfängliche Beschwingtheit war vollends fort.

Inés hätte beinahe aufgelacht. Da war sie wieder, die Elena, wie sie sie meistens erleben durfte: abweisend und stur.

»Immerhin hat sie uns die Einladung bei Jennifer verschafft. Und nicht nur das – sie ist bereits vor mir bei Pimpina gewesen, um sie nach Mateo zu befragen. Offensichtlich hat deine Beharrlichkeit, um nicht zu sagen Sturheit bei der Ausstellung so nachhaltige Zweifel bei ihr geweckt, dass sie gleich am nächsten Tag zu Pimpina geeilt ist. Das spricht dafür, dass es ihr in erster Linie darum geht, Licht in die Sache zu bringen.« Sie schwieg einen Augenblick. »Es ist deine Entscheidung, ob du mit ihr zusammenarbeiten willst oder nicht, Elena. Der Kontakt zu ihr ist schnell hergestellt.«

Der Kellner trat an ihren Tisch und räumte ihre Teller ab. Elena bat erneut um die Karte. Dann nickte sie zögerlich. Inés sah förmlich, wie sie über ihren Schatten sprang.

»Gut, du hast wahrscheinlich recht«, antwortete Elena. »Je mehr Leute sich damit befassen, wer Mateo war und wieso sich seine Signatur unter Marís Bildern befindet, desto größer ist die Chance, dass wir eine Antwort finden. Ich werde Esperanza darauf ansprechen.« Grinsend setzte sie hinzu: »Bist du nun zufrieden mit mir?«

»Fast«, antwortete Inés nüchtern.

Elena konnte nicht überhören, was in diesem einen Wort mitschwang. Das Erscheinen des Kellners ersparte ihr eine Erwiderung. Sie bestellten *flan,* einen Pudding aus vielen

Eiern mit einer Schicht aus karamellisiertem Zucker, und dazu zwei *café cortado*.

»Vielleicht gibt es doch noch eine winzige Spur«, nahm Elena den Faden wieder auf, nachdem sie ihren Nachtisch bekommen hatten.

Inés nippte an ihrem *cortado* und fragte: »Und zwar?« Und mit leisem Vorwurf: »Du lässt dir Zeit, mit den interessanten Dingen herauszurücken.«

Elena ignorierte den Unterton und sagte leichthin: »Wahrscheinlich bringt es uns nicht weiter, obwohl ich anfangs ganz aufgeregt war, als ich es entdeckte.«

Sie kramte in ihrer Umhängetasche und beförderte Pacos Bildband zu Tage. Sie schlug die entsprechende Seite auf und reichte Inés das Buch. Inés überflog die Überschrift des Artikels und schaute Elena fragend an.

»Das Foto!«

Inés betrachtete das Bild, kniff die Augen zusammen und hielt es näher an die Kerze. Sekunden später blickte sie mit vor Aufregung leuchtenden Augen auf. »Mateos Atelier – ich werde verrückt! Das ist ja irre! Woher hast du das Buch?«

»Paco hat es mir geliehen. Wir kamen darauf, als er mir einmal erzählte, wie sehr sich Las Palmas seit seiner Kindheit verändert hat.«

»Ja, es hat sich rasant entwickelt und wahnsinnig ausgedehnt, bis ins Meer hinein. Meine Eltern erzählen auch von einem Las Palmas ihrer Kindheit, das eher eine Art großes Dorf mit Überseehafen war.«

»Es ist kaum vorstellbar. Und jetzt haben wir die Bestätigung von Jennifers Bericht über Mateos Atelier und vermutlich auch die Bestätigung dafür, dass es nicht mehr existiert – du hast es ja bereits vermutet. Trotzdem hatte ich einen Augenblick die Hoffnung, es könnte uns weiterführen.«

»Wir können uns ja noch mal vergewissern. Vielleicht ist nicht alles abgerissen worden. Wir wenden uns an die Autorin oder gehen mit dem Bild zu irgendeinem Lokalhistoriker. Vielleicht gibt es auch einen Menschen beim Stadtplanungsamt, der uns weiterhelfen kann«, versuchte Inés ihr Mut zu machen.

Elena lächelte tapfer. »Eine heiße Spur ist das nicht gerade, aber wir sollten nichts unversucht lassen. Und ich werde morgen Jennifer anrufen. Vielleicht hat sie bei ihren Landsleuten noch mehr herausfinden können.« Sie stupste den kleinen Serviettenvogel mit dem Zeigefinger gedankenverloren an. Es sah aus, als picke er die Brotkrumen vom Tisch.

Inés betrachtete sie, wie sie versunken auf das filigrane Papiertier starrte. Ihr kam ein Gedanke. »Elena, bist du sicher, dass die Skizzenbücher sich immer im Besitz deiner Tante befunden haben, bevor du sie an dich genommen hast?«

»Wieso? Ich denke schon, weshalb fragst du?«

»Ich denke …«, Inés wand sich und suchte nach den richtigen Worten, »ich meine, vielleicht könnte irgendjemand die Bücher benutzt haben, um danach die Gemälde anzufertigen … also Fälschungen letztendlich …«

»Und dieser jemand soll wohl Mateo sein? Ist es das, was du sagen willst?« Elena lachte trocken auf. »Das glaube ich nicht. Warum sollte Marí ihre Skizzen hergeben?«

»Es muss ja nicht freiwillig geschehen sein …«

»Blödsinn! Die Bilder sind von der gleichen Person wie die Zeichnungen. Nicht einmal Jennifer hatte Zweifel daran. Gleiches gilt für die Bilder, sowohl die mit Mateos Signatur wie die mit Marís – sie sind von gleicher Hand.« Elena blickte verdrossen auf den Vogel und gab ihm einen unwilligen Stoß. Inés war, als hätte Elena sie fortgestoßen.

Inés musste Elena recht geben, der Vergleich der Ölbilder untereinander zeugte noch eindeutiger von der gleichen Urheberschaft als der Vergleich der Bilder mit den Skizzen.

»Ich suche ja nur nach möglichen Erklärungen. Weißt du, ich denke, die Lösung muss irgendwo in den Bildern selber stecken. Sie sind letztlich alles, was wir haben – und das ist mehr, als du bis vor kurzem mit deinen vier Bildern von Marí und den Skizzenbüchern hattest. Selbst wenn wir noch Zeitzeugen fänden, die Mateo kannten, bezweifle ich, dass sie uns weiterhelfen könnten. Wir bräuchten schon jemanden, der Marí kannte, als sie hier war. Und wer weiß, ob Mateo noch lebt.«

»Marí wäre heute achtzig Jahre alt. Die Chance, dass Mateo noch lebt, besteht durchaus. Ich wünschte, er lebte noch. Ich hätte ein Hühnchen mit ihm zu rupfen! Egal, lassen wir es für heute auf sich beruhen. Was hältst du von einem Spaziergang?«

»Was hältst du vom Chicas?«, kam es Inés unversehens über die Lippen. Das wäre sie gern gefragt worden. Jetzt hatte sie selbst es ausgesprochen und somit eine Vorlage für eine Abfuhr geboten, die sie sich hätte ersparen sollen. »Aber wahrscheinlich ist es schon zu spät …«

»Wieso?«, fragte Elena mit irritiertem Blick auf die Uhr. »Es ist doch erst halb zwölf!«

Inés atmete erleichtert aus. Offenbar fand Elena die Behauptung, es sei zu spät, merkwürdiger als den Vorschlag selbst. Wenn es so war, warum kam ein solcher Vorschlag dann nicht von ihr?

»Komm, lass uns aufbrechen«, sagte Elena und wandte sich nach dem Kellner um, damit Inés ihr Strahlen nicht bemerkte. Sie sollte nicht wissen, wie wundervoll Elena diesen Vorschlag fand.

Auf dem Weg ins Chicas sprachen sie kaum miteinander. Worte konnten zuviel zerstören. Inés konzentrierte sich aufs Autofahren, als führen sie durch ein gefährliches Unwetter. Sie betraten das Chicas, dessen Tanzfläche gedrängt voll war. Elenas Ankunft erregte eine gewisse Aufmerksamkeit, registrierte Inés und bemerkte, dass auch sie selbst, als Elenas Begleitung, in Augenschein genommen wurde. Das machte sie noch nervöser und befangener, als sie ohnehin schon war. Doch Elena führte sie vollkommen ruhig direkt zur Tanzfläche. Sie ergriff Inés' Rechte und legte ihre Hand auf Inés' Schulterblatt. Ihre Füße standen eng nebeneinander, so dass ihre Körper sich nur seitlich berührten und sie aneinander vorbeiblickten. Inés schloss die Augen und verdrängte die Welt um sich. Es spielte keine Rolle, dass der Blick von Dutzenden von Frauen auf ihnen lag. Es war egal, dass ihr das Herz bis zum Hals schlug und sie sich an keinen einzigen Tangoschritt erinnern konnte, und wen scherte es, was am nächsten Tag geschah. Jetzt stand sie mit Elena auf der Tanzfläche, Körper an Körper, und alles, was nicht geschehen durfte, war, dass Elena sie wieder losließ.

Elena setzte behutsam ihren linken Fuß vor, womit sie Inés einen Rückwärtsimpuls gab. In langen, weichen Schritten, mal in geöffneter, mal in geschlossener Tanzhaltung durchschritten sie zum langsamen Tempo von *Los Pajaros Perdidos* den Raum. Ihre Oberkörper verloren nie den Kontakt, und Elena verzichtete bis auf ein paar einfache Drehungen auf komplizierte Techniken. Die elegante Linie, die Elena vorgab, beruhigte Inés. In vollendeter Übereinstimmung glitten sie über das Parkett. Elena durchteilte mühelos das Meer der anderen Tanzenden für Inés und bot ihr den Platz für langgezogene *giros*. Als das Stück endete, war Inés völlig gelöst. Ungezwungen blieb sie an Elena gelehnt stehen und wartete auf die ersten Takte des folgenden Tangos. Mit akzentuierten festen Schritten rückwärts, bei denen sie Inés beinahe ungeduldig mit sich zog, interpretierte Elena die ersten Takte von *Amando a Buenos Aires.* Sie tanzten ein rastloses, fast aggressives Stakkato, mit kurzen schnellen *voleos,* wobei die Beine präzise wie Floretts die Luft durchschnitten. Elena führte Inés in eine endlos scheinende Folge von *molinetas,* während sie parallel zu ihr in knappen Chassé-Schritten lief und sie zu immer schnelleren Drehungen antrieb. Inés schwindelte, und Elena hielt sie für einige Momente, die Oberkörper aneinandergelehnt, fest. Sie verharrten und spürten den schnellen Atem der jeweils anderen. Inés' Hand lag in Elenas Nacken, ihre Köpfe berührten sich. Es fehlte nicht viel und Inés hätte mit der Zunge den salzigen Geschmack von Elenas Wange gekostet. Doch dann löste sie ihre Hand und ließ sie Elenas Rücken hinabgleiten bis zur Hüfte und gab ihr dann einen leichten Stoß, dem Elena mit einer Drehung fort von Inés folgte. In kleinen schnellen *ochos* vorwärts und rückwärts umtanzte Elena sie, wobei sie sich lediglich an einer Hand hielten. Die Musik wechselte in einen schnellen Zweivierteltakt. Ein alter Tango aus den vierziger Jahren erklang. Perfekt für einen Tanz im Canyengue-Stil. Elena ging leicht in die Knie und stellte sich neben Inés. Seite an Seite, den Arm um die Taille der anderen gelegt, die Schultern aneinandergelehnt, liefen sie mit leicht eingeknickten Knien in eiligen Schritten über das Parkett. Die Drehung am Ende einer jeden Bahn sprang Elena, so dass ihr Tanz beinahe an eine Polka erinnerte. Sie lachten sich ausgelassen an und suchten nach jeder Drehung die Augen der anderen.

Elena entging nicht, wie sehr Inés sich freute. Es war schön, sie so gelöst und fröhlich zu sehen. Aber der ständige Blickkontakt war dennoch schwer zu ertragen, zu viele Fragen lagen in Inés' Augen. Es gab eine wunderbare Möglichkeit, dem auszuweichen und Inés dennoch sehr nah zu sein. Sie glitt hinter Inés, ihre Vorderseite eng an Inés' Rücken geschmiegt, und führte sie von hinten, indem sie mit sanften Bewegungen ihr Becken oder ihre Schulter schob. Wie ein Schatten folgte sie ihr durch den Raum, ihre Blicke gingen in dieselbe Richtung. Elenas Rechte lag auf Inés' Bauch.

Inés nahm Elenas Nähe, die Hitze, die sie ausstrahlte, noch stärker wahr als zuvor. Eigentlich wünschte sie sich nur eines, aber dazu musste Elena die Initiative ergreifen – sie würde den Teufel tun.

Elena war benommen von Inés' Körper, doch die Leichtigkeit, mit der Inés auf diese ungewöhnliche Form der Führung reagierte, machte ihr noch mehr zu schaffen. *Tango al revés* war etwas, das für gewöhnlich Jahre gemeinsamer Tanzpraxis voraussetzte. Die Harmonie zwischen Inés und ihr war etwas, das sie so noch nie erlebt hatte. Im Bestreben, sich zu beweisen, dass ihre Übereinstimmung doch nicht so perfekt war, wie es schien, führte sie ihre Partnerin in immer kompliziertere Figuren, die für *Tango al revés* eigentlich unmöglich waren, doch nichts brachte Inés aus dem Takt.

Als um drei Uhr die Musik endete und das Chicas schloss, hatten sie mit einer kleinen Unterbrechung, um etwas zu trinken, durchgetanzt.

Inés betrat die Tanzschule von José und blieb auf der Schwelle zum Studio stehen. Ihr Herz machte einen Hüpfer beim Anblick von Elena, die mit einer Gruppe Jugendlicher sprach und ihren Worten mit wenigen, aber energischen

Gesten Nachdruck verlieh. Elena hatte ihr den Rücken zugewandt, und so konnte Inés nicht alles verstehen, was Elena erläuterte. Sie betrachtete die aufmerksamen Gesichter der Fünfzehn- bis Zwanzigjährigen und staunte nicht schlecht, als Elena am Mischpult einen Electrotango spielte, zu dem die Schülerinnen und Schüler erst in einer Gruppenformation tanzten, die wenig an Tango erinnerte, um dann plötzlich paarweise mit perfekten *cortes y quebradas* die Musik in beinahe klassischer Weise zu interpretieren. Elena ging von einem Paar zum anderen, erklärte etwas, führte eine Bewegung vor, lachte, lobte und ermutigte sie. Inés beobachtete, wie respektvoll die jungen Leute einander behandelten, und Elena brachten sie beinahe Ehrfurcht entgegen. Vielen war die unverhohlene Bewunderung für ihre Lehrerin anzusehen. Inés staunte zum wiederholten Mal über die Diskrepanz zwischen Elenas oft schroffer, abweisender Art und ihrem Charme, der sie ganz offensichtlich für viele Menschen unwiderstehlich machte. Während sie an den Abend zuvor im Chicas dachte, sah sie, wie Elena sich einen jungen Mann schnappte, in galant ein paar Takte durch den Raum wirbelte, um ihm zu zeigen, wie er seine Partnerin führen sollte, und ihn dann wieder seiner sichtlich begeisterten Tanzpartnerin übergab. Er wirkte ein wenig verlegen, jedoch nicht peinlich berührt, von einer Frau in dieser Weise geführt worden zu sein. Die Schülerinnen und Schüler tanzten weiter, und Elena ging zu ihrem Mischpult und rief in Richtung Tür: »Komm rein, Inés! Im Flur ist es auf die Dauer etwas ungemütlich!«

Sie war also längst entdeckt worden. Inés ging zu Elena hinüber. »Und ich dachte, du konzentrierst dich auf deinen Unterricht.«

»Natürlich, aber eine gute Tangotänzerin muss alles im

Blick haben. *¿Qué tal, Inés?*« Gutgelaunt küsste sie Inés auf beide Wangen und schaute ihr kurz, aber tief in die Augen.

Inés' Herz machte einen Sprung. »*Hola,* Elena, schön dich zu sehen.« Mehr brachte sie nicht hervor. Sie hatte in der vergangenen Nacht kaum ein Auge zugemacht, so aufgeregt war sie aus dem Chicas heimgekehrt. Ob es Elena auch so ergangen war? Hatte auch sie wachgelegen, allein und in Gedanken bei Inés? Sie hoffte es, und an Elena gewandt sagte sie: »Deine Schüler verehren dich, Elena, du bist eine mitreißende Lehrerin!«

»Das sollen sie auch, denn nur dann möchten sie auch mit mir lernen.«

Inés nickte. »Ich habe keinen Parkplatz gefunden und stehe im Halteverbot. Ich warte lieber im Auto auf dich. Wenn du fertig bist, können wir zu Jennifer aufbrechen.« Sie wusste, sie klang sehr sachlich – nichts als ein hilfloser Versuch, sich davor zu bewahren, Elena auf der Stelle zu küssen.

Jennifer Barclay hob zufrieden das Blatt in die Höhe. Gemeinsam mit Elena und Inés hatte sie die Liste vervollständigt, die sie auf Grundlage ihrer Telefonate mit ihren britischen Bekannten erstellt hatte. »Hier, meine Damen, vierunddreißig Bilder plus die vier Bilder aus Ihrem Besitz, Elena. Jedes Einzelne ist im Skizzenbuch wiederzufinden.«

Schweigend betrachteten die drei Frauen die Aufstellung. In chronologischer Reihenfolge war in der ersten Spalte das Entstehungsjahr und in der nächsten ein von ihnen formulierter Titel des jeweiligen Bildes angegeben. Es folgten Angaben, in wessen Besitz sich das Werk befand und an wievielter Stelle es im Skizzenbuch stand. Hinter den Bildern der Cubbers hatte Jennifer noch vermerkt: Alle Signaturen in rot.

»Was sagt uns die Liste nun?«, fragte Inés. »Was verraten uns die Gemälde noch?«

»Ist dir bei den Bildern von Jennifer nicht auch schon aufgefallen, dass mehrere Signaturen rot sind, Inés?«, fragte Elena. »Das schien dir doch unpassend zum Untergrund.«

Inés nickte. »Ja, es sieht zum Teil merkwürdig aus, wie eine Marotte. Der Farbunterschied ist zu krass.«

»Lassen Sie uns nach oben gehen, um sie uns anzuschauen. Vielleicht können wir ergründen, was es damit auf sich hat.« Kaum hatte Jennifer den Vorschlag gemacht und sich erhoben, um die Galerie hinaufzugehen, erklang das muntere Dudeln des Telefons. Jennifer nahm den Hörer und ging ins Nebenzimmer.

Inés wandte sich an Elena: »Welche Farben haben Marís Signaturen auf deinen Bildern?«

Elena überlegte einen Moment. »Ich weiß es nicht, aber sie springen nicht so ins Auge. Sie sind nicht rot, da bin ich mir sicher.«

Inés zog die Liste zu sich und studierte sie. Dann kam Jennifer wieder ins Zimmer und sagte: »Einen Augenblick bitte, Mrs. Gaunt, ich habe gerade eine Dame zu Besuch, die vermutlich eine Verwandte von Mateo ist. Wenn es Ihnen recht ist, gebe ich den Apparat an Señora Domínguez del Río.«

Freudig strahlend reichte sie Elena das Telefon. »Mrs. Gaunt, die Tochter von Colonel Daykins.« Sie ließ sich in den Korbsessel gegenüber sinken und schaute Elena erwartungsvoll an. Elena blickte völlig entgeistert drein und sagte dann, als ihr eine eifrig schnatternde Stimme entgegentönte und klarmachte, dass sich am anderen Ende jemand befand, schlicht »Hallo!« in die Muschel.

»Hallo, hallo!«, schallte es ihr entgegen. »Sie sind die junge Argentinierin, die sich auf die Suche nach Bildern ihrer Tante gemacht hat und nun auf die Werke dieses begabten Malers Mateo gestoßen ist. Das ist alles sehr aufregend! Mrs. Barclay hat mir alles erzählt. Wirklich, ich bin ganz aus dem Häuschen, wissen Sie, ich kannte Mateo persönlich. Als ich von meinem Vater erfuhr, dass sich Mrs. Barclay für die Bilder von Mateo, diesem göttlichen Künstler, interessiert«, fuhr die Stimme am anderen Ende ohne Punkt und Komma fort, »fühlte ich mich wieder zurückversetzt in die Zeit, als ich ein junges Mädchen war. Ach, und ich habe in der Hoffnung, nun nach all den Jahren doch noch ein Bild von Mateo erwerben zu können, angerufen, doch Mrs. Barclay sagte mir schon, dass leider keines zum Verkauf steht. Aber dass sich dafür die unerwartete Gelegenheit bietet, mit einer Verwandten zu sprechen, ist ganz außerordentlich, was sage ich: unfassbar! Erzählen Sie mir von Mateo, ich habe so wunderbare Erinnerungen an ihn!«

Elena räusperte sich und stand auf. Sie eine Verwandte Mateos? So hatte sie sich selbst noch nicht gesehen, aber die Frau hatte natürlich recht – waren Marí und Mateo Cousine und Cousin, war auch sie mit ihm verwandt. Der Gedanke war ihr noch nie gekommen und bereitete ihr Unbehagen.

»Also, ich kenne ihn nicht persönlich …«

»Oh, wie schade!«

Elena konnte förmlich hören, wie der Ballon, den Mrs. Gaunt mit rosaroten Erinnerungen angefüllt hatte, platzte.

»Und ich weiß nicht mit Sicherheit, ob ich mit Mateo Domínguez del Río verwandt bin …«

»Aber das müssen Sie sein! Sie tragen den gleichen Namen, und sicher war die junge Dame, die ich damals bei Mateo traf, Ihre Tante!«

»Was für eine junge Dame, die Sie bei Mateo trafen?«

»Ups, ich rede wieder mal viel zuviel und alles durcheinander. Jonathan, mein Mann, sagt immer: ›eines nach dem anderen, Liebes‹. Wie recht er hat, aber ich muss immer alles auf einmal loswerden. Also, Mrs. Barclay erzählte mir, Sie seien die Nichte einer Malerin, die gleichzeitig die Cousine von Mateo ist. Ich nahm also an, dass auch Sie mit Mateo verwandt sind!«

»Ja, sicher … Bitte erzählen Sie mir von dieser jungen Frau … meiner Tante, meine ich, die damals bei Mateo zu Besuch war.«

»Oh, ich war schrecklich eifersüchtig auf diese Frau. Sie sah umwerfend aus. Fabelhaft. Und sie war älter als ich, wahrscheinlich in Mateos Alter. Ohne dass sie etwas dazu tat, gab sie mir das Gefühl, ein kleines Mädchen zu sein – und um die Wahrheit zu sagen, ich war es auch. Egal. Eines Tages ging ich in all meiner Verliebtheit zu Mateo ins Atelier, und da war auch sie. Er hatte seine Wohnung direkt über dem Atelier – nicht dass ich sie jemals betreten hätte … Ich kam gegen Mittag, und als ich gerade ins Atelier trat, kam eine bildschöne Frau voller Grazie die Treppe herunter. Ich habe es noch genau vor Augen, sie hatte eine dieser elegant geschnittenen Marlene-Dietrich-Hosen an – recht ungewöhnlich im Spanien der sechziger Jahre. Wir trugen alle Kleider oder Röcke, Petticoat, Pepita-Muster, das war die Mode damals. Daheim in England konnte man häufiger Frauen in Hosen sehen, aber in Spanien …? Das war eine kleine Sensation! Es galt als undamenhaft und war regelrecht verpönt, doch ich versichere Ihnen, diese Frau hätte nicht damenhafter aussehen können. Ihr Haar war kurzgeschnitten, ein Pagenkopf. Sie trug schlichte Perlenohrringe und eine dazu passende Kette sowie eine leichte Bluse in irgendeiner hellen Farbe. Als sie die Treppe herunterkam, zeigte sie die Anmut einer Königin. Ach, was schwärme ich heute – damals war ich ins Mark getroffen. Mateo hatte mir das eine oder andere Kompliment gemacht. Ich bildete mir ein, er erwidere meine Gefühle. Wie dumm von mir. Er umgarnte einen naiven Backfisch, um seine Bilder zu verkaufen. Mein Vater hat das immer gesagt. Ich wollte es damals nicht wahrhaben, doch natürlich war es so. Also fragte ich Mateo rundheraus, wer diese Frau sei, und er antwortete, seine Cousine. Nur das, ohne weitere Erklärung. Ich glaubte ihm kein Wort und machte auf dem Absatz kehrt. Was war ich für eine dumme Gans!«

Elena schritt in Jennifers Salon auf und ab. »Wissen Sie noch, wann das in etwa war, als sie diese Frau gesehen haben?«, fragte sie, ihre Aufregung mühsam zügelnd.

»Oh, lassen Sie mich überlegen … Das war der Sommer, bevor mein lieber Bruder William heiratete … Es war übrigens das letzte Mal, dass ich bei Mateo gewesen bin. Sie können sich nicht vorstellen, wie ich für diesen Mann geschwärmt habe! Und seine Kunst – ich war verzaubert von den farbenfrohen Gemälden …«

»Bitte, Mrs. Gaunt, versuchen Sie sich zu erinnern, welcher Sommer es war. Es ist von großer Wichtigkeit für mich.«

»Also, meine Liebe, natürlich will ich Ihnen helfen. Lassen Sie mich nachdenken. Margret heiratete 1958, Paul 1959, dann hat William Ende 1963 geheiratet, die süße Mary, meine Schwägerin. Ja, es war 1963, ich bin ganz sicher.«

Elena war bemüht, ihre Ungeduld aus ihrer Stimme zu verbannen, als sie fragte: »Und Sie sind sich auch ganz sicher, dass Mateo von seiner Cousine gesprochen hat, als Sie ihn nach der jungen Frau fragten?«

»Aber gewiss, meine Liebe, tage-, ach was, wochenlang habe ich mich über diesen Satz aufgeregt und mir die Augen ausgeheult. Ich hielt es für eine plumpe Lüge. Ich war sicher, er hätte ein Verhältnis mit ihr. Doch heute frage ich mich, wieso ich diese Erklärung, sofern man überhaupt davon sprechen kann, dass er mir eine Erklärung schuldig war, nicht akzeptieren mochte. Hätte ich die Dame als Cousine wahrgenommen, hätte ich mich weiter meinen Träumen hingeben können. Doch ich sah sie nur als Rivalin, ich Dummchen.«

Elena dachte über das Gehörte nach. Diese redselige Mrs. Gaunt war einer der wenigen Menschen, der ihr von Marí zu berichten wusste und wenn es nur die Art war, wie sie eine Treppe hinabgestiegen war. Sie fragte: »Haben Sie mit meiner Tante gesprochen?«

»Oh, ich hatte gehofft, diesen Teil der Geschichte ausklammern zu können, denn ich habe mich nicht gerade mit Ruhm bekleckert.« Sie lachte wie eine kleine Ziege ins Telefon. »Aber was soll's, es ist ja nun schon ewig her. Als sie so herabstieg, sah sie mich, wie ich mit offenem Mund am Fuße der Treppe stand und zu ihr hinaufstarrte. Sie fragte mich freundlich, ob sie mir helfen könne. Ich muss sie eine Weile angestarrt haben, ohne zu antworten, und so wiederholte sie ihre Frage höflich noch einmal. Ich zischte nur: ›Nein!‹, drehte mich um und rauschte zornig in den hinteren Teil des Ateliers, wo ich Mateo gleich mit der Frage bombardierte, wer diese Frau sei. Den Rest kennen Sie. Mehr weiß ich Ihnen nicht zu berichten.«

»Das war sehr viel, Mrs. Gaunt. Ich danke Ihnen … wirklich … ich …«

»Oh, keine Ursache, meine Liebe, keine Ursache, es bewegt mich alles sehr – die bittersüßen Erinnerungen an die aufregendsten Tage meiner längst vergangenen Jugend. Wenn Sie mir bitte noch einmal Mrs. Barclay geben? Das wäre sehr liebenswürdig.«

»Selbstverständlich, einen Augenblick bitte! Oh, dabei fällt mir ein, kennen Sie eventuell noch weitere Käufer von Mateos Bildern?«

»Nun, auf Anhieb fällt mir niemand ein, aber vielleicht sollte ich gemeinsam mit Mrs. Barclay mein Gedächtnis ein wenig auffrischen, denn ich weiß, es gab einige Mitglieder des Britischen Clubs, die Bilder von ihm gekauft haben. Geben Sie mir doch bitte Mrs. Barclay – und viel Erfolg bei Ihrer weiteren Suche, *adiós*, Señora Domiguez del Río.«

»*Adiós y muchas gracias.*«

Elena reichte den Hörer zurück und ging zu Inés hinüber, um ihr von dem Gespräch zu berichten. Als sie geendet hatte, lachte Inés sie zufrieden an.

»So fügen sich die Puzzlestücke ineinander. Endlich haben wir unsere Theorie bestätigt bekommen, dass Marí und Mateo Cousine und Cousin gewesen sind! Das ist doch irre!«

»Ja, und wie Mrs. Gaunt richtig festgestellt hat, bin ich auch mit diesem Mateo verwandt.«

»Das war doch klar!«

»Ah ja, die Ahnenforscherin … Dieses pikante Detail hast du mir bei deiner Aufstellung verschwiegen. Aber ich hätte ja auch selbst darauf kommen können – doch der Gedanke, mit diesem Mateo verwandt zu sein, war mir offenbar irgendwie nicht angenehm.«

»Das Gute ist, wir wissen jetzt, dass die beiden in Kontakt miteinander standen und Marí tatsächlich hier in Las Palmas war.«

»Ja. Doch wie war dieser Kontakt? Freundschaftlich? Familiär?«, fragte Elena spitz. »Oder haben sie sich als Konkurrenten gesehen, da sie beide Künstler waren? Wir wissen es nicht, aber glücklich kann der Aufenthalt hier Marí nicht gemacht haben. Erinnere dich: 1963 endet das erste Skizzenbuch, und das zweite, das mit den traurigen, finsteren Bildern beginnt. Sie hat keine gute Zeit hier gehabt, das ist sicher!«

Inés nickte nur. Die Zeit, die Marí in Las Palmas verbracht hatte, hatte ihr kein Glück gebracht.

Jennifer kehrte in den Salon zurück. »Oje, Mrs. Gaunt ist völlig aus dem Häuschen. Sie hatte sich nach all den Jahren tatsächlich Hoffnung gemacht, noch ein Bild von Mateo kaufen zu können. Nun, ich möchte meine Bilder auf keinen Fall verkaufen, aber wir sind gemeinsam auf ein paar weitere potenzielle Besitzer von Mateos Gemälden gekommen. Ich werde bei den Familien nachhaken. Sie leben alle mittlerweile wieder in England.« Sie warf einen Blick auf ihre Armbanduhr. »Was mich wundert, ist, dass Señora Nuñez noch nicht eingetroffen ist … Wie sieht es denn mit der Liste aus, haben Sie noch etwas hinzugefügt?«

»Nein, nichts Neues«, antwortete Inés. Und so servierte Jennifer Barclay Kaffee und Kuchen, und schließlich traf Esperanza ein, die sich wortreich für ihre Verspätung entschuldigte. Elena und Esperanza begrüßten sich höflich, doch verhalten. Sie maßen einander diskret mit gelegentlichen Blicken. Jennifer berichtete Esperanza vom Anruf Monica Gaunts, und Inés reichte ihr die Liste.

»Wir haben alles, was wir über die Bilder wissen, hier zusammengefasst. Die Auflistung ist chronologisch, mit den ältesten Bilder beginnend.«

Esperanza studierte die Liste aufmerksam. »Vier Bilder sind in Ihrem Besitz, Elena. Es sind die einzigen, die von Ihrer Tante signiert wurden. Gleichzeitig gehören sie zu den ältesten der uns bekannten Werke.« Grübelnd betrachtete sie die Liste. »Was meinen Sie mit der Spalte ›Farbe‹?«

»Die Farbe, in der die Bilder signiert wurden«, antwortete Jennifer Barclay.

»Ist daran irgendetwas Bemerkenswertes?«

»Ein nicht unerheblicher Teil der Bilder ist in leuchtendem Rot signiert, das fast bissig wirkt, so krass hebt es sich vom Untergrund ab. Die übrigen Bilder sind in ganz verschiedenen Farben signiert. Dabei wirkt die Farbe eher auf den Untergrund abgestimmt.« Inés hielt inne. »Vielleicht hat es nichts zu bedeuten, aber es fiel uns auf. Und nicht nur uns. Mrs. Barclay hatte mit Mr. Cubbers telefoniert, und ohne dass sie ihn danach fragte, wies er darauf hin, dass alle Signaturen in rot gehalten seien. Aber das mag Zufall sein.«

»Für gewöhnlich gibt es keine Zufälle«, murmelte Esperanza. »Es sind vor allem die jüngeren Bilder, die diese rote Signatur aufweisen, wie ich Ihrer Aufstellung entnehme.«

»Einige der in meinem Besitz befindlichen Bilder haben auch diese rote Signatur, Señora Nuñez. Wollen Sie sie sich vielleicht noch einmal ansehen?«

»Oh, unbedingt. Ich würde dabei auch gerne einen Blick in das Skizzenbuch werfen«, sagte sie an Elena gewandt. »Haben Sie vielleicht auch die Bilder, die Sie besitzen, hier?«

»Alles ist hier«, antwortete Jennifer. »Lassen Sie uns hinaufgehen und dort alles betrachten.«

»Übrigens«, warf Elena ein, »meine von Marí signierten Bilder haben ganz normale Signaturen.«

Jennifer führte ihre Gäste zur Galerie, und Inés gab Esperanza das Skizzenbuch. Esperanza betrachtete die Bilder auf der Galerie, eines nach dem anderen, suchte die dazu passenden Entwürfe im Skizzenbuch und warf gelegentlich einen Blick auf die Liste. Die anderen drei Frauen schwiegen und beobachteten die konzentrierte Kunstexpertin voller Spannung. Nach einer kleinen Ewigkeit wandte sich Esperanza den Frauen zu.

»Eines möchte ich ganz klar sagen: Ich habe überhaupt keinen Zweifel, dass alle Gemälde, einschließlich der Entwürfe im Skizzenbuch, von ein und demselben Künstler stammen – oder ein und derselben Künstlerin.« Sie machte eine Pause, in der die anderen nicht zu atmen wagten. »Wer auch immer es nun ist, bleibt offen, aber ich kann mich des Gefühls nicht erwehren, dass diese roten Signaturen etwas zu bedeuten haben. So etwas habe ich noch nie gesehen. Als ich mir bei den Vorbereitungen zur Ausstellung Ihre Bilder angeschaut habe, Mrs. Barclay, habe ich nur auf die Motive und den künstlerischen Ausdruck geachtet, nicht auf die Art, wie sie signiert sind. Aber aus meiner Erfahrung kann ich Ihnen versichern, dass die Signatur für gewöhnlich auf den Untergrund abgestimmt ist. Manche Künstler achten durch die Farbgebung mehr als andere darauf, dass die Signaturen deutlich erkennbar sind, doch alle stimmen die Farbe mit denen des Bildes ab. Dieses Rot schafft einen zu auffälligen Kontrast. Es schreit mich förmlich an, ja ich fühle mich regelrecht angegriffen von dieser Farbe. Sie hat etwas zu bedeuten, da bin ich mir ganz sicher.« Sie zögerte einen Augenblick, dann fügte sie an: »Letztlich sind die Signaturen der springende Punkt in diesem verwirrenden Fall. Sie, Elena, meinten ja schon auf der Vernissage, dass die Signatur von Mateo falsch sei. Ich frage mich allmählich wirklich, ob es nicht genau so ist.«

Niemand sagte etwas. Inés blickte Elena an, deren Körperhaltung sich deutlich entspannt hatte und die nun lässig am Geländer der Galerie lehnte, als ginge sie das alles nur am Rande an. Dann schaute sie zu Jennifer hinüber, deren

sehr aufrechte Haltung und die angespannte Halsmusku-
latur genau das Gegenteil vermittelten. Die eine sieht ihre
Felle fortschwimmen, und die andere bekommt Auftrieb,
dachte sie. Esperanza schritt die Treppe herab, und die übrigen Frauen folgten ihr.

»Ich habe in den letzten Tagen recherchiert und keinen
Maler namens Mateo ausfindig machen können. Niemand
in der hiesigen Kunstszene kennt ihn. Nicht einmal Pimpina«, fügte sie an Inés gewandt hinzu. »Dabei haben wir
Kenntnis von insgesamt zweiunddreißig Bildern, die von
ihm stammen. Das ist kurios. Nein, das ist unmöglich auf
dieser Insel mit ihrem überschaubaren kulturinteressierten
Publikum und den wenigen Künstlern, die hier leben. Ich
versichere Ihnen, ich habe mir die Hacken abgerannt, um
irgendjemanden ausfindig zu machen, dem ein Mateo,
Maler aus Las Palmas, ein Begriff ist. Niemand, niemand
außer den Mitgliedern des britischen Clubs kennt diesen
Mateo.« Esperanza machte eine kleine Pause. »Ich frage
mich also, ob diese Bilder nicht tatsächlich *nicht* von Mateo
sind, so wie Sie behaupten, Elena«, alle hielten den Atem an,
»sondern von Ihrer Tante Marí stammen – die allerdings
hier auch niemand kennt. Auch nach ihr habe ich mich erkundigt.«

»Und was veranlasst Sie nun, dazu zu tendieren, die Bilder Elenas Tante zuzuschreiben, obwohl weder sie noch
Mateo bei den Einheimischen bekannt sind?«, hakte Jennifer Barclay sachlich nach, wobei in ihrer Stimme ein Hauch
von Unwille mitschwang.

»Die Existenz des Skizzenbuches«, sagte Esperanza
schlicht, »und ein vages Bauchgefühl«, fügte sie verlegen lächelnd hinzu. »Die Entwürfe sind der Ursprung dieser Bilder – sie stammen von Marí. Den Entwürfen sind die aus-

gearbeiteten Ölbilder gefolgt. Vier von Marí signierte haben wir hier. Sie gehören zu den ältesten Bildern aus den frühen fünfziger Jahren. Und ich sage Ihnen eines: Bilder sind schon oft gefälscht und kopiert worden, aber Entwürfe?«

Jennifer sog scharf die Luft ein, und Inés blickte zu Elena. Elena bemerkte ihren Blick nicht. Inés wandte sich an Esperanza.

»Willst du damit sagen, bei den mit ›Mateo‹ signierten Bildern handelt es sich um Fälschungen?«

»Es wäre möglich. Dann wären es sehr gute Fälschungen. Aber für gewöhnlich fälscht man ein Original. Wir kennen nur jeweils eine Fassung eines jeden Bildes.«

»Könnte Mateo nicht die Entwürfe aus dem Skizzenbuch als Vorlage für seine Bilder genutzt haben?«, warf Inés ein.

»Ja, auch das wäre eine Möglichkeit, aber ich halte sie für sehr unwahrscheinlich, denn ich bin sicher, alle Ölbilder sind von der gleichen Hand gemalt. Es ist nahezu unmöglich, Technik und Charakter von Marís Ölbildern so außerordentlich authentisch auf seine nach Vorlage des Skizzenbuches gemalten Bilder zu übertragen. Ich denke an eine weitere, viel einfachere Möglichkeit.«

»Und die wäre?«, fragte Elena.

»Er hat nur die Signatur gefälscht, in dem er seine über Marís setzte.«

Der Satz hing im Raum. Die Frauen starrten Esperanza an.

»Eine Fälschung des Künstlernamens ist keine Seltenheit in der Kunstgeschichte. Das hat es häufiger gegeben. Der Drang, sich mit fremden Federn zu schmücken, ist nun wirklich nichts Ungewöhnliches.« Esperanza blickte in die Runde. Die Gesichter der anderen Frauen spiegelten die verschiedensten Emotionen wider. »Es ist nur eine Hypothese. Ich weiß nicht, ob sie stimmt. Doch es muss etwas auf sich haben mit den Signaturen. Dieses Rot ist zu merk-würdig.«

»Aber angenommen, diese Theorie stimmt. Warum sollte Mateo mit der Wahl dieser extremen Farbe auf die Signatur aufmerksam machen und irgendwann vielleicht, wie jetzt, jemanden misstrauisch werden lassen?«, wandte Jennifer ein.

»Ich weiß es nicht. Ich habe bislang keine rationale Erklärung dafür, aber es gibt eine relativ einfache Möglichkeit herauszufinden, ob sich unter Mateos Signatur eine weitere befindet.«

»Wie kann man das herausfinden, ohne das Bild zu beschädigen?«, fragte Jennifer.

»Eine Durchleuchtung mit Infrarotlicht. Diese Methode, die Infrarot-Reflektografie, wird benutzt, um Fälschern auf die Spur zu kommen. Alles, was unter den sichtbaren Farbschichten verborgen liegt, kann mit Hilfe dieser Untersuchung sichtbar gemacht werden, ohne dem Gemälde zu schaden. Hat ein Fälscher sich zum Beispiel ein Raster vorgezeichnet, wird dies mit dem langwelligen Licht offenbart. Gleiches gilt für eine ursprüngliche Signatur.«

»Deine Idee, dass sich unter der einen Signatur eine weitere befinden könnte, ist so banal wie genial. Wo könnte man diese Untersuchung vornehmen lassen?«, fragte Inés, die die Bilder am liebsten auf der Stelle durchleuchtet hätte.

»Nicht hier bei uns. Wir müssten die Bilder aufs Festland, bringen. Der Prado in Madrid verfügt als großes Museum über entsprechende Geräte, aber auch die Kriminalpolizei. Ich werde mich darum bemühen, wenn Sie beide mir ein Bild von Marí sowie zwei oder drei von Mateo anvertrauen.«

Elena und Jennifer schauten sich an. Elena antwortete als Erste: »Natürlich bin ich dazu bereit!«

Jennifer schloss sich ihr an. »Ich selbstverständlich auch. Wie lange, denken Sie, braucht solch eine Untersuchung?«

»Das kann ich nicht sagen. Gleich morgen werde ich mich um einen Untersuchungstermin bemühen und alles Nötige veranlassen.«

»Ich kann das immer noch nicht fassen«, sagte Jennifer Barclay. »Wenn Sie recht haben mit Ihrer Theorie, dann hieße das, dass Mateo wahrscheinlich überhaupt kein Künstler war, sondern ein Betrüger, der die Bilder eines anderen Menschen als seine eigenen ausgab und verkaufte. Denke ich an sein Atelier, an all die Leinwände, den Geruch nach Farbe, so kann ich mir das schwer vorstellen, doch ich möchte, dass wir uns Gewissheit verschaffen. Ebenso wie Sie, Elena, wünsche auch ich mir eine endgültige Klärung der Angelegenheit. Die Untersuchung wird die Wahrheit zu Tage fördern. Davon bin ich überzeugt.«

Buenos Aires, im Januar 1963

Die Vorbereitungen für den Empfang liefen auf Hochtouren. Marí hasste die geschäftige Atmosphäre, die Oswaldos und Rosalias Haushalt bis hin zum Zimmermädchen jedes Mal erfasste, wenn gesellschaftliche Repräsentation anstand. Sie hasste es, weil Rosa dann wochenlang nur das Großereignis im Kopf zu haben schien und weil es sie, Marí, wie kaum etwas anderes ausschloss aus der Welt von Rosalia und Oswaldo. Es gab keinen legitimen Platz für sie an Rosalias Seite, die vor den Gästen ihren Pflichten als Ehefrau in höchster Vollendung nachkam und mit unglaublich leichter Hand eine Bühne für Oswaldos Selbstinszenierung als Gastgeber und Hausherr schuf. Teil dieser Bühne bildete der Garten, den die Gäste nach dem Abendessen in der lauen Sommernacht aufsuchen konnten und der zu diesem Zweck in ein Meer von Lichtern getaucht werden sollte. Marí hatte Rosalia versprochen, die Installation der Lichterketten durch die beiden Gärtner zu überwachen und auf eine geschickte Verteilung zu achten. Sie zerrte ärgerlich an einer der Ketten, die sich im Karton verhakt hatte, und fragte sich, wie sie mitten am Tage bei hellstem Sonnenschein die nächtliche Wirkung voraussehen sollte. Sie war außerdem weiß Gott nicht in der Stimmung, sich die romantische Wirkung der Lichter in einer lauschigen Sommernacht und ihre Spiegelung im Wasserbecken auszumalen. Eine Nacht, die der verfluchten feinen Gesellschaft von Buenos Aires gehörte. Ein weiterer Akt in dem heuchlerischen Theaterstück mit dem alleinigen Ziel, Oswaldos Position nach seinem unlängst erfolgten Aufstieg zum Secretario de Estado im Wirtschaftsministerium zu festigen. Tomás, der ältere der beiden Gärtner, stand neben ihr und schaute geduldig zu, wie sie verbissen mit der Kette rang. Nach einer Weile erlaubte er sich respektvoll zu bemerken: »Señorita Marí, es wäre einfacher, wenn wir den Karton auch seitlich öffnen und die Lampen mitsamt der Palette herausnehmen.«

Marí blickte auf. Sie hatte Tomás zuvor nicht bemerkt. Sie blickte in seine sanften blauen Augen und seufzte: »Sí, Tomás, Sie haben recht, ich bin zu ungeschickt.«

»*Pero no,* Sie sind sehr geschickt darin, den richtigen Platz für die Lichterketten zu finden. Morgen Abend wird alles wundervoll aussehen. Sie sind Doña Rosalia eine wahre Freundin, wie Sie sie bei den Vorbereitungen unterstützen … Glauben Sie mir, sie ist immer froh, wenn alles perfekt vorbereitet ist.«

Er sagte es arglos, mit aller aufmunternden Freundlichkeit, die seinem ausgeglichenen Wesen eigen war, doch Marí vermied es, ihm in die Augen zu schauen. Sie ahnte, dass er nicht verstehen würde, was er darin läse. Sie nickte nur und sagte, während sie sich mit der Lichterkette umdrehte: »Ich schaue mal, ob sich diese drüben am Eingang des Pavillons gut macht.«

»*Sí, sí,* schauen Sie, Señorita. Victorio kann mir beim Auspacken helfen.«

Er winkte seinen jüngeren Kollegen herbei, der schamlos mit dem Hausmädchen flirtete, das die Fliesen um das Wasserbecken schrubbte.

Marí flüchtete zum Pavillon. Sie mochte Tomás, er gehörte schon ewig zum Personal. Nicht zum ersten Mal fragte sie sich, was die Angestellten wohl von ihr als »Freundin« der Hausherrin, mit eigenem Zimmer und Bad neben Rosalias Gemächern, dachten. Sie lebte die halbe Zeit hier und war häufiger an der Seite Rosalias zu sehen als Oswaldo. Sie lief um das Becken herum und blickte zu Victorio hin-

über, der die Augen auf das Dekolleté des Mädchens geheftet hatte. Als Marí vorbeieilte, schaute er auf, ohne rot zu
werden und starrte sie, wie ihr schien, herausfordernd an.
Sie beachtete ihn nicht groß und stürmte weiter zum Pavillon. Mit zügigen Schritten umkreiste sie ihn mehrmals
in unterschiedlichen Abständen, prüfte Entfernung und
Blickachse zur Villa und zum Wasserbecken und blieb
schließlich vor dem Eingang stehen, um nach einer geeig-
neten Stelle für die Befestigung der Lichterkette Ausschau
zu halten. Sie starrte das weiß-grün lackierte Metall und
die leuchtend gelb rankenden Kletterrosen an und vergaß
für einen Moment, was sie hierhergeführt hatte. Der Duft
der Rosen und das Farbspiel nahmen sie gefangen, und so
hörte sie Rosalias Schritte nicht.

»*Cariño,* hier bist du!«

Marí fuhr herum.

»Entschuldige, ich wollte dich nicht erschrecken.« Sanft
fasste Rosalia nach ihrem Arm. »Du wirktest so versonnen.«

»Macht nichts. Wie kannst du das von hinten sehen?«

Rosalia hob leicht die linke Braue. »Du bist mir zu vertraut, als dass ich das nicht auch an deinem Rücken und
deinem hübschen Nacken erkennen könnte, Marí.«

Marí seufzte. Die Art, wie Rosalias kluge, schöne Augen
über ihr Gesicht glitten, den Anklang eines spöttischen Lächelns auf den Lippen, löste auch nach all den Jahren ein
Kribbeln in ihrem Bauch aus. Doch jetzt war ein schlechter
Zeitpunkt, dem nachzugeben und Rosa in die Arme zu
schließen. Und bei dem Gedanken an den Grund für all die
emsige Betriebsamkeit um sie herum, verfinsterte sich ihr
Gesicht. Wie es nicht anders sein konnte, blieb auch dies
Rosalia nicht verborgen, und ihr zuvor zärtlicher Blick ver-
wandelte sich in einen fragenden.

»Ich überlege, wie man die Lichterketten am geschicktesten am Pavillon anbringen kann«, erklärte Marí.

»Und das macht dich so ärgerlich?« Rosalia forschte in Marís Gesicht, die sich zu spät abwandte, als dass Rosalia nicht noch den Grund für ihren Ärger darin gelesen hätte: die alte Geschichte – Marís Zorn auf Rosalias Pflichten gegenüber Oswaldo. Rosalia sackte innerlich zusammen. Nicht einmal Marí, die mit dem Rücken zu ihr stand und die Metallkonstruktion betrachtete, hätte die Last bemerkt, die an ihr zog. Rosalia war eine Meisterin darin, die Fassade aufrechtzuerhalten. Jetzt war kein günstiger Zeitpunkt, das Thema zu erörtern. Sie brauchten mehr Zeit miteinander, beschloss Rosalia. Die letzten Wochen waren hektisch gewesen. Sie hatte mit Oswaldo eine endlose Kette von Einladungen annehmen müssen und war dann mit der Vorbereitung dieses Empfangs beschäftigt gewesen. Vor Oswaldos Beförderung war Marí einige Zeit in ihr Atelier in Palermo Viejo abgetaucht, um eine Reihe farbenfroher Bilder mit Szenen aus San Telmo und La Boca fertigzustellen. Rosalia hatte einige davon noch nicht vollendet gesehen und schämte sich dafür.

»Wenn wir das übermorgen hinter uns haben, möchte ich für ein paar Tage zu dir kommen. Was meinst du? Mercedes kann die Aufräumarbeiten ohne mich beaufsichtigen, und ein Tapetenwechsel täte mir gut nach all dem Trubel hier.«

Marí nickte. »*Sí, mi amor,* komm ein paar Tage zu mir.« Sie lächelte, dann wurde sie wieder ernst. »Rosa? Ich werde nicht dabeisein morgen Abend.«

Rosalia blickte sie an: »Ich hätte dich so gerne an meiner Seite gehabt, Marí. Es beruhigt mich, wenn du da bist ...«

Marí vermied es, ihr in die Augen zu schauen. Sie mochte den Schmerz und die Zerrissenheit, die darin lagen, nicht mehr sehen. Was taten sie einander nur an? Oder besser: Was taten sie beide um Oswaldos Willen? Stattdessen sagte sie: »Es ist er, den du an deiner Seite haben wirst, Rosa – so erwarten es die Gäste schließlich auch.« Und zögernd fügte sie hinzu: »Du drehst dich um ihn, und ich drehe mich um dich und ...«

Rosalia schloss einen Moment die Augen. Und sie drehten sich miteinander im ewigen Kreis der ausgesprochenen und unausgesprochenen Vorwürfe.

»Ich liebe dich!«, sagte sie schlicht und suchte Marís Augen.

»Ich liebe dich!«, antwortete Marí und wurde ruhig.

Rosalia hatte sich von ihrem Fahrer an der Avenida Santa Fe auf Höhe des Botanischen Gartens absetzen lassen. Es war noch früh, und die Frische des anbrechenden Tages mit dem feuchten erdigen Geruch des Gartens ließ sie beschwingt ausschreiten. Der Empfang war vorbei, und sie konnte sich rühmen, einen weiteren gesellschaftlichen Meilenstein für Oswaldo gelegt zu haben. Sie hatte nur zwei, drei Stunden geschlafen. Die Vorfreude auf einige zwanglose Tage bei Marí hatte mehr Schlaf überflüssig gemacht. So hatte sie eilig ein paar Sachen in eine Tasche gepackt und sich zu einem schnellen Tee auf die Veranda gesetzt. Oswaldo, ein notorischer Frühaufsteher, hatte sich kurz zu ihr gesellt, um ihr für die Ausrichtung des Empfangs zu danken. Er hatte ihr aufrichtig schöne Tage bei Marí gewünscht und sie auf beide Wangen geküsst. Es hätte der Auftakt eines perfekten Tages werden können, wenn er sich nicht noch bemüßigt gefühlt hätte, darauf hinzuweisen, dass sein neues Amt noch mehr im Zentrum der öffentlichen Aufmerksamkeit stehe und folglich noch mehr Vorsicht hinsichtlich des wahren Charakters ihrer Beziehung geboten sei. Sie kannte seine Ermahnungen – sie erfolgten regelmäßig in ihren Gesprächen über seine Pflichten und sein berufliches Fortkommen. Sie beruhigte ihn jedes Mal, versicherte ihm ihre und Marís Diskretion und vergaß es wieder. Doch an diesem Morgen hatte er sie eindringlich gebeten, auch mit Marí darüber zu sprechen – das war lange nicht vorgekommen. Rosalia wusste, dass Oswaldo ihre Geliebte für den schwachen Punkt in ihrem Arrangement hielt. Er schätzte Marí sehr und brachte ihr, wenn sie bei ihnen im Haus weilte, ebensoviel Aufmerksamkeit wie Wärme entgegen, doch er fürchtete ihr aufbrausendes Temperament, das eine Gefahr für ihre gemeinsame Tarnung darstellte. Er hatte Marís zunehmende Unruhe in den letzten Jahren erfasst, hatte gespürt, dass sie unglücklich war. Oswaldo war ein sensibler Mann, und Rosalia wusste, dass er ihnen beiden, Marí und ihr, von Herzen das Beste wünschte. Er ahnte nicht, welch hohen Preis Marí wirklich für sie drei zahlte. Rosalia hatte Marí beschworen, Oswaldo gegenüber keine Silbe über Mateo verlauten zu lassen. Er würde in Panik geraten und Marí möglicherweise aus dem Haus weisen oder ihnen sonstige unerträgliche Einschränkungen auferlegen. Und so schwiegen sie beide seit nunmehr fast fünf Jahren eisern.

Rosalia verdrängte den Gedanken. Vor ihr lagen einige köstliche Tage mit Marí, die sie unbeschwert genießen wollte. Nur sie beide. Kein Oswaldo, keine Gäste und kein Personal. Marís Zugehfrau, die einmal in der Woche kam, musste am Tag zuvor dagewesen sein, überlegte Rosalia. Sie beschleunigte ihren Schritt. Das Tempo lag an der Grenze dessen, was als damenhaft galt, doch als Dame hätte sie ohnehin ihr Mädchen in die *panadería* schicken müssen, die sie nun selbst betrat.

Mit frischem Brot und Gebäck versehen setzte sie, ihre große Tasche mühelos tragend, den Weg zu Marís Wohnung fort. Sie kicherte glücklich in sich hinein, als sie die Stufen hochstieg und ein wenig atemlos an Marís Tür klingelte.

Marí öffnete umgehend, und ihr Herz lief über vor Liebe, als sie die rotwangige bepackte Rosa mit ihren leuchtenden Augen sah. Sie zog sie in die Wohnung und schloss sie in die Arme, küsste sie sanft und rieb ihre Nase an Rosalias nach der Frische des Morgens duftenden Wange.

»Zeit für ein zweites Frühstück«, sagte Rosalia und hob die Tüte mit dem Brot hoch.

»Zweites Frühstück? Ich hatte gerade mal einen Kaffee, weiter nichts. Her damit! Was hast du uns mitgebracht?«

Gemeinsam betraten sie die Küche, und Marí setzte frischen Kaffee auf, während Rosalia das Gebäck auf einem Teller arrangierte und das Brot schnitt. Sie schwiegen und setzten sich an den Tisch am Fenster, auf den das Licht der aufsteigenden Sonne fiel. Marí schenkte Rosa ein, die ein Stück Brot mit Butter bestrich und genüsslich in die knusprige, noch warme Schnitte biss. Immer noch wortlos blickten sie einander über ihre Kaffeetassen hinweg an. Marí blies auf das heiße starke Gebräu und lächelte ihre Liebste versonnen an.

Unter ihrem Blick fühlte sich Rosalia zwanzig Jahre jünger, und betont beiläufig fragte sie: »Und – was machen wir heute?«

Marís glückliches Lächeln dehnte sich aus. »Weiß nicht ... Was möchtest du?«

»Vielleicht bleiben wir einfach erstmal hier ...«

Trotz der Anstrengung in den letzten Wochen schien Rosa voller Energie, und Marí fragte spitzbübisch: »Hier in der Küche – die ganze Zeit?«

»Es sollte schon ein etwas bequemerer Ort sein als zwei harte Küchenstühle, findest du nicht?«, entgegnete Rosalia sachlich und zog Marí vom Stuhl.

Sie verbrachten die Tage in glücklicher Zweisamkeit. Sie gingen kaum aus, lediglich um im Botanischen Garten oder im Parque Las Heras spazieren zu gehen oder frische Lebensmittel von Marktleuten und fliegenden Händlern zu kaufen, um anschließend gemeinsam köstliche Speisen zuzubereiten. Marí porträtierte Rosa in schnellen Bleistiftzeichnungen beim Kartoffelschälen, über die Zeitung gebeugt oder träge wie eine Katze auf dem Sofa ausgestreckt.

Am Ende des dritten Tages sagte Rosalia: »Wir waren noch gar nicht in deinem Atelier. Ich habe die letzten Bilder aus San Telmo und La Boca noch nicht gesehen. Wollen wir nicht hinübergehen und du zeigst sie mir?«

Marí zögerte einen Augenblick. Natürlich wollte sie Rosa die Bilder zeigen, aber dann würde sie auch etwas anderes ansprechen müssen, was sie bisher hinausgezögert hatte, um den Zauber und die Leichtigkeit ihrer gemeinsamen Tage nicht zu brechen. Sie überlegte kurz. Schließlich willigte sie ein. Einmal musste es sein.

Sie legten den Weg von einer knappen halben Stunde schweigend zurück. Rosalia, Meisterin darin, die Stimmung anderer zu erfassen, war Marís verhaltene Reaktion auf ihre Bitte nicht entgangen. Als sie das Atelier betraten, schritt Marí durch den hohen Raum und öffnete die Läden. Das gab Rosalia Zeit, sich halbwegs unbeobachtet umzuschauen. Sie registrierte eine Reihe in festes Papier und Tücher eingewickelte Bilder, die auf der einen Seite des Raumes an der Wand lehnten. Sie überschlug die Anzahl und kam auf etwa dreißig. Es war also wieder soweit. Mateos Mittelsmann,

Angestellter irgendeiner Reederei, den Rosalia noch nie zu Gesicht bekommen hatte, würde wahrscheinlich bald kommen. Sie starrte auf die Pakete und konnte sich des Gedankens an Mumien nicht erwehren. Tot, eingewickelt und bald aus dem Leben ihrer Erschafferin entschwunden. Sie überlegte. Es mochte bald zwei Jahre her sein, seit Marí die letzten Bilder an Mateo geschickt hatte.

Marí trat neben sie. Es hatte keinen Sinn, die Pakete zu ignorieren.

»Ist es wieder soweit?«, fragte Rosalia.

Marí nickte.

»Wann kommt er, dieser Estefano?«, fragte sie sanft.

»Er wird nicht kommen«, entgegnete Marí.

»Schickt er jemand anderen?«

»Nein. Ich werde die Bilder selbst nach Las Palmas bringen.«

Rosalia schnappte nach Luft. »Du wirst was?«

»Ich werde diese bereits verpackten Bilder und die neuen, die du dir anschauen wollest – hier drüben – nehmen und ein Schiff nach Las Palmas besteigen. Diesen Winter, wahrscheinlich im Juni oder Juli. Ich habe mich noch nicht um die Details der Passage gekümmert.«

Sie schritten zu den Bildern aus San Telmo und La Boca, und Rosalia versuchte sich auf die Gemälde zu konzentrieren. Ein Bild zeigte zwei junge Frauen, die sich über ein Buch beugten, ein anderes einen Bettler vor einem Kirchenportal. Sie bemühte sich, das Gehörte zu begreifen.

»Du fährst nach Las Palmas de Gran Canaria, nimmst die Bilder mit und dann?«

»Werde ich sie Mateo übergeben. Zum letzten Mal.«

Rosalia erstarrte. Sie sagte lange Zeit nichts. In ihrem Kopf überschlugen sich die Gedanken. Marí wollte sich nicht länger erpressen lassen. Wie würde Mateo reagieren? Wann hätten sie mit seinem Gegenschlag zu rechnen? Und wie sollte sie Oswaldo Marís Reise auf die andere Hälfte der Erdkugel, die mit der Hin- und Rückpassage mindestens zwei Monate dauerte, erklären? Und schließlich: Wie konnte sie Marí von diesem wahnwitzigen Vorhaben abhalten, das sie alle ins Verderben stürzen würde?

»Er wird es nicht akzeptieren, Marí«, sagte sie und versuchte ihre Stimme ruhig zu halten. Sie schluckte.

»Er wird. Ich werde mit ihm reden. Vertraue mir. Fünf Jahre sind genug!«

»Er wird uns auffliegen lassen. Und wenn er es geschickt anstellt, hängt Oswaldo mit drin, nicht nur du und ich. Es werden Fragen aufkommen, welcher Ehegatte der Geliebten seiner Frau gestattet, in seinem Haus zu leben. Man wird sich schnell fragen, wieso das so ist und schließlich irgendeine Stelle in Oswaldos peinlichst gehütetem Privatleben finden, die nicht dicht ist. Dann sind wir alle verloren, verstehst du das nicht? Oswaldos tadelloser Ruf, seine Karriere schützen uns, geben uns Freiheiten, die wir sonst nicht hätten. Es darf nicht sein, Marí, nimm Vernunft an!«

»Vernunft, Freiheiten – pah, dass ich nicht lache, Rosa! Welche Freiheiten, wessen Freiheit? Ich war vernünftig. Ich habe mich auf zweifache Weise verleugnet. Als Künstlerin wie als deine Liebste. Das ist zuviel. Unser ehrgeiziger Oswaldo verbirgt zwar, dass er jungen gutaussehenden Männern zugeneigt ist – hast du übrigens im vergangenen Jahr einen zu Gesicht bekommen? –, aber er hat ja seinen Beruf! Und mir scheint die Passion für seinen Beruf und die Gier nach Anerkennung stärker ausgeprägt zu sein, als seine Schwäche für knackige Hintern! Ihm gestehst du zu, dass er wenigstens eine seiner großen Leidenschaften offen auslebt – mir nicht. Ich bin nicht länger bereit, auf mein Leben als Malerin, auf Ausstellungen, auf den Austausch mit anderen Künstlern zu verzichten – auch ich wünsche mir Anerkennung. Wenn schon nicht die Anerkennung unserer Liebe, dann wenigstens die Anerkennung meiner Kunst!«

Marí klang sehr entschlossen, und nahezu euphorisch fuhr sie fort: »Er bekommt noch diese Bilder, dann beende ich zumindest diese eine große Lüge meines Lebens. Ich werde wieder ausstellen, Rosa, nächstes, spätestens übernächstes Jahr. Er wird nichts machen können, er ist Tausende von Kilometern entfernt. Wer hört schon auf jemanden, der die letzten Jahre überhaupt nicht hier gelebt hat?«

»Er braucht nur sechs Wochen, um hierherzukommen. Gerüchte lassen sich schnell in die Welt setzen. Er muss nur ein, zwei Steine ins Rollen bringen, dann setzt sich die Lawine von ganz allein fort. Du darfst das nicht tun!«

»Ich werde es tun! Und ich werde vernünftig mit ihm sprechen. Ich habe mir alles genau überlegt. Vertrau mir, Rosa! Er hat bekommen, was er wollte. An die hundert Bilder habe ich ihm übergeben. Ich werde ihm einfach sagen, dass wir kein Paar mehr sind. Damit entziehe ich ihm den Boden für seine Erpressung. Glaub mir, er wird es akzeptieren müssen.«

»Das wird niemals gutgehen.« Rosalia schüttelte den Kopf. »Das wird niemals gutgehen. Ich flehe dich an, Marí, überdenk alles noch einmal, *te pido!*«

»Das habe ich schon, Rosa. Ich denke seit fünf Jahren darüber nach – nahezu täglich.«

Gran Canaria, im Sommer 1963

Versonnen spielten ihre Finger mit der Perlenkette, die Rosalia ihr zu ihrem letzten Geburtstag geschenkt hatte, während sie sich anschickte, die alte Holztreppe hinabzusteigen. Sie griff nach dem glatten Handlauf und lächelte siegesgewiss in sich hinein. Unten im Atelier werkelte Mateo. Sie hatte ihn vollkommen überrumpelt, als sie an diesem Vormittag mit einem Stapel verschnürter Bilder vor seiner Tür stand. Bei dem Gedanken an seine perplexe Miene weitete sich ihr Lächeln zu einem spöttischen Grinsen. Sie hatte Zutritt verlangt, ihn angewiesen, dem Taxifahrer beim Hereintragen der Pakete zu helfen, und angekündigt, sie werde sich ein wenig in seinem Atelier umschauen, während er auspackte. Jetzt waren bald zwei Stunden vergangen, und sie beschloss, nun den Teil ihres Besuches anzugehen, der den Grund für ihre Reise nach Las Palmas bildete. Mit den zurechtgelegten Worten im Kopf fühlte sie sich derart gewappnet, dass sie den Kampf, wie sie es für sich nannte, herbeisehnte. Der Gang die Treppe hinab war ihr Weg in die Arena. Erst auf halber Treppe bemerkte sie das junge Mädchen, das unten stand und ebenso staunend wie widerwillig zu ihr hochstarrte. Marí hatte keinen Schimmer, wie lange diese in einen grellbunten Rock gekleidete Halbwüchsige mit ihrer lächerlich aufgetürmten Frisur schon dort stand und was sie hier zu suchen hatte. Sie fragte freundlich, ob sie ihr helfen könne. Das Mädchen klappte den Mund mit den vollen Lippen zu und wieder auf, bevor sie in holprigem Spanisch hervorstieß: »Wer sind Sie? Was machen Sie hier?«

Ihre Augen wechselten zwischen Marí, die nun neben ihr am Fuße der Treppe stand, und der angelehnten Tür, hinter der Mateo rumorte und mit sich selbst sprach, hin und her. Mit einer affektierten kleinen Drehung straffte sie die Schultern, hob den Kopf und stieß theatralisch die Tür zum Atelier auf. Marí, eben noch in Gedanken bei ihrer anstehenden Auseinandersetzung, hatte angesichts des merkwürdigen Verhaltens noch keine Silbe verloren und schaute ihr verwirrt nach. Wer mochte das sein? Eine Kundin? Wohl kaum. Sie trat näher an die halb geöffnete Tür und hörte, wie das Mädchen Mateo mit einem weinerlichen Fauchen fragte, wer diese Frau dort draußen sei. Marí begriff, dass sie die Auslöserin einer Eifersuchtsszene war, und konnte nicht umhin, amüsiert zu kichern. War das etwa Mateos Geliebte? Sie schüttelte den Kopf. Er hätte der Vater dieses Mädchens sein können – sie war sicher nicht älter als fünfzehn oder sechzehn. Er wäre ein noch jämmerlicherer Kerl als ohnehin schon. Sie trat noch einen Schritt näher und hörte, wie er entnervt, doch um Freundlichkeit bemüht, antwortete: »Das ist meine Cousine.« Nach einem Moment der Stille vernahm Marí ein empörtes »Pah!«, und dann hörte sie ungelenke Schritte in zu hohen Absätzen auf sich zukommen. Das Mädchen schoss mit einem letzten funkelnden Blick in ihre Richtung an ihr vorbei aus dem Haus. Aus dem Atelier hörte sie Mateo fluchen, konnte jedoch nicht verstehen, was er sagte. Sie wartete noch einen Augenblick, dann trat sie durch die Tür.

»Habe ich da jemanden eifersüchtig gemacht?«, fragte sie in kokett-ironischem Ton. Sie schritt leichtfüßig wie eine Katze durch den Raum und warf einen flüchtigen Blick auf das eine oder andere Bild. Sie hoffte, dass es ihr gelang, lässig zu erscheinen. Mateo schwieg. Bei ihm angekommen, sagte sie: »Hübsch, die Kleine, wenn auch ein wenig jung für dich. Hätte ich dir gar nicht zugetraut!« Sie grinste ihn kumpelhaft an. Es war Mateo anzusehen, dass er nach Worten suchte. Das ging wohl alles ein bisschen zu schnell für ihn, freute sich Marí. Erst Marís unerwarteter Besuch, dann das junge Mädchen, die ihm eine kleine Szene gemacht hatte, und nun wieder sie, die ihn mit ihrem vertraulichen Ton offenbar misstrauisch stimmte. Es wunderte sie nicht, dass er nach kurzem Zögern zum Angriff überging.

»Kann ich mir denken, dass dir die Kleine gefällt — so ein süßes unschuldiges junges Ding«, säuselte er mit zuckriger Stimme. »Gerade das Richtige, um von einer wie dir umgarnt und in die Falle gelockt zu werden.« Mit den letzten Worten machte er eine schnappende Bewegung mit der rechten Hand und grinste. »Nur schade, dass du nicht halten kannst, was du versprichst, weil dir dazu nämlich etwas Wesentliches fehlt!«

Eine anzüglich schaukelnde Bewegung mit dem Unterleib ließ den Zorn in Marí aufflammen. Sie musste aufpassen, mahnte sie sich. Zorn machte blind, und für das, was sie vorhatte, musste sie die Übersicht behalten. Sie atmete tief durch, doch Mateo war offenkundig nicht entgangen, dass er sie zumindest für einen Moment aus dem Konzept gebracht hatte. Sie schwiegen beide, taxierten einander und gingen ein, zwei Schritte aufeinander zu, wie zwei Gegner im Ring, die sich maßen. Marí hatte sich wieder gefangen und bedachte Mateo mit einem amüsierten Blick, so als sei er nicht weiter ernstzunehmen.

»Spar dir dein albernes Gerede über unschuldige junge Dinger. Sie interessiert mich nicht!«

»Ach, nein?« Mateo sah sie abschätzig an. »Du stehst wohl nur auf ältere Frauen, was? Damen der feinen Gesellschaft mit dem nötigen Kleingeld. Dabei sind doch die jungen Küken, hilflos und wie Wachs in deinen Händen, soviel reizvoller. Wie kommt's, Cousine, dass sie dich kalt lässt?«

Marí verlagerte ihr Gewicht lässig auf ein Bein, eine Hand an der Hüfte. Das Gerede dieses schmierigen Kerls konnte ihr nichts anhaben. Völlig entspannt antwortete sie: »Sie reizt mich nicht. Ebenso wenig wie andere Frauen.«

Sie weidete sich an Mateos Gesicht, auf dem der gehässige Ausdruck in Unsicherheit umschlug. Offenbar fragte er sich, ob er sie richtig verstanden hatte. Sie hatte ihn in der Hand, das spürte sie. Anders als damals in Buenos Aires war nun sie es, die den Verlauf des Gesprächs bestimmte. Diesmal war sie vorbereitet, und so fuhr sie fort: »Es ist gut, dass wir gleich darauf zu sprechen kommen. So muss ich nicht weiter meine Zeit mit dir verschwenden.« Sie beobachtete, wie sich Mateos Augen verengten. »Ich mache mir nichts mehr aus Frauen, Mateo, *finito*.«

Seine Augen weiteten sich vor Überraschung. »Was soll das jetzt heißen?«, fragte er und versuchte offenkundig, ihre Worte zu begreifen.

»Es ist aus mit Rosalia«, sagte sie mit fester Stimme. Es fühlte sich scheußlich an, das zu sagen, doch es gelang ihr, mit triumphierender Stimme nachzulegen: »Ich habe einen Geliebten, einen süßen Kerl, ein paar Jahre jünger als ich. Glaub mir, es macht mich ganz heiß, wenn ich nur an ihn denke.«

»Ich glaube dir kein Wort!«, stieß er hervor. »Und im Übrigen, selbst wenn es so wäre – was interessiert mich das?«

»Oh, das sollte dich aber interessieren, mein Freund, oder soll ich sagen, mein lieber Geschäftspartner? Denn bald, nein, ab sofort sind wir nicht länger Geschäftspartner, wie du es damals in Buenos Aires genannt hast.«

Mateo setzte sich auf einen Hocker. Doch Marí gönnte ihm keine Pause, um sich zu fangen. »Ich dachte, Mateo«, und dabei versuchte sie so süßlich zu klingen, wie es nur ging, »ich sage es dir persönlich: Unsere Geschäftsbeziehung ist zu Ende. Dies hier ist die letzte Bilderlieferung, die du von mir bekommst.«

»So, du willst mir also keine Bilder mehr senden?« Er stand auf und spazierte wie ein Gockel durch den Raum. »Du willst unsere Vereinbarung aufkündigen, ja? Wie kommst du nur auf die Idee, dass ich das zulassen könnte? Hast du vergessen, was ich dir für die paar Bilder liefere?« Bei den letzten Worten straffte er die Schultern und blickte sie zornig an.

»Vereinbarung nennst du das? Ich nenne es Erpressung! Und für diese Erpressung, Mateo, gibt es keine Grundlage mehr. Rosalia und ich sind kein Paar mehr. Die Basis unserer ›Vereinbarung‹ besteht nicht mehr. Du kannst nicht mehr Schweigen über etwas bewahren, das nicht mehr existiert!« Marí streckte sich ein wenig. Sie hatte den letzten, den entscheidenden Pfeil abgeschossen. Kühl nahm sie ihn ins Visier. Wann würde er es endlich kapieren?

Mateo schaute sie erstaunt an und sagte nichts. Er drehte sich auf dem Absatz um und steckte die Hände in die Hosentaschen. Mit langsamen Schritten ging er durchs Atelier. Seine Schultern bebten, dann zuckten sie. Was hatte er nun? Plötzlich warf er den Kopf in den Nacken und lachte prustend los. Lachte und lachte und amüsierte sich wie wahnsinnig. Marí war vollkommen irritiert. Was war in ihn gefahren? Hatte er nicht verstanden, was sie gesagt hatte? Mateo lachte und jauchzte beinahe. Sein Gesicht war rot angelaufen und zu einer hässlichen Fratze verzogen, als er mit Tränen in den Augen und Speichel in seinem widerwärtigen Bärtchen vor ihr stehenblieb.

»Und du glaubst«, prustete er, »dass mich das auch nur so viel interessiert?«

Er hob die Hand und presste Daumen und Zeigefinger aufeinander.

Marís Augen sprühten Feuer. Sie blickte ihm geradewegs in das verhasste Gesicht. Nahm jede einzelne Pore seiner Haut wahr. Sie hatte damit gerechnet, dass er sich widersetzte, hatte erwartet, dass er argumentierte, sogar dass er ihr erneut drohte. Doch einen beinahe hysterischen Lachanfall hatte sie nicht erwartet. Er musste von Sinnen sein. Es gab keinen Grund für ihn zum Lachen. Offenbar wollte er nicht verstehen, was sie gesagt hatte. Sie überlegte kurz, ob sie ihre Worte noch einmal wiederholen sollte. Es konnte schließlich nicht so schwer sein zu begreifen, dass er von nun an keine Bilder mehr von ihr bekommen würde. War es ihm letztlich egal? Am Ende verkauften sich ihre Bilder hier nicht mehr, und er konnte nichts mehr mit ihnen anfangen? Sie zögerte einen Moment. Dann entschloss sie sich, das Atelier zu verlassen – mochte er denken, was er wollte.

»Nun, ich werde jetzt gehen, Mateo. Zwischen uns ist alles gesagt.«

Sie schaute ihm ein letztes Mal in die Augen. Er blickte sie regungslos an. Doch sie schob das Unbehagen, das von ihr Besitz ergriff, beiseite und wandte sich um. Mit großen Schritten durchmaß sie die wenigen Meter bis zur Tür. Gleich würde sie nach draußen auf die Straße treten.

Gran Canaria, 19. Mai 2004

Sie schlenderten Seite an Seite über die *azotea* des Centro Atlántico de Arte Moderno. Das grelle Sonnenlicht brach sich in der modernistischen Glaskonstruktion, die die andere Hälfte des Museums überspannte, und ließ das Gebäude gleißend gegen den wolkenlosen blauen Himmel aufragen. Elena kniff die Augen zusammen. Sie hatte ihre Sonnenbrille vergessen. Inés hielt ihr gebräuntes Gesicht, die Augen von einer runden Sonnenbrille geschützt, die ihr unverschämt gut stand, ins Licht. Gerade wollte Elena vorschlagen hinabzugehen, um im Schatten eine Erfrischung zu trinken, da sagte Inés, ohne sich von der Sonne abzuwenden: »Für Jennifer muss es ein herber Schlag sein: Ihr Mateo ein Betrüger!«

»Wieso sollte es ein Schlag für sie sein? Anders als diese schnatternde Mrs. Gaunt war sie ja nicht in den ›großen Künstler‹ verliebt – im Gegenteil, sie mochte ihn nicht, das hat sie uns schon bei unserem ersten Treffen erzählt. Die Bilder, die sie so liebt, bleiben ihr doch erhalten. Sie sind einfach von jemand anderem gemalt worden. Von einer Frau«, fügte sie mit einer Spur Genugtuung hinzu.

»Stimmt. Bis auf ein paar Buchstaben nach dem M bleibt alles, wie es war.«

»Nicht für mich. Ich habe endlich einen Teil des Werkes meiner Tante gefunden. Und nicht nur das. Dank deiner, Esperanzas und Jennifers Hilfe konnten wir das Unrecht, das ihr als Künstlerin widerfahren ist, aufdecken. Um ehrlich zu sein, Inés, es macht mich verdammt glücklich und zufrieden!« Elena strahlte. »Wie wäre es mit einem eiskalten Lemon-Soda?«

Sie stiegen die Treppen hinab und suchten sich einen Platz im Halbschatten.

Elena strich sich durchs Haar. Es hätte geschnitten werden müssen, doch das hatte Zeit, bis sie zurück in Buenos Aires war.

»Du hast dein Ziel erreicht, Spuren deiner Tante in Las Palmas zu finden. Aber werfen sie letztlich nicht mehr Fragen auf, als sie lösen?«

»Natürlich. Wo sind die Bilder des zweiten Skizzenbuchs, zum Beispiel. Aber an erster Stelle steht für mich die Frage, wie es dazu kommen konnte, dass Mateo Marís Bilder hier unter seinem Namen verkauft und sie offensichtlich davon gewusst hat. Es ist mir schleierhaft, wie sie das zulassen konnte!«

»Sie wird es nicht freiwillig gemacht haben, denke ich.«

»Ja. Er muss sie dazu gezwungen haben, sie bedroht haben, was auch immer. Jennifer sagte ja, der Kerl war ihr unsympathisch.«

»Das heißt gar nichts. Mrs. Gaunt schwärmt von ihm wie von einem jungen Gott. Marí hat diese Reise hierher unternommen. 1963. Von da an malte sie, den Skizzen nach zu urteilen, nur noch düstere Bilder. Was immer sie mit ihrem Besuch hier bezwecken wollte – es ist ihr nicht geglückt. Das steht für mich fest.«

»Ja, und das Traurige ist, diese Skizzen zeigen mir, dass sie resigniert hat. Fernando Espina hat auch betont, sie sei gebrochen von dieser Reise zurückgekehrt. Wie konnte Mateo solche Macht über sie haben? Ich frage mich, ob es damit zusammenhing, dass sie Frauen liebte. Hat er sie erpresst?«

»Weil sie Frauen liebte? Schon möglich, aber er war hier in Las Palmas, Tausende von Kilometern entfernt von Buenos Aires. Wie konnte er den Druck aufrechterhalten? Und wäre es für eine Künstlerin damals wirklich so schlimm gewesen, geoutet zu werden?«

»In Künstlerkreisen? Ich kann es mir nicht vorstellen. Es erscheint mir unwahrscheinlich. Aber etwas anderes: Was glaubst du, warum Marí irgendwann mit diesen knallroten Signaturen angefangen hat, die Mateo genau so übernommen hat? Wollte sie auf diese Weise das Auge auf das lenken, von dem sie wusste, dass Mateo es fälschen würde?«

»Ja, sie wollte auf den Künstlernamen aufmerksam machen, denke ich. Und Mateo war so freundlich, ihr den Gefallen zu tun und seinen Schriftzug in der gleichen Farbe über ihren zu setzen.«

»*¡Gracias a dios!* Und es hat geklappt – es hat Esperanza stutzig gemacht!« Zufrieden lächelte sie. »Der Idiot hat sich nicht viel Mühe gegeben. Die ersten beiden Buchstaben hat er stehenlassen und nur die letzten beiden überpinselt.«

»Wer weiß, vielleicht ist es gut, dass er so faul war. Hätten ihre Vornamen nicht mit den gleichen Buchstaben begonnen, hätte er die Signatur komplett fälschen müssen und vielleicht eine andere Farbe genommen.«

»Sag mal, wie spät ist es? Esperanza wollte doch in ihrer Mittagspause vorbeikommen.«

»Halb zwei.«

»Dann müsste Jennifer auch jeden Augenblick eintrudeln.«

Im selben Augenblick, als sie ins Restaurant des Museums traten, kam Jennifer durch den straßenseitigen Eingang und winkte ihnen erfreut zu. Sie suchten sich einen Tisch am Fenster und bestellten etwas zu trinken.

»Señora Nuñez kommt sicher auch gleich«, sagte Jennifer. »Ich kann es kaum erwarten, alles im Detail zu hören.«

Jennifer schien nicht verärgert zu sein in Anbetracht der Enthüllungen zu ihren heißgeliebten Bildern, stellte Inés erleichtert fest und fragte: »Wie war Ihr Wochenende, Jennifer? Esperanza hat mir erzählt, dass Sie auf Lanzarote waren und sie Sie nicht gleich erreichen konnte, um Ihnen von den Untersuchungsergebnissen zu erzählen.«

»Ein perfektes Wochenende! Wir sind lange im Vulkanpark gewandert – eine bizarre Landschaft, die mich immer wieder begeistert, auch wenn ich es dort nicht länger als ein paar Tage aushalten könnte, dafür fehlt mir das Grün der Vegetation zu sehr. Aber die Schattierungen von hellgelber und grauer Vulkanasche über sämtliche denkbaren Ocker-, Orange- und Rottöne und alle Facetten von Braun bis hin zum Pechschwarz des Bodens sind einzigartig. Abends gutes Essen am *mirador*, dem Aussichtspunkt an der Nordspitze der Insel. Und natürlich sind wir auch viel geschwommen. Ich habe einige Flaschen Wein und besten Käse erstanden. Alles war wunderbar!«

»Das klingt wirklich nach einem perfekten Wochenende«, sagte Inés. »Der Wein von dort ist einzigartig. Wenn man sieht, wie er angebaut wird in der unwirtlichen Erde – jeder einzelne Weinstock von einem Mäuerchen aus Lavabrocken umgeben –, kann man kaum glauben, dass die Rebe überhaupt überleben kann, geschweige denn Früchte tragen. Aber alles, auch das Gemüse und das Obst von dort, hat einen besonderen, einen ganz eigenen Geschmack.«

Elena befürchtete, dass Inés und Jennifer nun wieder in eine endlose Erörterung des kulinarischen Angebots jeder einzelnen Insel verfielen und war schon dabei, sich gedanklich auszuklinken, als Jennifer sie unvermittelt fragte: »Und wie sieht ein perfektes Wochenende in Buenos Aires aus, Elena? – Es muss eine fantastische Stadt sein!«

Einer echten *porteña* wie Elena gingen diese Worte herunter wie Öl. Sofort glühten ihre Augen, und sie war wieder völlig präsent. »Es *ist* eine fantastische Stadt! Waren Sie schon einmal dort?«

»Leider nein. Erzählen Sie uns doch: Was machen Sie, wenn Sie alle Zeit der Welt haben, an einem wunderschönen Wochenende im Frühling in Buenos Aires?«

»Oh, das ist ganz einfach. Ich würde sehr früh aufstehen – wenn es beginnt, hell zu werden. Ich liefe durch La Boca, dem alten Hafenviertel am Riachuelo mit den bunten Häusern, wo zu dieser Zeit kaum jemand auf der Straße ist. Von dort kann man bequem in einer halben Stunde zu Fuß bis San Telmo gehen. Das ist ein Viertel, wo jede Nacht der Bär tobt. Eine Bar an der nächsten, Restaurants, natürlich *milongas,* das sind große Tanzhallen, Theater, Kabarette, Kinos … Es gibt übrigens viele wirklich anspruchsvolle argentinische Filmproduktionen, aber ich glaube, sie kommen meist nicht über Lateinamerika hinaus. In den frühen Morgenstunden trifft man auf all diejenigen, die die Nacht durchzecht oder durchtanzt haben. Der Abfall wird fortgeräumt, die Fußwege werden mit Wasser besprizt und gefegt. Wenn die Sonne höher steht, ist es Zeit für den ersten Kaffee. Nachtschwärmer stehen mit Straßenreinigern und frühen Lieferanten Seite an Seite und schlürfen starken Kaffee, ein paar trinken auch *mate.* Nach einem kleinen Frühstück würde ich dann noch ein wenig durch San Telmo spazieren, wo es viele prächtige Häuser aus dem vorletzten Jahrhundert gibt. Übrigens, Jennifer, haben britische Truppen diesen Stadtteil Anfang des neunzehnten Jahrhunderts für ein Jahr besetzt, als sie sich im Krieg mit Spanien befanden. Je nachdem wie mir der Sinn stünde, würde ich mich dann auf eine Bank auf der Plaza de Mayo setzen und die Leute beobachten oder in den nahegelegenen Parque Colón gehen – das käme darauf an, wie kalt oder warm es wäre. Gegen Mittag wäre es dann Zeit für ein ordentliches Rindersteak von einer *parilla* irgendwo in meinem Viertel. Der Grill, die *parilla,*

steht im Freien, und man sitzt daneben auf einfachen Holz-
bänken, isst und plaudert mit den anderen.«

»Also ein *asado* mit deinen Nachbarn«, warf Inés ein.

»Nein. Ein *asado* ist bei uns, anders als hier, ein langes aus-
giebiges Mahl aus irgendeinem Anlass, zu dem sich Freunde oder die Familie treffen und gemeinsam durch verschie-
denste Fleisch- und Wurstspezialitäten essen. Dazu gibt es
Brot, *empanadas,* Salate, Vorspeisen und Desserts. Die *parilla* hingegen ist ein Imbiss – du kommst, wann du willst,
kaufst dein Steak oder deine Wurst, setzt dich eine Weile
und gehst dann wieder.

Aber mein Wochenende ist noch nicht zu Ende. Am späten Nachmittag halte ich entweder ein Schläfchen oder treffe
mich mit Freundinnen und Freunden. Ein schöner Ort dafür ist die Konditorei Confitería del Molino in Balvanera
oder, gar nicht so weit davon, das Café Los Angelitos, das
so heißt, weil sich an seiner Fassade lauter Engel befinden.
Ja, und kein Abend ist besser zum Ausgehen als der Samstagabend. Eine Möglichkeit ist, ins Theater zu gehen. Es
gibt mehrere kleine Bühnen in Balvanera. Am besten gefällt
mir das Liceo.«

»Und ich dachte, Sie gehen Tango tanzen, Elena«, warf
Jennifer fast enttäuscht ein.

»O ja, das ist natürlich die Beste aller Möglichkeiten.
Aber das kann ich nicht beschreiben, das muss man erleben!
Bevor man in irgendeine *milonga* geht oder in einen Club,
kann man in manchen Vierteln schon am frühen Abend auf
der Straße anfangen zu tanzen. Viele Touristen denken, wir
porteños täten das nur ihretwegen, aber das stimmt nicht.
Der Samstagabend knistert. Es gibt Hunderte von Möglichkeiten, Tango zu tanzen, für jeden und jede ist etwas dabei –
aber wie gesagt, das muss man einfach erleben!«

Inés schien es, als wollte Elena nicht wirklich erzählen, wie und mit wem sie die Samstagabende verbrachte, also fragte sie: »Und der Sonntag – was machst du da?«

»Ausschlafen und noch mal ausschlafen. Wenn der Tag schön ist, würde ich ihn zum Beispiel in Puerto Madero verbringen. Das ist ein weiteres großes altes Hafengebiet – wir leben schließlich am Wasser –, das vor nicht allzu langer Zeit komplett saniert wurde. In den alten Warenhäusern befinden sich heute Wohnungen, Büros, Geschäfte und Restaurants. Namhafte Architekten wie Norman Foster haben sich dort ausgetobt. Alte Speicherhäuser stehen nicht weit von modernen Hochhäusern. Es ist kontrastreich, aber ich finde, alles passt irgendwie zusammen. Das Schöne an diesem Ort sind die Nähe zum Wasser und die großen Areale, die für den Verkehr gesperrt sind. Es ist sehr teuer, dort zu leben, aber das muss man ja nicht, um es zu genießen. Alle Straßen in Puerto Madero sind übrigens nach Frauen benannt.

Eine ganz andere Möglichkeit, den Sonntag zu genießen, ist ein Picknick mit Buch in einem der vielen Parks von Palermo oder eine Bootstour nach Colonia in Uruguay, quer über den Río de la Plata, oder sogar bis nach Montevideo, aber das dauert länger. Die normale Fähre ist nicht so teuer –, man überblickt das weite Delta des Río de la Plata, genießt Sonne und Wasser und hat einen wunderbaren Blick auf Buenos Aires, das scheinbar aus dem Wasser in den Himmel ragt.« Elena warf einen Blick auf die Uhr. »Ich rede und rede – müsste Esperanza nicht längst hier sein?«

»Ach, sie kommt sicher gleich«, antwortete Jennifer. »Ihre Beschreibung von Buenos Aires ist so kurzweilig, da macht es doch nichts, wenn sie sich ein wenig verspätet.«

Inés musterte Elena, die voller Stolz von ihrer Heimat erzählt hatte. Irgendetwas störte sie an der Schilderung von

Elenas perfektem Wochenende in Buenos Aires. Verbrachte sie viele Wochenenden so, oder hatte sie ihnen nur einige Möglichkeiten beschrieben, in denen sie die Reize der Stadt anpreisen konnte? Sah so ihr Leben in Buenos Aires aus? Keine Silbe darüber, wo sie lebte oder mit wem sie ihre Zeit verbrachte. Elena mochte nichts preisgeben über sich.

Esperanza griff nach ihrer Handtasche. Sie war spät dran. Doch das Gespräch mit ihrem Chef hatte sich gelohnt. Vergnügt zog sie in der stickigen Damentoilette ihre Lippen nach und kämmte sich das Haar. Nichts wie raus hier. Sie hatte einen Bärenhunger und wahnsinnigen Durst. Eilig lief sie die Stufen hinab und überquerte zügig die Straße. Sie war gespannt auf die Reaktion der Frauen. Sie eilte die Calle Los Balcones entlang, trat durch den gläsernen Eingang in das Museumsrestaurant und entdeckte Jennifer, die ihr den Rücken zuwandte, im angeregten Gespräch mit Inés. Elena studierte die Speisekarte und schien fernab ihrer Umgebung.

Was ich dir gleich vorschlagen werde, müsste dich eigentlich um deinen kühlen Gleichmut bringen, dachte Esperanza nicht ohne leisen Grimm. Elena war wesentlich freundlicher und zugänglicher geworden, seit man sie mit ihrer Sicht der Dinge zu den Bildern ernst nahm – ernst nehmen musste. Die Ergebnisse der Infrarot-Untersuchung waren eindeutig: über einer alten Signatur, die zur gleichen Zeit wie das jeweilige Bild entstanden war, lag eine andere, jüngere. Esperanza musterte Elena aus der Entfernung einiger Meter; die Frauen hatten ihre Ankunft noch nicht bemerkt. Sie mochte Elena. Doch ohne dass Elena jemals ein Wort darüber verloren hätte, signalisierte ihre Haltung seit der Aufdeckung der Fälschung in Esperanzas Augen ein »Da habt ihr's!«, das ihr hochmütig erschien. Andererseits konnte sie es Elena nicht verdenken. Sie hatte Jahre damit verbracht, Gemälde ihrer Tante ausfindig zu machen, war einzig ihrer Intuition folgend nach Las Palmas gereist, hatte schließlich Bilder gefunden und durch ihre Unbeirrbarkeit bewirkt, dass man begonnen hatte, sich mit dem Werk des vermeintlichen Künstlers Mateo auseinanderzusetzen. Esperanzas Idee, die Signatur könnte gefälscht sein, war zwar der Schlüssel gewesen, doch ohne Elena hätte sie ihn nie in die Hand genommen. Der Rest war Routine. Dank ihrer Beziehungen waren die Untersuchungen im Prado zügig durchgeführt worden. Nun galt es aus den Ergebnissen etwas zu machen. Und genau das hatte sie vor. Entschlossen schritt sie auf den Tisch mit den drei Frauen zu.

Sie begrüßten einander freudig. Auch auf Elenas Gesicht erschien ein gewinnendes Lächeln, das, so musste Esperanza zugeben, ihre schroffe Art vergessen ließ. Esperanza nahm Platz und entschied sich kurzerhand für das Tagesgericht, ebenso wie die anderen, die mit ihrer Bestellung auf sie gewartet hatten. Bis das Essen gebracht wurde, schilderte sie noch einmal in aller Ausführlichkeit die Untersuchungen im Prado.

Als die Gerichte vor ihnen standen, verkündete Jennifer zur Freude aller: »Ach, Elena, auch wenn ich mir anfangs um nichts in der Welt vorstellen konnte, dass die Bilder nicht von Mateo sind, so bin ich Ihnen nun dankbar, dass Sie den Stein ins Rollen gebracht und die Bilder haben untersuchen lassen. Das Ganze ist so aufregend! Ich bin froh, daran teilzuhaben. Ich werde diese Bilder immer lieben, egal von wem sie stammen. Nein, das stimmt so nicht. Mateo konnte ich nicht leiden, aber mit einer Frau namens Marí, denke ich, werde ich mich anfreunden.«

Inés blickte erleichtert zu Elena hinüber. Die sagte an

Jennifer gewandt: »Es freut mich, dass Sie es so entspannt nehmen. Ich hatte befürchtet, Sie verfluchen den Tag, an dem Sie uns eingeladen haben, Ihre Bilder zu betrachten und mit dem Skizzenbuch zu vergleichen.«

»Ich bereue überhaupt nichts. Die Schönheit der Bilder bleibt, und ich war bei der Lösung eines kleinen Kriminalfalls dabei.« Sie kicherte. »Und Sie wissen, wir Briten haben eine Leidenschaft dafür.«

Esperanza schmunzelte und fragte sich kurz, wie wohl Elenas Reaktion gewesen wäre, wenn die Untersuchung nicht das ihrer Vorstellung entsprechende Ergebnis geliefert hätte. Zweifellos hätte sie weiter darauf beharrt, die Bilder seien von ihrer Tante.

»Und Sie, Elena? Sie sind am Ziel angelangt! Was ist das für ein Gefühl?«, fragte sie.

Elena strich sich das Haar aus der Stirn. Sie zuckte kurz die Schultern und suchte sichtlich nach Worten. Dann sagte sie: »Es erfüllt mich mit großer Genugtuung, dass meiner Tante durch die Enthüllung so etwas wie Gerechtigkeit widerfährt. Leider erst nach ihrem Tod. Es ist ihr Werk, und nach allem, was ich weiß, war sie eine leidenschaftliche Malerin.« Sie machte eine kleine Pause. »Für mich ist die Sache nicht wirklich zu Ende. Die gefälschten Signaturen haben neue Fragen aufgeworfen. Wie konnte sie es zulassen, dass ihre Bilder hier, fernab ihrer Heimat, unter falschem Namen verkauft wurden? Oder geschah es gar mit ihrer Billigung? Was war der Grund für ihren Besuch hier bei Mateo? Und wo sind die Werke, deren Entwürfe wir aus dem zweiten Skizzenbuch kennen? All die traurigen Bilder, die sie ab 1963 skizziert hat? 1979 hat sie den Tod gewählt. Was war es, das sie so hat verzweifeln lassen? Nahm es hier in Las Palmas seinen Anfang?«

Eine Weile sagte niemand etwas. Dann ergriff Esperanza erneut das Wort.

»Es bleiben viele offene Fragen, was die Persönlichkeit Ihrer Tante angeht – als Mensch wie als Künstlerin. Aber Sie sprachen eben auch von Gerechtigkeit. Ich möchte Ihnen einen Vorschlag machen, wie das Werk Ihrer Tante noch ein höheres Maß an Würdigung erfahren kann.«

»Und der wäre?«

»Eine Ausstellung. Alle auffindbaren Bilder im Kontext der aufgedeckten Fakten. Das Einverständnis der Eigentümer der Werke vorausgesetzt«, ergänzte sie mit Blick zu Jennifer, die heftig nickte.

Elena schaute sie mit großen Augen an. »Das wäre … das wäre …« Sie schluckte. »… wundervoll!«

Esperanza nippte zufrieden an ihrem *cortado*. Endlich bekam die Coolness dieser Frau leichte Risse.

»Ich habe bereits die Möglichkeiten sondiert, eine Ausstellung bei uns im Haus zu organisieren. Und ich kann Ihnen versichern, die Chancen stehen nicht schlecht. Wunderbar wäre es, Elena, wenn wir auf Ihre Hilfe zählen könnten?«

»Auf meine Hilfe? Ja, sicher, wenn ich helfen kann?!«

»Sie sind mit dem Leben Ihrer Tante am vertrautesten. Wir können auf diese Informationen nicht verzichten, wenn wir das Werk wirklich würdigen wollen. Ich denke, in etwa anderthalb Jahren sind wir dann soweit, dass die Ausstellung hier im Centro Atlántico de Arte Moderno eröffnet werden kann.«

»So lange dauert das?« Elena stutzte. »So lange kann ich nicht bleiben. Ich muss bald zurück. Ich wollte von Anfang an nur so lange bleiben, wie nötig, um etwas über Marí herauszufinden, jedoch höchstens ein Jahr – so ist es auch mit

José vereinbart.« Ihr eben noch freudig erregtes Gesicht bekam einen verschlossenen Ausdruck.

»Aber Elena, wieso denn nicht?«, warf Inés ein. »Du könntest sicher weiter bei José arbeiten oder irgendwo anders und gleichzeitig Esperanza unterstützen. Denk doch nur, eine Ausstellung mit Bildern von Marí!« Inés war aufgeregt.

»Ausgeschlossen. Sie können diese Ausstellung gerne machen, Esperanza, ich würde mich unendlich darüber freuen, aber ich kann nicht bleiben.«

»Es ist überhaupt nicht notwendig, dass Sie die ganze Zeit über hier sind«, versuchte Esperanza sie zu beschwichtigen. »Vieles lässt sich auch problemlos übers Internet regeln. Natürlich wäre es schön, wenn Sie bei der Eröffnung dabeiwären. Aber das hat ja noch Zeit. Sie können es sich in Ruhe überlegen.«

Elena beruhigte sich sichtlich. »Verstehen Sie mich nicht falsch. Ich wünsche es mir sehr, dass Sie diese Ausstellung realisieren. Aber ich lebe in Buenos Aires und will dorthin zurückkehren.«

»Ja, Elena, aber du musst es doch nicht so überstürzen. Hättest du das Rätsel um die Bilder noch nicht gelöst, würdest du doch auch noch nicht abreisen.«

Elena fuhr Inés an. »Nein? Woher willst du das wissen? Einmal muss ich zurück, und nun, da ich mein Ziel hier erreicht habe, ist es Zeit dafür!« Sie winkte ungeduldig den Kellner herbei, drückte ihm einen Schein in die Hand und sagte: »Ihr entschuldigt mich nun, bitte? Esperanza, ich werde Sie morgen oder übermorgen anrufen, wenn ich darf, um noch einmal in aller Ruhe darüber zu sprechen. Wie gesagt, mir liegt sehr viel an der Ausstellung.« Damit stand sie auf, nickte kurz und entschwand, ohne auf Wechselgeld zu warten.

Während Jennifer Barclay die Rechnung für sich und die anderen beiden Frauen beglich, schüttelte Esperanza den Kopf.

»Feurig, deine Freundin«, sagte sie lakonisch zu Inés. »Man sollte meinen, die Tatsache, dass das Werk ihrer Tante posthum gewürdigt wird, sollte ihre gute Laune etwas länger andauern lassen.«

Gran Canaria, im Sommer 1963

Marí streckte die Hand nach der Türklinke aus, als Mateos Worte die Luft durchschnitten.

»Es hat sich nichts geändert. Es reicht, wenn du Estefano nächstes Mal die Bilder übergibst. Er ist sehr zuverlässig, weißt du?« Süffisant fügte er hinzu: »Ich möchte dir nicht zu viele Umstände machen, Cousinchen. Ich bin auch sicher, Rosalia mag dich nicht noch einmal so lange entbehren, wo sie dich doch sonst ständig um sich hat in eurer schönen Villa in Recoleta.«

Marí drehte sich langsam um. Sie musterte Mateo, wie er lässig auf sie zukam. Er wirkte so verdammt sicher.

»Anscheinend hast du mich nicht verstanden, Cousin.« Sie sprach die Worte langsam und sehr deutlich aus. »Es wird keine Bilder mehr für dich geben. Es gibt keinen Grund mehr, sie dir zu überlassen.«

»Keinen Grund mehr? Da irrst du dich gewaltig! Ich glaube dir kein Wort. Du und Rosalia, ihr treibt's nach wie vor miteinander.«

Marí zwang sich zur Ruhe. »Glaub, was du willst – es ist mir egal!« Sie wandte sich erneut zur Tür.

»Oh, mag sein, dass es dir egal ist«, höhnte Mateo, »aber ist es auch Doña Rosalia und vor allem Don Oswaldo egal?«

»Das weiß ich nicht, und es hat auch keine Bedeutung für mich«, log Marí, mühsam beherrscht. »Ich habe dir doch schon gesagt, Rosalia und ich ...«

»... ihr seid kein Paar mehr. Jaja, ich weiß. Warum nur Cousine, lebt ihr drei dann gemeinsam in diesem schönen großen Haus? Das verstehe ich nicht.« Er machte eine Kunstpause. »Und warum nur hat der feine Don Oswaldo nie irgendetwas daran auszusetzen gehabt?«

Marí gefror das Blut in den Adern.

»Ich will es dir sagen, Marí. Der gute Oswaldo verfolgt seine eigenen Interessen. Gut verborgen, ich gebe es zu, ganz anders als du und Rosalia. Ihr vergesst leicht, dass ihr von Personal umgeben seid. Aber auch die Ausflüge des Hausherrn, spätabends nach La Boca, bleiben nicht unbemerkt. Und es findet sich problemlos jemand, der ihm unauffällig folgt, glaub mir!« Mateo musterte sie hämisch.

Marí zitterte. »Du fantasierst … Du denkst dir das aus. Du hockst hier Tausende von Kilometern entfernt und glaubst mir weismachen zu können, du wüsstest von Dingen, die es nicht gibt!«

Alle Gelassenheit war aus Marís Stimme gewichen. Die Falle war zugeschnappt, und sie saß fester darin als je zuvor. Woher wusste dieser Kerl von Oswaldos Neigungen? Wo Oswaldo doch von jeher so peinlich darauf bedacht war, seine Liebschaften zu verbergen.

»Reich und gesellschaftlich anerkannt zu sein«, begann Mateo zu dozieren, »ist sehr angenehm. Aber nicht immer einfach.« Er hielt inne, als müsse er kurz überlegen, wie er es ihr verständlich machen sollte.

Aus Marí wich aller Mut. Sie wusste, dass Mateo die Situation genoss.

»Man lebt in einem schönen, prächtigen Haus, hat viele Freunde und außerdem etwas zu sagen in der argentinischen Politik. Alle Blicke liegen bewundernd auf Don Oswaldo und seiner bezaubernden Gattin. Alle Blicke und viele Erwartungen. Ja, und da fängt es schon an. Erwartungen dürfen nicht enttäuscht werden. Die Menschen mögen es nicht, wenn man sich anders verhält, als sie es für angemessen halten.« Wieder machte er eine Pause. »Und all das weiß Don Oswaldo und richtet sich danach. Er hat sich ein perfektes

Leben aufgebaut in seiner luxuriösen Villa mit seiner perfekten Gemahlin. Die beiden verhalten sich so, wie es sein soll und genießen ihr sorgenfreies Leben, umgeben von einer Schar eifriger, aufmerksamer Angestellter. Wirklich, so ein schönes Leben. Morgens wird dir der Kaffee ans Bett gebracht, das Bad eingelassen. Wenn du aus dem Haus gehst, wird dir die Tür geöffnet, der Fahrer begleitet dich, oder man ruft dir ein Taxi. Wirklich sehr, sehr angenehm! Tja, und manche der dienstbaren Geister, die von früh bis spät zur Verfügung stehen, sind aufmerksamer als andere. Und unter diesen gibt es wiederum den einen oder anderen, der selber gerne so ein schönes Leben in so einem schönen Haus mit so einer schönen Gattin führen würde … Nur leider, ihm fehlt das nötige Geld dazu …«

Mateo machte eine Geste des Bedauerns und starrte in die Ferne, als sei Marí gar nicht da. Marí regte sich nicht. Das durfte nicht wahr sein! Es blieb eine Weile still.

Dann fuhr Mateo fort: »Dieser aufmerksame, ambitionierte Mann in eurem Haus heißt Victorio. Der junge Gärtner.«

Gran Canaria, 25. Mai 2004

Inés ging, die Hände in den Taschen der Kapuzenjacke vergraben, mit zügigen Schritten den Paseo de Las Canteras in Las Palmas entlang. Es war ungewöhnlich kalt für die Jahreszeit. Der Wind hatte aufgefrischt und strich ihr kühl übers Gesicht. Sie fröstelte und lockerte dennoch den Kragen, damit der Wind sie ganz erfassen konnte. Mochte er alles forttragen, was auf ihr lastete. Das Gespräch mit Elena hatte im Streit geendet. »Ich möchte das nicht immer und immer wieder mit dir diskutieren«, hatte Elena gesagt, während sie dem Kellner winkte. »Wir sehen uns. *Hasta mañana, Inés!*« Sie hatte ihre Hand kurz auf Inés' Arm gelegt und sich dann mit lockerem Schwung die Tasche über die Schulter geworfen.

Inés blieb einen Moment stehen, hielt die Augen geschlossen und reckte das Gesicht in die Brise. Immer und immer wieder – lächerlich! Das war gerade das zweite Mal gewesen, dass sie versucht hatte, über die Möglichkeit zu sprechen, dass Elena in Las Palmas bliebe. Zumindest bis geklärt war, ob Esperanza tatsächlich eine Ausstellung mit Bildern von Marí würde organisieren können. Einmal hatte Esperanza davon angefangen. Auch da hatte Elena unwirsch reagiert. Inés gegenüber hatte sie außerdem fehlende Papiere als Grund vorgeschoben. Inés, beseelt von der Vorstellung, mehr Zeit mit Elena zu verbringen, hatte ihren Onkel angerufen, um ihn nach den geltenden Einwanderungsbestimmungen zu fragen. Als Mitglied des *partido popular* hatte er auf Zapatero geschimpft, der Gesetze erlassen hatte, die es illegal im Land Lebenden ermöglichten, sich unbürokratisch eine Aufenthaltsgenehmigung zu beschaffen. Inés, die die Ansichten ihres Onkels nicht teilte, hatte Elena begeistert von der Möglichkeit erzählt, sich mit dem Nachweis, bereits etliche Monate im Land zu leben, eine Aufenthaltsgenehmigung zu beschaffen – und hatte auf Granit gebissen.

»Ich bin nicht in der Absicht hierhergekommen, dauerhaft zu bleiben«, hatte Elena eisig erwidert.

Inés' Versuch, sie mit den Chancen, die ihr der spanische Arbeitsmarkt dank der boomenden Wirtschaft böte, zu locken, hatte dann endgültig zum Eklat geführt.

»Die Zahl der Arbeitslosen mag hoch sein in Argentinien, aber es ist immer noch meine Heimat. Argentinien ist im Übrigen ein reiches Land, dem es besser gehen könnte, wenn die USA, der IWF und die EU nicht die Regeln des Weltmarkts diktierten!«

Inés war der Kragen geplatzt. Sie hatte Elena angeschnauzt, ihren ewigen Latina-Stolz doch wenigstens ein Mal einer wichtigeren Sache unterzuordnen – es ginge schließlich um Marí und das, was Elena dazu beitragen könnte, damit Esperanzas Bemühungen Früchte trügen.

Elena hatte sich aus ihren Worten herausgepickt, was ihr gefiel. »Ja, ich habe meinen Stolz. Ich bin hierhergekommen mit dem Ziel, etwas über meine Tante herauszufinden – nicht um an eurer Wohlstandsgesellschaft teilzuhaben. Das Ziel ist erreicht. Zeit für mich, dorthin zurückzukehren, wo ich hingehöre!«

Sie hatten sich noch eine Weile in ausgesprochenen und unausgesprochenen Anschuldigungen verstrickt, bis Elena aufgebrochen war und sich so der weiteren Diskussion entzogen hatte. Zum ersten Mal bei einem Abschied von Elena hatte es Inés nicht fast das Herz gebrochen. Sie war zu zornig gewesen. War es immer noch. Doch sie verspürte noch etwas anderes: Ernüchterung. Zurück blieb etwas, von dem Inés wusste, dass es später in das schmerzliche Gefühl münden würde, zurückgewiesen worden zu sein. Doch im Moment war nur Leere in ihr. Elena hatte längst die Entscheidung getroffen zu gehen. Nie hatte sie etwas anderes vorgehabt. Mehr gemeinsame Zeit miteinander, eine Beziehung, vielleicht eine wirkliche Liebe – das alles hatte nur in Inés' Kopf existiert. Es hatte nichts mit Elenas Wünschen gemein. Trotz allem, was sie offensichtlich für Inés empfand. Ihr eigentliches Leben fand Tausende von Kilometern entfernt statt. In einer anderen Stadt, auf einem anderen Kontinent, auf der anderen Seite der Hemisphäre und wahrscheinlich mit einer anderen Frau. Inés hatte nie gewagt, danach zu fragen. Nun hasste sie sich dafür, dass sie sich vor der Antwort, die ihr so offensichtlich schien, dermaßen gefürchtet hatte, dass sie die Frage nie gestellt hatte. Es gab eine andere. Und das Leben dort mit dieser anderen Frau hatte mehr Bedeutung als sie, Inés. Heute hatte sie es endgültig verstanden. Und mehr als das: Sie hatte begonnen, es zu akzeptieren.

Elena trat aus dem Bad und eilte, das Handtuch um sich gewickelt, die Treppe zur *azotea* hinauf. Ihre Latschen hinterließen schmatzend kleine Wasserflecken auf den Stufen. Vor dem Spiegel kämmte sie sich langsam das nasse Haar nach hinten. Die Dusche hatte sie nicht wirklich erfrischt. Sie war wie zerschlagen nach dem Streit mit Inés nach Hause gestürzt und hatte sich jeden weiteren Gedanken daran, ob sie richtig handelte, verboten. Sie fröstelte. Aus dem Spiegel blickten sie zwei forschende Augen an und verfolgten den Lauf eines Tropfens, der ihren Hals entlang über Schlüsselbein und Dekolleté rann und sich schließlich am Rand des Handtuchs verfing. Mit jedem Bürstenstrich rieb der raue Stoff des Badetuches über ihre festen Brustwarzen. Elena schloss die Augen und zog sich das Handtuch vom Leib. Mit geschlossenen Augen strich sie damit über ihre Brüste. Sofort richteten sich die Spitzen auf wie Knospen in der Frühjahrssonne. Elena seufzte. Der Laut, der ihrer Kehle entschlüpfte, ließ sie erschaudern. Das war es, was sie wollte: sehnsuchtsvolles Stöhnen, Haut, die sich an ihre schmiegte, Hände, die über ihren Körper glitten. Sie setzte sich in den Sessel, lehnte sich weit zurück und öffnete ihre Schenkel. Berauscht von ihrer eigenen Lust, wölbte sie den Rücken und strich mit allen fünf Fingern durch ihr Schamhaar. Sie verweilte einen Augenblick, dann stieß sie mit ungezügelter Gier in sich hinein. Laut stöhnte sie auf, ließ den Finger in sich und öffnete die Augen. Sie betrachtete sich im Spiegel, ergötzte sich am glitzernden Nass ihrer Mitte und umfing mit der anderen Hand ihre linke Brust. Im Spiegel sah sie die angelehnte Tür hinter sich. Sie stellte sich vor, Inés träte ein. Fast konnte sie sehen, wie sie lässig im Türrahmen lehnte, die Arme verschränkt, und sie im Spiegel anblickte. Gelassen. Scheinbar. Doch ihre Augen sprächen von Verlangen. Elena schloss die Augen und sah das Glühen in Inés' Blick nun umso deutlicher. Sie wagte es nicht, sich zu bewegen, bis sie Inés' Stimme hörte, die ihr befahl: »Umfass deine Brüste, beide! Drück sie zusammen und umkreise deine Nippel mit den Daumen!« Elena folgte der Aufforderung. Schwer wie nie zuvor spürte sie ihre Hände auf sich. Ihrem Mund entfuhren kehlige, flehende Laute. Weit zurückgelehnt begann sie auf dem Sessel vor und zurück zu rutschen. Der grobe Stoff an ihrem Gesäß trieb ihre Lust an. Die Stimme wies sie zurecht: »Nicht so hastig! Ich will sehen, wie lange du es aushalten kannst!« Elena bewegte sich nur noch zögerlich. Sie würde alles tun, was Inés von ihr verlangte. In ihrem Kopf fuhr Inés' Stimme fort: »Streich über deine Schenkel!«

Elena gehorchte und ließ ihre Hände über ihre Lenden hinunter fast bis zu den Knien gleiten. »Nein, an der Innenseite!« Elena spürte die zarte, glatte Haut unter ihren Händen. »Drück sie auseinander!« Elena spreizte die Beine. »Noch mehr!« Sie drückte fester und hielt sie auseinander. Das Pochen ihrer Vagina ließ sie nur noch eines denken: »Komm her! Nimm mich, schnell und hart!« Sie verharrte keuchend und begann ihren Unterleib vor und zurück zu stoßen. Sie wusste, dass Inés nicht hier war, doch nichts wünschte sie sich im Moment sehnlicher, als dass sie bei ihr wäre und sich mit ihrem ganzen Gewicht auf sie legte, um ihr Verlangen zu stillen. Mit der ganzen Hand griff sie ihre Mitte, umkreist die Perle kurz und schnell, um dann mit wenigen festen Strichen über sie zu fahren und zu kommen. Ihre eigene Feuchtigkeit genießend, blieb sie erschöpft liegen.

Buenos Aires, Oktober 1963

Marí beugte sich über das Becken und kratzte unbeteiligt alte Farbe von der Palette. Rosalia hockte schräg auf der Fensterbank. Ihr Profil zeichnete sich deutlich gegen das gleißende Licht der tiefstehenden Sonne ab. Doch Marí hatte keinen Blick für das Spiel von Licht und Schatten. Stoisch zog sie den Spachtel über die Farbreste. Das Schaben zerrte an Rosalias Nerven. Sie wandte sich mit dem Rücken zum Fenster. Der lichtdurchflutete Raum, der ihr so viele Jahre ein Refugium, ihnen beiden ein Hort ihrer Liebe gewesen war, erschien ihr nun kalt und leblos. Tausende winzige Staubpartikel tanzten im Sonnenlicht; sie bildeten einen Schleier, der Marís Gestalt umhüllte und sie zu verschlucken drohte. Angst schnürte Rosalia die Kehle zu. Seit ihrer Rückkehr aus Las Palmas war Marí nur noch ein Schatten ihrer selbst. Die vergangenen fünf Jahre seit Beginn der Erpressung durch Mateo waren eine Qual für sie beide gewesen, die Wochen seit Marís Rückkehr aus Las Palmas jedoch die Hölle. Aller Frohsinn war aus Marí gewichen und hatte ihrer Schaffenskraft eine neue Note verliehen. Von unbändiger Wut getrieben, hatte sie auf dieser Reise bestanden. Bei ihrer Rückkehr war die Glut in ihr erloschen gewesen. Rosalia wollte den Arm nach ihr ausstrecken und vermochte es nicht. Sie rang nach Luft. Es war ihr nicht möglich, zu Marí durchzudringen. Kühle zog durch die alten Fenster. Rosalia fröstelte. Sie erinnerte sich, wie sie diesen Ort das erste Mal betreten hatte. Vor unendlich langer Zeit hatte Marí sie mit hierhergenommen. Sie war wahnsinnig nervös gewesen, als sie Rosalia die Treppe hinaufgeführt hatte. Rosalia, selbst bis in die Fingerspitzen elektrisiert, hatte, ganz Frau von Welt, das Atelier inspiziert und sich dann mit vollendeter Grazie auf dem alten Sofa niedergelassen und, während sie lässig die Handschuhe abstreifte, gesagt: »Sie können beginnen, ich bin soweit.«

Marí hatte zu ihrem Block gegriffen und angefangen, sie zu porträtieren. Rosalia hatte sich die angespannte, wenngleich eifrig zeichnende Marí eine Weile angesehen und schließlich gesagt: »Mir ist kalt. Könnten Sie bitte mit dem Zeichnen aufhören und zu mir kommen?«

Rosalia musste lächeln, als sie daran dachte, wie Marí, den Zeichenblock einem Schild gleich vor dem Körper, auf sie zugekommen war und sich zaghaft zu ihr gesetzt hatte.

»Ich werde den Ofen anfeuern«, hatte sie, ohne Rosalia anzusehen, gesagt.

Rosalia erinnerte sich, wie sie mit nachsichtigem Blick, aber höchst erregt, den Skizzenblock aus Marís Umklammerung zu befreien gesucht und gesagt hatte: »Das dauert mir zu lange.«

Nun stand die nervöse junge Malerin von einst drei Meter entfernt, und keine Worte vermochten diese Distanz zu überbrücken.

»Er hat mir die Seele geraubt!«

Der Satz stand im Raum. Rosalia suchte fieberhaft nach einer Erwiderung. Zu viele falsche Worte waren bereits zwischen ihnen gefallen. Wo war der Schlüssel zu ihrem Herzen, nein, wo war ihr Herz? Rosalia fand keine Worte.

»Verstehst du?«

Rosalia nickte, doch das sah Marí nicht. Sie schaute sie nicht an.

»*Sí, querida* – ich sehe deinen Schmerz …«

»Warum trennst du dich nicht von Oswaldo? Wie oft habe ich dich das gefragt? Hast du mir jemals eine Antwort darauf gegeben?«

»Wir haben darüber gesprochen, oft, es macht nun keinen Unterschied mehr. Mateo hat uns alle drei in der Hand. Nach wie vor. Du weißt, was du mir bedeutest, und du kennst meine Gefühle für Oswaldo. Er steht uns nicht im Wege, und auch er liebt dich.«

»Ich weiß. Ihr müsstet nur den Kristallpalast eurer Ehe zerschlagen, und wir wären drei Menschen, die sich in Liebe verbunden sind.« Marí machte eine kleine Pause. »Auf Augenhöhe.«

»Es schützt uns. Damals wie heute. Doch das willst du nicht sehen.«

»Doch, aber ich allein bringe das Opfer.«

»Du müsstest ihm nicht alle Bilder schicken! Behalte einen Teil für dich. Warum suchst du dir nicht eine Galerie? Signiere mit einem anderen Namen. Wie sollte er das erfahren?«

»Es sind *meine* Bilder. Sie gehören zueinander! Und ich werde nie wieder ausstellen.«

Rosalia antwortete nicht. Diese fruchtlose Diskussion hatten sie unendliche Male geführt. Sie erhob sich und schritt durch den Raum. Vor der zugedeckten Staffelei blieb sie stehen. Etwas ließ sie zögern, doch mit dem Mut der Verzweiflung sagte sie dann:

»Lass sehen, woran du arbeitest!«

Mit einem Ruck zog sie das Tuch von der Leinwand und erstarrte. Das Bild zeigte eine Frau vor dem Spiegel. Samtenes Haar fiel über ihre schmalen Schultern. Die rechte Hand lag auf ihrer Brust. Im Spiegel blickte ihr die Fratze eines grienenden Mannes entgegen, dessen dünner Spitzbart ihm einen teuflischen Ausdruck verlieh.

Gran Canaria, 12. Juni 2004

Elena stand in der Calle Francisco Gourie, Ecke Calle Munguía in der Ciudad del Mar und griff nach dem alten Stadtplan, den Paco ihr aus der Bibliothek mitgebracht hatte. Zum hundertsten Mal verglich sie das Netz dünner grauer Linien auf dem vergilbten Papier mit dem aktuellen Straßenatlas von Las Palmas. Sie fuhr mit dem Zeigefinger über das stockige, leicht fettige Blatt und starrte auf einen Straßenabschnitt in der Nähe des Busbahnhofs. Hier sollten sich die Häuser befinden, die als einzige nicht der Abrissbirne zum Opfer gefallen waren. Wenn sie noch zwei Querstraßen weiter ging, müsste sie direkt davorstehen. Elena behielt die Karte in der Hand und warf sich die Schultertasche über. Dabei sprang die Schnalle auf, und ein Teil des Inhalts verstreute sich über den Fußweg. Elena fluchte, ging in die Knie und sammelte Stifte, Tampons, Taschentücher und sonstigen Kleinkram ein. Ein Blatt flatterte fort, und sie schnappte es im letzten Augenblick. Es war Inés' Skizze ihres Stammbaums, mit dem sie versucht hatte, Elena die möglichen verwandtschaftlichen Beziehungen zwischen Marí und Mateo aufzuzeigen. Sie drehte das Papier in den Händen. Inés hatte den Zusammenhang sofort erkannt. Ab da war ihre Suche viel zielgerichteter und erfolgreicher verlaufen. Das war erst wenige Monate her, doch es schien ihr eine Ewigkeit. Wie selbstverständlich hatte Inés bei den weiteren Recherchen den Platz neben ihr eingenommen. Elena gestand sich ein, dass sie ihr dafür nicht nur dankbar war, sondern dass sie es genossen hatte. Inés' optimistische Art, ihre pragmatische Vorgehensweise, aber vor allem die sprühende Begeisterung für die Sache an sich. Elena lächelte. Die Suche nach den Bildern war beendet, die Suche nach Mateo lag noch vor ihr, und die wollte sie allein angehen. Sie wusste, dass Inés nicht bereit war, das Ende der Suche nach den Bildern auch als das Ende ihrer gemeinsamen Wegstrecke zu akzeptieren.

Elena ging weiter. Paco, dem sie das eine oder andere von ihrer Suche nach ihrer Tante erzählt hatte, war, ganz Feuer und Flamme, mit dem Bildband, den er ihr geliehen hatte, zum Stadtplanungsamt gegangen, um sich zu erkundigen, wo genau die Häuser in dem Buch sich befunden hatten. Ein Angestellter, an den er schließlich verwiesen worden war, hatte ihm versichert, dass ein Teil der Häuser auf dem Foto noch existierte. Zuvor hatte Paco ihr freudestrahlend wie der Verkündigungsengel die frohe Botschaft und den alten Stadtplan überbracht, und Elena hatte ihn nur mit Mühe davon abhalten können, auf der Stelle mit ihr dorthinzufahren. Das wollte sie allein angehen. Ganz allein. Pacos Enttäuschung war nicht zu übersehen gewesen, doch er hatte es hingenommen und ihr viel Erfolg bei der Suche gewünscht.

Sie bog um die Ecke. Vor ihr erstreckte sich ein weites unbebautes Terrain, auf dem Autos parkten. Dahinter erhob sich die Silhouette zweier moderner Bürogebäude, umgeben von einem halben Dutzend Kräne, die sie wie Wächter flankierten. Ein überdimensionales Schild kündigte den Bau eines Parkhauses an – zweifellos etwas, das diese Stadt dringend brauchte. Auf der stadtwärts gelegenen Straßenseite stand eine Reihe alter heruntergekommener Häuser. Nur eines davon stand direkt an der Straße. Die Häuserfront verlief im spitzen Winkel zur Straße. Zwischen Straße und Häusern war die rohe festgefahrene Erde von Müll übersät. Zwei klapprige Autos parkten vor dem zweiten Haus, und neben dem letzten befand sich ein Sammelsurium von ausrangierten Kühlschränken und Waschmaschinen.

Elena trat auf den Parkplatz. Von hier aus hatte sie einen direkten Blick auf die Häuserzeile. Sie zählte vier Häuser und etwas, das wie eine verlassene Tankstelle oder Werkstatt aussah. Sie legte den Stadtplan auf die Motorhaube eines protzigen Geländewagens und richtete die alte Karte so aus, dass sie parallel zur Häuserflucht lag. Sie verglich konzentriert Plan und Örtlichkeit. So musste es gewesen sein: Entlang der Häuser, die mit Sicherheit früher Teil einer längeren Häuserzeile gewesen waren, verlief die frühere Calle San Piedro. Die neue Straße, die Häuserzeile und Parkplatz voneinander trennte, verlief größtenteils da, wo früher laut Plan weitere Häuser gestanden hatten. Dort, wo sich nun der Parkplatz befand, gingen früher zwei kleine Stichstraßen von der Calle San Piedro ab, die beiderseits von weiteren Häusern gesäumt gewesen waren.

Elena griff nach dem Foto aus Pacos Bildband – auch hiervon hatte er ihr eine Kopie besorgt. Sie hielt das Bild vor sich und überlegte, von welcher Seite es aufgenommen sein mochte. Der Fotograf hatte mitten auf der Calle San Piedro gestanden, das war offensichtlich. Doch lag die noch existierende Häuserzeile dabei linker oder rechte Hand von ihm? Elena versuchte die vier Häuser auf dem Foto wiederzuerkennen. Es gelang ihr nicht. Sie fluchte und schaute sich um. Da kam ihr ein Gedanke: der Stand der Sonne! Die Calle San Piedro verlief früher ungefähr in Ost-West-Richtung. Das bedeutete, dass die Häuser auf der Nordseite der Straße niemals ihren Schatten auf die Straße geworfen hatten. Aufgeregt studierte sie das Foto. Das Taller Domínguez del Río lag im gleißenden Sonnenlicht, der Schatten der Häuser auf der gegenüberliegenden Straßenseite reichte jedoch über den Fußweg hinüber, der die Straße gesäumt hatte. Wahrscheinlich war das Foto um die frühe Nachmittagszeit aufgenommen worden, als die Sonne hoch stand und die Schatten kurz waren. Elena kaute auf einem Fingernagel, während sie das Foto weiter betrachtete. Dann hatte sie die Lösung: Mateos Atelier hatte auf der Nordseite der Straße gelegen. Wenn die Sonne im Süden stand, hatte sie die komplette Vorderfront in gleißendes Licht getaucht, so wie auf dem Foto deutlich zu erkennen. Doch das bedeutete, dass das Taller Domínguez del Río auf der Seite gelegen hatte, wo sich heute der Parkplatz befand.

Missmutig kickte Elena den groben Schotter gegen den Autoreifen eines parkenden Kleinlasters. Das Atelier war nicht mehr da. Ihr Weg hierher war umsonst gewesen. Sie spürte, wie Ärger in ihr hochkochte. Gallig trat sie gegen den Reifen des Geländewagens. Sie mochte sich, verdammt noch mal, damit nicht zufriedengeben. Mateo war das letzte Puzzlestück, das ihr hier in Las Palmas noch fehlte. Er mochte mittlerweile alt sein, aber er konnte noch leben. Sie wollte ihn finden und zur Rede stellen. Ihn fragen, wie er Marí unter Druck gesetzt hatte. Erfahren, wie er es angestellt hatte, dass sie zuließ, dass er ihre Bilder mit seiner Signatur überpinselte. Sie wollte ihn mit dem zweiten Skizzenbuch konfrontieren, das all die finsteren, traurigen, von Schmerz zeugenden Bilder enthielt. Sie wollte ihn in die Enge treiben, bis sie alles in Erfahrung gebracht hatte. Sie wünschte sich, ihren Hass auf ihn herabprasseln zu lassen wie ein Gewitter in Feuerland. Er sollte ihr eine Antwort darauf geben, wieso sich Marí umgebracht hatte und ja nicht glauben, dass sie ihn mit Ausflüchten davonkommen ließe.

Eine vorsichtige Stimme, keine zwei Meter entfernt, erklang. »Señora, wenn es Ihnen nichts ausmacht – ich möchte gerne fahren.«

Elena schreckte auf. Als sie den Mund öffnete, spürte sie,

wie heftig sie die Zähne zusammengebissen hatte. Ihr Kiefer schmerzte, und ihr Hals war verhärtet. Sie brachte nur einen unartikulierten Laut hervor. Der Mann schaute sie unschlüssig an. Er hob die rechte Hand mit dem Schlüsselbund und deutete auf das Auto, auf dessen Motorhaube sie den Stadtplan ausgebreitet hatte. Elena raffte schnell ihre Sachen zusammen. Der Mann nickte grüßend und stieg ein.

Elena brauchte eine Ewigkeit, bis sie den Plan wieder richtig zusammengefaltet hatte. Sie schaute auf die trostlose Häuserzeile und entschied sich, bei den Bewohnern nach Mateo zu fragen. Beherzt ging sie auf die andere Straßenseite hinüber. Fast erwartete sie einen Hund anschlagen zu hören, doch alles blieb ruhig, geradezu unheimlich ruhig.

Sie ging auf das erste Haus zu und pochte energisch an die Tür. Nichts regte sich, und sie klopfte erneut. Sie trat zurück und blickte die Fassade hoch, um nach Anzeichen von Leben zu suchen. Die Fassade bröckelte, und die Innenläden der Fenster waren alle geschlossen. Sie ging weiter zum nächsten Haus. Es sah keinen Deut besser aus. Die Fenster im ersten Stock waren vernagelt, doch im Parterre hingen Vorhänge hinter den staubigen Fensterscheiben. Ein Zeichen von Leben?

Elena trat dicht an die Scheibe und versuchte ins Innere zu spähen. Deutlich konnte sie ein paar Möbel in dem Raum ausmachen. Dem Fenster gegenüber befand sich ein riesiger schwarzer Schrank, dessen in die Front eingelassener Spiegel nahezu blind war. Rechts davon sah sie einen großen runden Tisch, gekrönt von einer kitschigen Vase. Auf der anderen Seite des Raumes machte sie ein unförmiges Etwas aus, das wahrscheinlich ein mit Laken abgedecktes Sofa war. Der Raum wirkte unbenutzt und schäbig, aber nicht verkommen. Ob hier noch jemand lebte?

Elena ging weiter zum nächsten Fenster. Einen Moment lang fühlte sie sich unwohl. Was, wenn man sie beobachtete, wie sie von Haus zu Haus, von Fenster zu Fenster ging? Kaum war sie nahe genug herangetreten, schreckte sie zurück. Das Flimmern eines Fernsehers auf der linken Seite des Raumes kam zu unerwartet. Es war ein klares Anzeichen, dass hier jemand lebte. Verstohlen blickte sie sich um. Sie kam sich wie eine Voyeurin vor, doch es half nichts – wenn sie etwas in Erfahrung bringen wollte, musste sie da durch. Irgendeinen Hinweis auf Mateo, am Besten ihn selbst, war alles, was sie wollte.

Bevor sie zur Tür ging, um zu klopfen, beschloss sie, schnell noch einen Blick in den Raum zu werfen, um zu sehen, wer dort wohnte. Mit einer Hand schirmte sie das Tageslicht ab und schob ihr Gesicht so nah es ging an die Scheibe. Fast in der Mitte des Raumes, mit dem Profil zu ihr, eine Decke über den Beinen, saß ein alter Mensch in einem Rollstuhl. Der Haltung nach war er eingenickt. Das weiße, strubbelige kurze Haar war am Hinterkopf plattgedrückt. Aus dem runzeligen Gesicht ragte eine überdimensionale Nase hervor. Elena musterte die Gestalt. War es ein Mann oder eine Frau? Sie betrachtete die mageren Gesichtszüge. Die faltige Haut lag über recht hohen Wangenknochen. Der dürre Hals ragte aus dem Kragen eines Hemdes oder einer Bluse, und darüber trug er oder sie eine graue Strickjacke. Der Mensch musste uralt sein. Mit Sicherheit so alt, wie Mateo inzwischen sein musste. Kribbelige Aufregung erfasste sie. Konnte das Mateo sein? Sein Atelier hatte sich früher auf der anderen Straßenseite befunden, es war also nicht unwahrscheinlich, dass er noch hier wohnte. Wenn sie es recht überlegte, war es sogar sehr wahrscheinlich, dass dieser alte Mensch jemand war, der hier schon ewig wohnte –

wer sonst lebte noch in einer zur Hälfte abgerissenen verlassenen Straße mit verrammelten Häusern? Elena musterte die Person erneut. Sie betrachtete die große Nase, das ungefärbte Haar. Keine Ohrringe oder sonstiger Schmuck deuteten darauf hin, dass es sich um eine Frau handelte. Es musste ein Mann sein. Ja, sie war sich jetzt sicher, es war ein Mann. Er lebte an diesem Ort und er war alt. Er könnte Mateo sein.

Elena trat einen Schritt zurück und schaute zur Haustür. Sie musste mit diesem Mann sprechen. Wohnte er allein hier? Konnte er allein zur Tür kommen? Vielleicht war er schwerhörig und hörte ihr Klopfen nicht? Unschlüssig blieb sie stehen und trat dann wieder an das Fenster. Sie nahm eine Bewegung im Zimmer wahr und sah, dass der Mann aufgewacht war. Er wandte ihr das Gesicht zu und schien sie aus kleinen dunklen Augen belustigt zu mustern. Grinste er sie an? Elena klopfte an die Scheibe und winkte. Die Gestalt hob grüßend die Hand. Elena machte ein Zeichen, dass er zum Fenster kommen solle. Der Alte lachte sie mit zahnlosem Mund an und warf den Kopf in den Nacken. Es sah so aus, als ob er sich prächtig amüsierte. Aufgeregt trommelte Elena mit den Fingerkuppen gegen die Scheibe. Er sollte zum Fenster kommen, es waren doch nur ein paar Meter, soweit konnte er seinen Rollstuhl sicher selbst bewegen. Mit der Hand winkte sie ihn ungeduldig herbei. Er feixte. Was sollte das bedeuten? Elena war kurz davor, ihm durch das Fenster hindurch zuzurufen, er solle zu ihr kommen, da setzte er seinen Rollstuhl langsam in Bewegung. Elena beobachtete ihn. Geschickt brachte er den Rollstuhl kurz vor dem Fenster zum Stehen und schob sein Gesicht ganz nah an die Scheibe. Wieder verzog er den Mund und entblößte dabei sein rosiges Zahnfleisch. Mit einem fast lauernden Blick betrachtete er Elena, die ihn wie gebannt anstarrte.

War das Mateo? Angewidert betrachtete sie die einzelnen weißen Barthaare unter der riesigen Nase und auf dem Kinn. Gepflegt sah er nicht aus. Der Mann nickte und musterte Elena weiter. Dann plötzlich klopfte er mit einer dürren Hand unerwartet kräftig an die Scheibe. Das Geräusch ließ Elena zusammenfahren. Er grinste und nickte wieder. Hin- und hergerissen zwischen Aufregung und Abscheu rief sie, beide Handflächen an das Fenster gepresst, ihr Gesicht auf der Höhe des Mannes, das Einzige, was ihr in dieser Situation sinnvoll erschien: »Sind Sie Mateo Domínguez del Río?«

Der Mann starrte sie einen Augenblick an, dann warf er den Kopf in den Nacken, ganz so wie zuvor, blickte sie wieder an und nickte. Er fixierte sie aus seinen kleinen, unter den hängenden Lidern kaum sichtbaren Augen, grinste und nickte wieder und wieder.

Elena wurde es heiß und kalt. Sie hatte ihn gefunden! Sie hatte Mateo gefunden! Sie starrte den grinsenden Greis an und versuchte einen klaren Gedanken zu fassen. Sie musste mit ihm sprechen, sie musste in dieses Haus! Endlich war der Moment der Wahrheit gekommen. Diesen Mann würde sie nicht in Ruhe lassen, bis sie alles über ihn und seine Betrügerei erfahren hatte. Sie wollte aus seinem Mund hören, dass er Marí erpresst hatte. Er sollte es ihr gestehen und ihr nicht auch nur das kleinste Detail verschweigen. Elena starrte den Mann durch die Scheibe an. Besessen von nur einem Gedanken klopfte sie heftig an die Scheibe und rief: »Lassen Sie mich ins Haus! Ich bin Elena Domínguez del Río. Ich muss mit Ihnen sprechen!«

Der Mann feixte und klopfte von innen ebenfalls heftig

gegen die Scheibe, machte aber keine Anstalten, die darauf hindeuteten, dass er Elena hereinlassen wollte.

»Machen Sie sofort auf!« Mit der flachen Hand schlug sie heftig gegen den Fensterrahmen und fuhr vor Schmerz zusammen. Der Mann im Haus grinste. Elena hielt sich die schmerzende Hand und betrachtete mit wut- und schmerzverzerrtem Gesicht den riesigen Holzsplitter, den sie sich tief in den Daumenballen gejagt hatte. In diesem Moment erklang eine Frauenstimme hinter ihr.

»*Coño*, was machen Sie hier? Hören Sie sofort auf, hier so herumzuschreien und gegen das Fenster zu schlagen! Das ist mein Haus!«

»Ich muss sofort mit ihm sprechen«, antwortet Elena gepresst.

»Sie müssen überhaupt nichts! Was haben Sie hier überhaupt zu suchen?« Die Frau schaute sie kampflustig an. Sie schien nicht im Geringsten beeindruckt von Elenas qualvoll verzogenem Gesicht und der Dringlichkeit in ihrer Stimme.

»Es ist wirklich wichtig – bitte!« Elena atmete schwer. Ihr war schlecht vor Aufregung, doch sie spürte, dass sie mit Unfreundlichkeit nichts erreichen würde. »Bitte!«, fügte sie noch einmal hinzu und bemühte sich, der Frau ruhig in die Augen zu blicken.

»Sind Sie von der Stadt?«, fragte die Frau und musterte Elena eingehend. »Denn wenn Sie von der Stadt sind, dann scheren Sie sich zum Teufel!« Mit diesen Worten trat sie drohend einen Schritt auf Elena zu. »Wir werden nicht von hier verschwinden, bevor ihr uns nicht einen anständigen Preis für das Haus zahlt. Haben Sie verstanden?«

Elena starrte die Frau verwirrt an. Die Frau wurde ärgerlich und schrie sie nun an: »Haben Sie kapiert? Wir gehen nicht, bevor ihr nicht anständig zahlt!«

Wovon sprach die Frau? Elenas Schläfen pochten im gleichen Takt wie der Splitter in ihrer Hand. Sie musste die Frau dazu bringen, sie zu Mateo ins Haus zu lassen. Während sie nach freundlichen Worten suchte, musterte die Frau sie von Kopf bis Fuß.

»Sie sind doch von der Stadt?« Ein Zögern hatte sich in ihre nach wie vor herrische Stimme geschlichen.

»Von der Stadt? Von welcher Stadt?«

»Von welcher Stadt? Na, wo sind wir denn hier? In London oder Paris vielleicht? Señora, mir geht die Geduld aus. Sind Sie nun vom Bauamt oder nicht? Und vor allem, was wollen Sie hier?«

Elena hatte keine Ahnung, wovon diese Frau sprach, aber es musste sich um irgendeine Art von Verwechslung handeln. »Ich komme von keinem Amt ...«

Die Frau stemmte die Hände in die Hüften: »Das denke ich langsam auch! – Also, worum geht es dann?« Ihr Ton war eine Nuance freundlicher, doch sie starrte Elena nach wie vor kampflustig an.

»Ich bin Elena Domínguez del Río.« Sie machte eine bedeutungsvolle Pause, doch im Gesicht ihres Gegenübers regte sich nichts. »Ich muss dringend mit ihm sprechen!« Sie deutete auf das Fenster hinter sich. »Ich ...«

»Mit *ihm*?« Die Stimmte der Frau schraubte sich in die Höhe.

Elena nickte.

»Sie wollen mit *ihm* sprechen?«

»Ja, mit Mateo. Wissen Sie, er ist der Cousin meiner Tante. Es geht um eine alte Geschichte, die ich klären möchte ...«

»Bevor Sie hier alte Geschichten klären, Verehrteste, klären wir beide eine ganz einfache Tatsache: Die Person, die dort im Haus sitzt, heißt nicht Mateo!«

»Nicht?« Elena blickte ungläubig durch das Fenster und dann wieder zu der Frau vor ihr.

»Und sie ist meine Mutter!«

Elena starrte die Frau an. Hatte sie Mutter gesagt? Der alte Mann dort im Rollstuhl war eine Frau? »Das ist Ihre Mutter …?«, stieß sie ungläubig hervor.

»Ja, Señora Rodriguez. Meine alte, fast taube Mutter, die nicht mehr alle Tassen im Schank hat und für die ich nun eine neue Bleibe finden muss, weil hier dieses verdammte Parkhaus und ein Supermarkt gebaut werden sollen.«

»Domínguez …«

»Was?«

»Ich heiße Domínguez del Río, meine ich.« Elena versuchte sich zu sammeln. Eben noch hatte sie geglaubt, Mateo gefunden zu haben. In ihrer Besessenheit hatte sie sich total verrannt und wie eine Irre an einem fremden Haus ans Fenster geklopft und dabei eine debile schwerhörige Greisin bedrängt, sie hereinzulassen. Schamesröte schoss ihr ins Gesicht.

Die Frau blickte sie halb belustigt, halb säuerlich an.

»Gut, dann haben wir jetzt wohl alles geklärt. Sie sind nicht vom Bauamt. Sie heißen Domínguez del Río, meine Mutter heißt nicht Mateo, und Ihre alte Familiengeschichte müssen Sie woanders klären. *Buenas tardes.*« Sie zückte ihren Schlüssel, grüßte knapp und schickte sich an, ins Haus zu verschwinden.

»Halt! Warten Sie!«

Elena ging zwei Schritte auf die Frau zu, die sich genervt umdrehte. »Was ist jetzt noch?« Es war ihr anzusehen, dass sie mit ihrer Geduld am Ende war.

Elena ignorierte ihre Ungehaltenheit. »Könnten Sie Ihre Mutter nicht fragen, ob sie Mateo Domínguez del Río vielleicht kennt. Ich meine, sie ist sehr alt und lebt sicher schon lange hier. Könnten Sie sie nicht fragen, das heißt, wenn sie Sie versteht …?«

»O Gott! Immer noch dieser Mateo. Was ist das für ein *muchacho,* dass Sie so hinter ihm her sind? Scheint ja immens wichtig zu sein!« Die Frau blickte Elena lauernd an.

Elena war klar, dass diese Frau ihr den Weg zu einer möglichen Informationsquelle versperrte. Wenn sie weiterkommen wollte, musste sie sie für sich gewinnen. Sie zwang sich, einen ruhigen Ton anzuschlagen.

»Ja, es ist wirklich wichtig für mich. Mateo war der Cousin meiner Tante. Er hatte hier gegenüber, auf der anderen Straßenseite, bis in die sechziger Jahre oder noch länger ein Atelier. Er verkaufte Ölgemälde, wissen Sie. Schöne, farbenprächtige Bilder. Es hieß Taller Domínguez del Río – vielleicht kannten Sie es auch?«

Die Frau schüttelte den Kopf. »Ein Künstler war dieser Mateo? Nein, kenne ich nicht, weder Mateo, noch das Atelier.« Sie zögerte. »Ölgemälde also? Was ist das für eine Geschichte?« Sie schaute Elena mit neuem Interesse an. »Alte Bilder, sagen Sie. Da ist am Ende noch Geld drin, in dieser Geschichte, was?«

Elena schaute sie erstaunt an. An Geld hatte sie in diesem Zusammenhang noch nie gedacht. Die Frau schien ja ein schönes Früchtchen zu sein.

»Ach was, mit Geld hat das nichts zu tun!« Sie winkte ab. »Eigentlich hat meine Tante diese Bilder gemalt, die Mateo verkauft hat, aber er hat sie als seine ausgegeben. Darum geht es bei der alten Geschichte, wissen Sie.«

Die Frau schaute sie zweifelnd an.

»Vielleicht könnten Sie doch Ihre Mutter fragen …?«

»Ich haben Ihnen doch schon gesagt, meine Mutter hat nicht mehr alle Tassen im Schrank. Es ist sehr schwierig, mit ihr zu sprechen.« Sie überlegte einen Augenblick. »Aber ich kann es versuchen und mich umhören …«

»Das wäre wunderbar!« Elena schöpfte neue Hoffnung. »Warten Sie, ich gebe Ihnen meine Telefonnummer. Bitte rufen Sie mich an, wenn Sie etwas in Erfahrung gebracht haben über Mateo, wo er lebt, ob er noch lebt, egal was, rufen Sie mich bitte an!«

Sie kritzelte schnell ihre Telefonnummer in Buenos Aires auf ein Blatt Papier und reichte es der Frau. Die nahm es und warf einen Blick darauf.

»Was ist das denn für eine lange Nummer?«

»Oh, das liegt an der Vorwahl für Argentinien. Ich lebe eigentlich in Buenos Aires.«

»Ich soll in Buenos Aires anrufen? Wissen Sie, was das kostet? Sie sind ja ganz schön hinter dieser Sache her, wenn Sie extra aus Buenos Aires hierhergekommen sind. Und da soll für mich nichts drin sein?« Sie kicherte.

»Wir werden sehen.«

Elena überlegte kurz. Dann kramte sie in ihrer Tasche nach der Visitenkarte von Esperanza.

»Hier. Das ist eine Freundin von mir hier in Las Palmas. Sie weiß Bescheid über Mateo und meine Tante. Rufen Sie einfach Esperanza an.«

Die Frau betrachtete die Visitenkarte. »Centro Atlántico de Arte Moderno«, las sie laut, und ein verschlagenes Lächeln huschte über ihr Gesicht. »Soso, die vom Museum interessieren sich auch schon dafür.« Sorgfältig steckte sie die Karte und Elenas Zettel in die Tasche. »Verlassen Sie sich darauf – wenn ich irgendetwas über diesen Mateo in Erfahrung bringe, werde ich mich melden.«

Buenos Aires, im August 1989

Rosalia zog sich müde die Handschuhe aus. Es war kalt und zugig auf dem Friedhof gewesen. Ilda, ihr Mädchen, nahm ihr Mantel und Hut ab. Sie spürte jeden einzelnen Knochen. Steif ging sie in den *salón* und ließ sich erschöpft in den Sessel am Fenster fallen. Ilda brachte ihr Tee und ließ sie mit ihren Gedanken allein. Im Juni war Oswaldo nach kurzer Krankheit gestorben. Am Tag zuvor waren die letzten Arbeiten an seiner Gruft abgeschlossen worden, die auch einmal ihre letzte Ruhestätte werden sollte – so sah es ihr Ehevertrag mit Oswaldo von 1943 vor. Rosalia lachte freudlos auf. Sie hatten nichts dem Zufall überlassen, damals, als sie das Konstrukt ihrer Ehe erschufen und in Stein meißelten. Bis zum letzten Tag hatten sie sich an ihr Arrangement gehalten. Und dabei vermutlich eine respektvollere Ehe geführt als viele andere. Sie waren einander in ehrlicher Freundschaft verbunden gewesen. Soweit hatte ihr Lebensentwurf funktioniert. Nur die unbändige Liebe und Leidenschaft von Marí hatte nicht in den Plan gepasst. Marí, die sich selbst dafür gehasst hatte, Teil von Rosalias und Oswaldos inszenierter Welt zu sein. Die Künstlerin, die am Ende daran zerbrochen war, allein den Preis für die Aufrechterhaltung der Fassade zu zahlen: den Verzicht auf ihre Bilder, auf ihre Anerkennung als Künstlerin. Als sie es nicht mehr aushielt, war sie aus dem Leben geschieden. Bis zu dem Tag, als man Marí fand, hätte Rosalia es nicht für möglich gehalten, dass ein so lebensfroher Mensch wie sie sich für den Tod entscheiden könnte.

Ihr Verhältnis zu Oswaldo hatte sich nach Marís Tod gewandelt. Sie entfremdeten sich, und die letzten zehn Jahre ihrer Ehe wurden für Rosalia das, was sie nie zuvor gewesen waren: eine Qual. Einen Rest der Freundschaft bewahrten sie sich, doch keiner von beiden vermochte den Panzer aus Schuld und Schmerz, der beide von ihnen umhüllte, zu durchbrechen. Oswaldos Karriere war 1976 mit Beginn der Militärdiktatur unter General Videla ein jähes Ende gesetzt worden. Ein Offizier nahm fortan seinen Posten im Wirtschaftsministerium ein, während er in unbedeutender Funktion auf ein Abstellgleis der Banco National geschoben wurde, das er bis zur Pensionierung nicht mehr verließ. Die Schmach, kaltgestellt worden zu sein, verstellte ihm den Blick darauf, dass er, der immer für ein liberales und demokratisches System plädiert hatte, sich unter den gegebenen politischen Verhältnissen glücklich schätzen konnte, nicht ins Visier rechter Gruppierungen geraten zu sein. So naiv er in dieser Hinsicht war, so maßlos war mit den Jahren seine Angst gewachsen, als Homosexueller enttarnt zu werden. Soweit Rosalia mitbekommen hatte, pflegte er seit Mitte der sechziger Jahre keine und sei es auch noch so kurz andauernde Beziehung mit einem anderen Mann mehr. In seiner Furcht, ihr Arrangement zu dritt könnte entdeckt werden, hatte er mit seinen ewigen Mahnungen, vorsichtig und diskret zu sein, langsam aber schleichend ihre Freundschaft vergiftet. Mit den Jahren war er immer argwöhnischer gegenüber Marí geworden, die er zu Recht verdächtigt hatte, der Maskerade überdrüssig geworden zu sein.

Rosalia umklammerte mit arthritischen Händen die Teetasse. Die Gelenke schmerzten, und sie packte noch etwas fester zu. Die Stiche in ihren Händen waren ein willkommener Gegenschmerz zu der Pein in ihrer Brust. Ihr Verrat war schuld an Marís Tod. Nie hatte sie jemanden so geliebt wie Marí. Damals hatte sie nicht wahrhaben wollen, dass sie durch das Befolgen der starren Regeln ihrer Ehe die Liebe leugnete, die sie mit Marí verband. Marí hatte es ihr wieder und wieder vorgeworfen. Wie recht sie gehabt hatte, begriff Rosalia erst, als sie wie eine Fremde ohne Anspruch an ihrem Grab stand und ferne Angehörige Marís den Platz einnahmen, der ihr zugestanden hätte. Ausgeschlossen von dem Recht zu trauern, ohne den Trost, eines Tages an ihrer Seite ruhen zu dürfen. Nun lebte sie mit der Qual, die beiden anderen überlebt zu haben. Marí, die mit Abstand Jüngste, hätte an ihrem und Oswaldos Grab stehen sollen.

Mühsam erhob Rosalia sich und ging zu dem Trakt, in dem ihre privaten Räume lagen. Auf ihren zierlichen Stock aus Ebenholz gestützt, schritt sie die Wände entlang. Das war alles, was ihr geblieben war: Marís frühe Bilder voller Lachen und Sonne. Sie beschloss, ab sofort einige von ihnen in den *salón* zu hängen, dort, wo sie Besuch empfing und alle sie sehen konnten – sehen mussten. Sie trat an ihren Sekretär und zog eine alte Ledermappe heraus. Sie brauchte eine kleine Ewigkeit, bis sie das brüchige Band, das die Mappe hielt, aufgeknotet hatte. Behutsam entnahm sie die vergilbten Bleistiftzeichnungen einer längst vergangenen Welt. Eine junge Frau stand an der Reling eines Schiffsdecks und blickte erwartungsvoll über das Meer. Ihrer Haltung war die Spannung darüber anzusehen, was die Zukunft jenseits des Wassers für sie bereithielt.

Rosalia beschloss, sich am folgenden Tag ein Taxi zu nehmen und das Kunstatelier hinter der Plaza de Mayo aufzusuchen. Auch diese Zeichnungen benötigten einen Rahmen und einen Platz an der Wand.

Gran Canaria, 15. Juni 2004

Elena brachte die Teller und die restlichen *empanadas* fort. Inés hörte, wie sie in der kleinen Kochnische rumorte, und trat an die Mauer der *azotea*. Sie blickte hinab auf die Stadt. Sie wusste, es war das letzte Mal, dass sie von hier aus Santa Ana und das Meer sah.

Die köstliche Frische der anbrechenden Nacht legte sich über die von der Sonne aufgeheizten Mauern der *azotea*. Vom Meer wehte eine sanfte Brise herüber und umschmeichelte kühlend Inés' erhitztes Gesicht. Ein Schwarm kreischender Vögel hob sich in die Lüfte und übertönte für einen Augenblick den von unten heraufklingenden Verkehrslärm. Für einen Moment sah Inés sich mit ihnen emporschwingen, sich schwerelos mit dem unendlichen Himmel vereinigend und fortfliegend von Elena. Der Abschied stand bevor – wozu noch warten? Elena hatte ihre Entscheidung getroffen. Was erwartete Elena in Buenos Aires? Inés wusste es nicht. Elena hätte Klarheit schaffen können. Nie hatte sie von sich erzählt, nie hatte sie versucht, ihre Gefühle für Inés in Worte zu fassen. Ihre Gespräche drehten sich um die geplante Ausstellung von Esperanza, um die noch ungelösten Fragen in Marís Geschichte. Alles, was sie beide betraf, schwang mit, ohne ausgesprochen zu werden. Jedem zaghaften Versuch von Inés, mehr über Elenas Leben in Buenos Aires zu erfahren, über ihre Pläne und Träume für die Zukunft, war Elena geschickt ausgewichen.

Elena kam zurück. Sie sprach nicht und suchte Inés' Blick, doch diese entzog sich, indem sie in den sich verdunkelnden Himmel starrte und schwieg.

Elena folgte ihrem Blick. Nie hatte sie auch nur eine Sekunde daran gezweifelt, Las Palmas wieder zu verlassen und nach Buenos Aires zurückzukehren. Sie war nicht bereit, sich auf ein völlig neues Leben einzulassen, auch wenn Las Palmas ihr vertraut geworden war. Sie könnte Inés' Vorschlag befolgen und sich bei den Behörden melden, um das Bleiberecht zu erlangen. Hätte es je eine Chance gegeben mit Inés? Wäre Inés bereit gewesen, nicht nach Berlin zurückzukehren und mit Elena auf Gran Canaria zu bleiben? Elena wagte nicht, in diese Richtung weiterzudenken. Überhaupt, mit dieser Frau eine Liebe am anderen Ende der Welt einzugehen war ein großes Wagnis. Sie blieb an dem Wort, das sie für ihre Gefühle verwendet hatte, hängen: Liebe. So klar wie in diesem Moment hatte sie sich noch nie den Grund für ihr Ausweichen eingestanden: Liebe. Liebe barg die Gefahr, sich zu verlieren und in Abhängigkeit zu begeben. Inés war jung, und sie kam aus einem reichen Land. Sie mochte die Zukunft in leuchtenden Farben malen, ändern konnte das nichts an Elenas Entschluss. Sie hatte die Entscheidung getroffen – für sie beide. Und für Caridad. Sie wusste, sie gab Inés keine Chance. Durch ihre Rückkehr nach Buenos Aires entzog sie sich der Versuchung. Aber sie ahnte auch, dass sie mit Caridad nicht dort weitermachen konnte, wo sie vor ihrer Reise angelangt waren. Sie wollte für Caridad dasein und mit ihr leben. Aber was ging in Caridad vor? Sie musste nach Buenos Aires zurück, um es in Erfahrung zu bringen.

Elena legte Inés sachte die Hand auf die Schulter. Und hob die andere behutsam an ihr Gesicht. Inés schmiegte ihre Wange in die warme gewölbte Handfläche, vermied es jedoch, Elena in die Augen zu schauen. Elena spürte Inés' Traurigkeit, und es zerriss ihr das Herz. Du solltest das nicht tun, dachte sie und wollte doch nichts sehnlicher, als sie berühren. Ihre Hand glitt an Inés' Hals hinab, bis beide Hände auf Inés' Schultern ruhten. Sie will mich nicht anschauen und das zu recht. Sie muss denken, ich spiele mit ihr. Dabei bin ich bloß zu schwach, zu schwach für sie, zu schwach, es zu wagen. Entmutigt ließ sie die Hände sinken und starrte auf den Boden zwischen ihnen. Die *azotea* hätte gefegt werden müssen. Ein Käfer lief emsig seiner Wege und missachtete die Spuren, die ihre Füße in den pulvrigen Staub geschrieben hatten.

Obwohl sie nie begonnen hat, an uns zu glauben, kann sie uns nun nicht aufgeben, dachte Inés, als sie Elenas unbewegtes Gesicht betrachtete. Einen Augenblick hasste sie die Frau, die sie liebte, um im nächsten dankbar zu sein, dass Elena diese starken Gefühle in ihr hervorrief und – viel wichtiger noch – dass sie sie zulassen konnte. Hass und Liebe. Durch ihr Ausweichen provozierte Elena sie umso mehr, sich zu ihren Gefühlen zu bekennen. Es schmerzte, aber es verschaffte ihr eine nie gekannte Klarheit. Mit der Rechten ergriff Inés Elenas Hand und legte die Linke um sie. Leise summte sie ein paar Takte und schritt, Elena vor sich her schiebend, in langen Schritten über den rauen Boden. Elenas Körper sträubte sich einige Augenblicke, und dann gab sie erstaunt nach.

Elena konzentrierte sich auf das leise Summen und suchte erneut Inés' Blick. Inés verweigerte sich und zwang sie in eine ausladende Drehung. Elena schloss die Augen und gab sich Inés' entschlossener Führung hin. Ihre Körper glitten eng aneinandergeschmiegt über die *azotea*. Inés hatte längst aufgehört zu summen. Der Rhythmus war ihr Pulsschlag. Ihr Blut schien in einer einzigen gemeinsamen Bahn zu fließen. Sie tanzten wie Körper und Schatten. Elena öffnete die Augen. Vor ihrem Gesicht war Inés. Sie zwang Elena, ihr zu folgen, wie sie niemals zuvor jemanden gefolgt war. Sie duldete nicht den geringsten Versuch Elenas auszubrechen.

Immer wieder versuchte Elena einen Widerstand aufzubauen, mal spielerisch betörend, mal aggressiv und kraftvoll. Doch es war Inés' Blick, der sie immer wieder zwang, deren Schritten zu folgen. Mit Schrecken wurde ihr bewusst, dass Inés der Körper war, sie der Schatten. Sie hatte keine Chance. Das Blut in ihren Ohren rauschte. Ihr schwindelte. Für wenige Takte verlor sie die Kontrolle über sich, doch Inés gönnte ihr keine Pause, sondern hob sie mit vollendeter Eleganz in einer raumgreifenden Drehung über die Schwäche hinweg. Der Schweiß rann an ihren ineinanderverwobenen Körpern herab und malte ein trügerisches Bild von Einheit. Sie tanzten zur endlosen Musik ihrer unterdrückten Seufzer im Ringen um die Macht über die andere. Ihre Absätze schliffen über den Boden. Das Geräusch schnitt in den Kopf, es ließ keinen Platz für Gedanken. Keuchend schlang Elena die Arme enger um Inés in dem Wunsch, sie zu stoppen. Doch Inés fuhr unerbittlich fort, zwang sie, sich weit zurückzubeugen und heftete ihren Blick auf sie. Elena hielt es nicht aus und schloss erneut die Augen. Wieder musste sie Inés nachgeben und ihren Bewegungen folgen. Ihre Beine trugen sie kaum noch, die Schwäche machte sie willenlos. Ihre Füße schmerzten, sie wusste nicht, wie lange sie bereits miteinander rangen. Nie zuvor hatte sie so getanzt, nie zuvor hatte sie sich so hingegeben, die Kontrolle aufgegeben. Sie verlor den Willen, sich gegen Inés aufzubäumen. Ohne Musik, die den Tanz wie eine alles bestimmende Regel beherrschte, gab es keinen Anfang und kein Ende. Inés bezwang sie mit der ausdauernden Kraft der körperlich Stärkeren. Elena stemmte ihre Stirn an Inés'. Wie eine kämpfende Ziege schob sie sie zwei Schritte über den Boden, dann sank ihr Kopf auf Inés' Schulter. Sie schluchzte und zitterte. Das schweißnasse Haar klebte ihr am Kopf.

Inés keuchte, als sie Elenas ganzes Gewicht an sich gelehnt spürte. Mit letzter Kraft stieß Elena sich von ihr ab und verschränkte die Arme vor dem Körper, um sie sich vom Leib zu halten. Sie lehnte sich an die Wand, ihre Beine gaben nach, sie sank auf den Boden. Inés beugte sich vor und wischte ihr über das verschwitzte Gesicht. Ein letzter zärtlicher Kuss auf Elenas Stirn, die die Augen geschlossen hielt, und Inés wandte sich um. Verzweifelt blickte Elena ihr nach. Ich habe keine Worte, dachte sie. Ich habe nichts, womit ich sie aufhalten kann, weil ich nichts habe, das ich ihr bieten könnte. Tränen rannen ihr stumm über die Wangen. Das letzte Geräusch, das sie wahrnahm, waren Inés' Schritte auf der Treppe nach unten.

Rocha, Bettina Isabel: *Tango mit Inés / Roman*
ISBN 978-3-930041-71-8
Originalausgabe / Alle Rechte vorbehalten
© 2010 Verlag Krug & Schadenberg, Berlin, 1. Auflage 2010
Satz und Gestaltung: Grafikbüro Schadenberg, Berlin
Umschlagfoto: © Carla Brno/bobsairport
Druck: CPI – Clausen & Bosse, Leck

Wir schicken Ihnen gern unser kostenloses Gesamtverzeichnis:
Verlag Krug & Schadenberg, Hauptstr. 8, 10827 Berlin
Tel. (030) 61 62 57 52, Fax (030) 61 62 57 51
info@krugschadenberg.de, www.krugschadenberg.de